유령 도시

유령 도시

발행일	2024년 3월 11일

지은이	배재복		
펴낸이	손형국		
펴낸곳	(주)북랩		
편집인	선일영	편집	김은수, 배진용, 김부경, 김다빈
디자인	이현수, 김민하, 임진형, 안유경, 신혜림	제작	박기성, 구성우, 이창영, 배상진
마케팅	김회란, 박진관		
출판등록	2004. 12. 1(제2012-000051호)		
주소	서울특별시 금천구 가산디지털 1로 168, 우림라이온스밸리 B동 B113~114호, C동 B101호		
홈페이지	www.book.co.kr		
전화번호	(02)2026-5777	팩스	(02)3159-9637

ISBN	979-11-93716-96-0 03810 (종이책)		979-11-93716-97-7 05810 (전자책)

(주)북랩 성공출판의 파트너

북랩 홈페이지와 패밀리 사이트에서 다양한 출판 솔루션을 만나 보세요!

홈페이지 book.co.kr • **블로그** blog.naver.com/essaybook • **출판문의** book@book.co.kr

작가 연락처 문의 ▶ ask.book.co.kr

작가 연락처는 개인정보이므로 북랩에서 알려드릴 수 없습니다.

죽어가는 도시를 살린 용감한 시장 이야기

유령
도시

배재복 장편소설

북랩

줄거리

장편소설 〈유령 도시〉는 처음부터 마지막까지 사람을 강조하고 '사람이 제일이다'를 말하고 있다.

이 소설은 4차 산업혁명의 격랑 속에서 소용돌이에 휘말리지 않고 밀려드는 거센 파도를 헤치며 침몰돼 가는 배를 구하는 용감무쌍한 선장의 성장을 그린 이야기다.

인구 백만에 가까웠던 도시가 졸지에 3만도 안 남았다. 임종을 코앞에 둔 도시는 무기력하기만 하다. 도시는 천하 없는 사람이 와도 부활은 불가능하다고 일찍부터 사형선고가 내려졌다.

서울의 한 외과 의사가 병들어 다 죽어가는 도시를 살리겠다고 수술칼을 들고 폭풍 속으로 뛰어들었다. 수술칼과 폭풍, 그리고 배는 아무 연고도 없다. 미친 사람 미친 짓한다고 아무도 믿지 않았고 주변에 지지자가 없는 고립무원의 열악한 환경에서도 차근차근 실마리를 풀어간다. 그리고 자기를 반대하던 사람들도 제 주변으로 끌어들이면서 마침내 사람들의 이목이 낙망에서 희망으로 바뀌었다.

작가의 말

　장편소설 〈유령 도시〉의 지은이 배재복은 1942년 11월 22일, 중국 하얼빈(哈爾賓) 시 교외에서 태어났다.

　중국에서 학교를 다녔다. 기상관측소에서 한동안 근무했으며 이후 농업에 종사하기도 했다.

　2000년도에 한국에 입국했고, 2007년에 한국 국적을 취득했다.

　극히 평범한 일상을 살아왔고 마음고생 말고는 별 자랑거리가 없어 이력을 쓰기에는 너무 미흡하나 다행히 초작(初作)으로 단편도 아니고 장편을 썼다는 자체만으로도 기분이 좋다. 이 책을 대한민국에서 실종된 할머니 한규일(韓奎一), 아버지 배장환(裵莊煥), 삼촌 배기환(裵基煥) 이 세 분께 바치려 한다.

　소설은 어디까지나 소설인 만큼 허구와 허상이 실제와 상이(相異)하다는 것을 거듭 말씀드리며, 재미있는 이야기로 읽어주실 것을 당부드린다.

목차

01.
빈 도시

    도시가 병이 들었다, 워낙 건강체여서 지각 변동이 심한 IMF 때도 눈 하나 깜짝 안 했는데 이번에는 무슨 염병, 병에 걸려도 단단히 걸렸다. 시작이야 감기, 몸살처럼 으슬으슬 춥고 드문드문 기침 재채기도 하고 콧물도 질질 흘리면서 시름시름 앓으니 그 까짓것 감기, 몸살 같은 거야 앓다가 말겠지 했는데 환절기를 접하면서 도시도 절기를 타는지 갑자기 병이 위중해지면서 육신은 소금에 절인 파김치 모양 맥없이 축 늘어지고 동공이 풀려 흐릿한 눈으로 어쩌다가 오가는 사람들을 쳐다보며 이제는 누가 날 좀 살려 달라고 애원하며 힘겹게 가쁜 숨만 몰아쉬고 있다. 그 몰골이 얼마나 가련한지 차마 두 눈 뜨고 볼 수가 없다.

    항만에는 건조하다 만 선박들이며 낡은 선박들이 뒤죽박죽 사방에 뒤엉켜 여기저기 널브러져 있고 드문드문 사람들의 손 한번 거치지 않은 새 자재들도 눈에 들어온다. 그렇게 많이 들어와 있던 외국 배들마저도 약속이나 한 듯 일제히 자취를 감추었다. 사람들은 모두 떠났다. 사람이 떠난 해수욕장에는 사람 대신 물새들이 저들의 세상인 듯 자맥질을 하다가 힘들면 모래톱에 나와 마음껏 일광욕을 즐기고 있다. 어느 때 같으면 볼 수 없는 풍경이라 물새들의 자맥질도 신기해서 예쁘게 봐 줄 수도 있지만, 지금은 왠지 자꾸 슬프게 느껴진다.

북적이던 거리는 한산하다 못해 소름이 끼칠 정도로 조용하다. 아파트는 쓸쓸하다 못해 흉물스러운 괴물로 변해가고 있다. 환하게 불 밝히던 가로등도 고독은 싫은 듯 어둠에 짓눌려 빛을 잃어가고 있다. 어둠이 깃들면 근거도 없는 괴담들이 스멀스멀 벌레처럼 기면서 도시의 몰락을 부추긴다. 4차 산업혁명이 장차 이 도시를 마치 옛날에 마야 문명이 사라지듯이 쥐도 새도 모르게 삼켜버려 영영 없어질 것이라고, 그래서 지도에서도 만경시의 존재를 영영 찾아볼 수 없게 될 것이라고 속닥거리고 있다. 지금 도시 상황은 IMF 때보다도 백배, 천 배 더 심각하다. 그때는 그래도 국가적 위기여서 공장이 문을 닫고 일자리 잃은 사람들이 길거리로 내몰리긴 했어도 도시 전체가 유령으로 변하진 않았다. 그러나 지금은 전 세계가 그러하듯 4차 혁명이라는 허울 좋은 명목하에 도시면 도시, 마을이면 마을을 아무런 예고도 없이 두꺼비가 파리 잡아먹듯이 뚝딱 집어삼키므로 어느 도시, 어느 마을이 표적이 돼 있는지 알 수가 없고, 또 국가가 그 많은 도시 농촌을 골고루 돌보기가 어려워 도시나 농촌 자체의 힘으로 이번 이 난관을 헤쳐 나가야 한다.

살기 좋은 곳에 사람들은 모이기 마련이고 사람들이 많이 모이면 도시도 융성 번창하기 마련이다. 한때 이 도시도 아주 번성하여 사람들이 들어오고 싶어도 있을 집이 없고 자녀들을 공부시키려 해도 학교가 없었다. 그래서 수요에 따라 아파트가 일어서고 학교가 증설되고 상점이 불어나고 공장이 많이 생기고 일자리가 부쩍 늘어나면서 사람이 없어서 못 쓸 정도였으니 왜 번영하지 않겠는가.

그러던 도시가 순식간에 모든 게 변해버렸다. 지금은 모두 옛말이 되었다. 이 도시가 요 모양 요 꼴이 된 데는 항간에 떠도는 귀신의 조화로 저주받은 도시도 아니고 온역(溫疫)이나 지진 홍수가 일어 사람이 못 살 곳도 아니다. 어디로 보나 풍요롭고 희망이 넘치는 도시였건만 사람이 잘못해서 이 모양 요 꼴이 되었음에도 누구 하나 나서 반성이나 자책을 느끼는 사람도 없다. 하기야 누가 나서 반성한다고 달라질 건 아무것도 없다. 도시는 그저 이렇게 사라지나 보다.

모두가 뒤죽박죽인 이 도시에 누가 선뜻 시장을 하겠다는 사람도 없을 뿐만 아니라 사람들이 다 달아나 버리고 남은 사람도 얼마 안 되어 선거마저도 불가능하다. 그렇다고 모르쇠로 일관해 그냥 내버려 둘 수도 없다.

국가에서는 고용 재난 특별 지역으로 선포하고 갖가지 구제 정책을 쏟아부었지만, 뜻대로 되는 건 하나도 없어 애꿎은 사령탑만 벌써 몇 번째 갈아 치웠다. 적임자라고 선발해 내려보내기는 했으나 영 기대에 못 미치거나 아니면 본인이 견디지 못하고 중도 하차해

버렸다. 그들은 떠나면서 하나같이 이 도시는 누가 온다고 해도 살릴 수 없는 죽은 도시라고 사형 선고까지 내렸다. 도시 상황은 심각하다 못해 최악으로 치닫고 있다.

전임 시장은 잘한다는 박수갈채 속에 영웅이 되어 승진하였고 부시장은 대리를 맡은 그날부터 '운 없는 놈은 뒤로 자빠져도 코가 깨진다'더니 전임 시장이 만들어 놓은 틀에 따라 하던 그대로 고친 것도 없는데 어디가 어떻게 잘못됐는지 곤두박질치기 시작하여 어떻게든 막아보려 안간힘을 써 보았다. 하지만 무너지는 담벼락을 혼자서는 도저히 감당할 수가 없어 고민하고 고민하던 끝에 이제는 아무리 상급에다 졸라봐도 이왕 이미 몇 사람 다녀갔고 더 기다려 보아야 그 나물에 그 밥으로 더는 좋은 해결책이 있을 리 만무하고 시간적 여유도 없어, 자의적인 판단으로 시장 모집 공고를 내고 외부에서 능력 있는 시장의 영입을 꾀하였으나 조건이 여의찮고 까다로워 좀처럼 응모자가 나타나지 않았다.

솔직히 말해서 부시장의 심중은 상당한 능력자가 오거나 아니면 그 누구도 오지 않을 것을 은근히 바라고 있다. 상당한 능력자가 오게 되면 호가호위로 싸잡아 빛을 발할 수도 있는 것이요, 누구도 오지 않으면 자리다툼 없이 자리는 절로 지켜지는 것이다. 능력이야 어떻든 간에 인구 백만이 조금 모자라는 큰 도시였으니 부시장 이 자리도 작은 자리는 아니다. 부시장 자리보다도 시장 자리를 당신이 꿰차고 싶지만, 시민들은 도시의 몰락을 전적으로 부시장의 잘못으로 치부하면서 원성이 높아, 감히 부서를 옮기지는 못하고 보란 듯이 시장 공모를 내면서 제발 응모자가 없기만을 바랐다. 그러나 의외로 응모 약정 기일이 거의 다 지나서야 반갑지도 않은 한 사람의 응모자가 나타났다.

소식을 접한 부시장은 그제야 정신이 번쩍 들었다. 아차! 하면서도 속으로는 '차라리 잘 됐다. 너 같은 풋내기가 뻗치면 며칠이나 뻗치겠나. 너보다 경험이 많은 상급 공무원도 못 하겠다고 보따리 싸 도망친 마당에 네까짓 게, 바보 천치 같은 녀석, 건데기 다 건져 먹고 간 국솥에 뭐 얻어먹을 게 남았다고 숟가락 들고 대들긴 대들어. 이력서를 보니 그래도 한다는 병원에 잘나가는 의사더구먼. 아픈 사람 병이나 보고 약 처방이나 써 줄 게지, 어디서 하룻강아지 범 무서운 줄은 모른다고 사람 다루는 게 얼마나 힘든 일인지 알기나 알고 덤벼. 어디 한번 콱 해봐라. 실패의 쓴맛은 탕약보다 더 쓰다는 걸 곧 알게 될 게다. 내 네게 제대로 가르쳐 주마. 들어올 때는 웃으며 들어와도 나갈 때는 몽둥이찜질 안 받으면 인연이 좋은 줄이나 알아라.'

면접이 시작되었다. 면접관은 부시장 주근해 씨가 주무관이고 시 의회 부의장 여건우 씨가 부관이고 심사원으로 의원 강철모, 의원 동개혁, 시 인사 담당 황경지까지 해서 모두 다섯 명으로 꾸려졌다. 주무관인 주 부시장이 먼저 재관 씨의 이력을 면접관들에게 일일이 소개하고 다음은 면접관들을 재관 씨에게 한 분 한 분 소개하였다. 인사가 끝나자 궁금한 건 못 참겠다는 듯 여 부의장이 먼저 응모 경위와 동기를 묻는다.

"들자니 큰 병원의 소문난 의사 선생님이시던데 갑자기 우리 시 시장에 응모하시게 된 동기가 궁금하군요."

재관 씨는 조심스럽게 약간 가라앉은 목소리로 침착하게 대답한다.

"제가 요해한 바로는 만경시가 어려운 고비를 겪게 된 주된 원인은 시대의 변화를 따라가지 못하고 안이하게 잘하고 있으니 이대로만 하면 된다는, 틀림이 없다는 자신감에 매료되어 벌어진 일이라고 생각합니다."

황경지 씨가 말을 받는다.

"그렇다면 이 시를 추켜세울 수 있는 묘안은 무엇입니까?"

"저의 대답은 '吐古納新, 構造調正(토고 납신, 구조 조정)' 이 두 개 사자성어로 대답이 됐는지 모르겠습니다."

"대답이 아주 시원시원하고 간단명료하네요, 제가 알기론 우리나라 사자성어에 '토고 납신'이란 사자성어는 없는 줄로 알고 있는데, 혹시 중국 사자성어를 인용한 게 아닌가 하는 생각이 듭니다. 그건 그렇고 하나 더 물읍시다. 자기소개서를 보면 행정 경험이 전혀 없으시던데 어찌 그리 자신하십니까?"

"자신감이 아니고 실수는 운동장에서 뛰는 선수보다 구경 군들이 더 잘 보는 법이죠."

"아주 재미있는 대답이군요! 우리는 댓바람에 운동장에서 뛰고 있는 운동선수가 되었군요! 좋습니다. 그러면 선생님도 정식 선수가 되어 운동장에서 뛰게 되면 혹시 실수할지도 모른다는 말씀으로 이해해도 되겠습니까?"

황경지 씨가 깐죽거리며 야유와 경멸을 섞어서 말꼬투리를 잡고 늘어지자, 재관 씨는 살짝 불쾌감을 느꼈지만 지위 고하를 막론하고 상대는 면접관인 만큼 인내하고 존중하면서 재치 있게 대답한다.

"신이 아니고 사람이라면 절대로 실수하지 않는다고 누구도 장담은 못 하는 것 아니겠습니까? 그러나 제가 실수만 하겠다고 여기에 오겠다고 감히 신청한 건 아닙니다. 만경시에는 찬란한 과거와 성공한 비결이 우리의 갈 길을 인도해 주고 있습니다."

"아니, 그건 또 무슨 말씀인지? 방금 잘하고 있다는 생각에 매료되어 잘못됐다고 비평하시고 말 두 마디가 안 지나 부인하시면 우리는 서로 모순되는 당신의 말씀을 대체 어떻게 받아들여야 합니까?"

"선배님들의 성공한 비결은 겸손하게 따라 배우고 잘못된 부분은 과감하게 고치면 완벽해질 수 있을 게 아닙니까?"

"그 참 좋은 생각입니다. 완벽해질 수만 있다면 누가 뭐라 하겠습니까? 기왕에도 숱한 사람들이 다녀갔습니다만, 올 때는 완벽을 부르짖고 갈 때는 엉망으로 가버렸습니다. 혹시 선생님께서도 이런 선배들을 본받아서 하시는 말씀은 아니시겠지요?"

이 자리에서 제일 신경 쓰이는 건 부시장 주근해다. 이야기가 잘못 흘러가고 있다. 만약 면접이 이 대로라면 면접을 접을 수도 있겠다. 그러면 나는? 어쨌든 채용 쪽으로 끌고 가야 한다. 여기까지 생각한 부시장은 입을 열었다.

"제가 보기에 이렇게 말의 꼬투리를 잡으면 밑도 끝도 없이 시간만 자꾸 흘러갈 터인데 이러지 말고 궁금한 게 있으면 원칙적이고 사업적인 면에 질문하시고 오신 분께서도 우리 시에 대해 궁금한 점이 있으면 체면 차리지 말고 허심탄회하게 터놓고 이야기해 주세요."

자리나 허심탄회가 아니라 부시장의 말이 오히려 사람들을 침묵시켰다. 부시장의 의도를 정확히 파악할 수가 없어 서로 눈치만 보고 먼저 말을 꺼내지 않는다. 누가 뭐래도 앞으로 시정은 이 두 사람에게 달렸는데 괜한 오해를 사지 않기 위함이다.

부시장은 초유의 목적은 달성한 셈이다. 부시장은 애초의 생각이 이 사람을 버릴 생각이 없고 또 이 사람이 시장직을 맡아줘야 자기는 이 진흙탕 속에서 발을 뺄 수 있다. 속셈이야 응모자가 없기를 바랐으나 이왕에 응모자가 나타난 이상, 모셔 온 시장마저 보따리를 싸게 되면 손 안 대고 절로 코 푸는 셈, 남은 밥그릇은 당연히 정정당당 제 차지가 되는 것이다. 아무리 기다려도 누구도 입을 열지 않으니 부시장은 급히 마무리를 지었다.

"오늘 면접은 이대로 끝내고 내일 통보해 드리겠습니다."

면접이 생각 외로 빨리 끝났으므로 재관 씨는 면접 결과를 추측하기가 힘들었지만 차분하게 휴식을 취하며 통보를 기다리고 있었다.

이튿날 이른 아침, 즉시 출근하라는 명령에 가까운 통보가 날아왔다. 바삐 출근을 해보니 누구 하나 아는 체하는 사람이 없다. 이 그림은 너무나 황당해 살짝 당황하게 되면서 불길한 예감이 덮친다. 세상 어디에도 이보다 더한 푸대접은 있을 수 없을 것이다. 아무 인수인계도 없이 책상 위에 달랑 초빙장 하나 놓인 게 전부였다.

새로 부임한 시장 김재관 씨는 시장 직무 경력이 있는 것도 아니고 인수인계마저 없는 캄캄한 상황에서 무엇부터 어떻게 시작해야 할지가 막연하다. 생면부지의 낯선 땅에서 하나부터 열 모두가 백지장처럼 새하얗다. 얼굴마저 창백하다. 그러나 이미 하기로 작정한 이상 이대로 물러날 수도 없다. 재관 씨는 과감하게 관례의 격식을 떠나서 현충원 참배도, 시장 취임식도 생략하고 오늘이 첫 출근이지만 류 비서를 대동해 문 닫은 지 꽤 오래된 만경시 시립병원을 찾았다. 말이 병원이지 의사도 없고 환자도 없는데 병원은 무슨, 간판만 버젓이 걸려 있는 빈집이다. 재관 씨는 만경시를 부활시키는 데 여기에서 돌파구를 찾을 예산이다.

좀 있자니 부시장이 갑자기 짐을 싸 떠났다는 소식에 사람들은 의외라는 듯 서로 눈치만 살피고 있다. 그러나 그건 잘못된 소문이었다. 부시장이 보따리를 싸 떠난 게 아니라 잠시 자리를 비웠다. 누구 말마따나 어떻게 여기까지 올라온 자리인데 밀려서 무능의 족두리를 쓰고 쫓겨난다면 치욕이 아닐 수 없다. 이런 수모는 부시장 주근해 씨에겐 절대로 용납되지 않는다. 지금 잠시 자리를 비운 것은 경기장 밖에서 재미나는 구경을 하고 싶어서다.

이쯤 하면, 웬만한 눈치 있는 사람이라면 뒤도 안 돌아보고 떠날 터, 재관 시장은 오기가 생겨, 부시장이야 밖에서 구경하든 말든 제 생각에 사람들을 불러 모으려면 사람들이 호기심을 가질 수 있는 미끼와 탁월한 지략과 특약 처방이 필요하다. 그래서 생각에 생각으로 고심하던 끝에 사람들은 흔히 죽겠다는 말을 입버릇처럼 자주 한다는 걸 알아챘다. 뭐 바빠 죽겠다. 아파 죽겠다. 보고 싶어 죽겠다. 심심해 죽겠다. 웃겨 죽겠다. 힘들어 죽겠다. 속상해 죽겠다……. 그러나 그렇게 쉽게 말하는 죽음은 너무 행복해서 입에 발린 말이고 진짜 죽음은 인간에게 있어 가장 두려운 존재다. 사람들은 아프면 병원에 가 치료를 받고 약을 먹는다. 병원은 사람의 삶에 없어서는 안 될 필수기관이다. 아무리 필수이긴 해도 사람이 희소한 이 도시에서 다른 도시와 똑같은 설비에 똑같은 의술로 병을 치료한다면 사람도 희소한 이 도시에 이런 병원은 지나친 사치로 존립할 아무런 의미도 없을 것이다. 오직 사람들이 보면 호기심을 유발할 정도로 신기하고 새롭고 최신식, 최첨단의 로봇으로 희귀한 병, 난치병을 치료하고 또 잘만 고쳐낸다면 국내는 물론 국외에서도 많은 환자가 몰려올 것이다.

병원 문은 잠겨 있지도 않았지만 먼지 낀 거미줄을 털면서 안으로 들어가 보니 그래도 의료기기와 설비들은 손상 없이 있는 그대로여서 지금이라도 청소만 제대로 잘 하면 당장 내일이라도 개업하는 데는 별문제가 없을 것 같다.

병원 안을 둘러본 재관 씨는 좋아서 류 비서를 불러 세웠다

"류 비서 이 정도면 한 일주일 뒤에 병원을 개업해도 문제없겠지?"

"네? 그렇게 빨리요. 무척 시간에 쫓길 텐데요. 좀비 문제도 그렇고."

"난 늦다고 하는데 류 비서는 빠르다는군. 우리에겐 시간이 없어. 우리가 이 도시에서 뿌리를 내리고 살아갈 수 있느냐 없느냐는 시간문제야. 전투에서 고지 점령이 시각을 다툰다면 우리도 마찬가지야. 남이 갈 수 없는 길도 우리는 가야 하고 남 먼저 가는 것도 성공의 지름길이거든! 좀비도 아마 우리의 절박함을 알고 우리를 도와줄 거야."

"시장님, 시장님은 좀비를 아주 대수롭지 않게 여기시는데 이 지방 사람들은 좀비 말만 해도 겁이 나서 오던 길도 돌아서 간답니다. 저는 보지는 못했지만 듣건대 확실히 징그럽고 무서운 존재인 그것만은 틀림없습니다. 오늘 제가 시장님을 따라나선 건 무서워 오기 싫었으나 한 방면으론 호기심도 나고 해서 제일 보고 싶은 것이 시장님이 좀비를 어떻게 대하는가? 하는 문제입니다."

좀비 이야기의 출처는 바로 병원 엘리베이터에서였다. 몇 해 전 어느 날 밤, 야간 진료실에서 입원 환자를 6층 병동으로 옮기려고 승강기에 싣고 문을 닫고 승강기를 작동하자 갑자기 어린애가 끼인 듯 자지러지는 비명을 지르며 울음보를 터뜨렸다. 간호사는 당황해서 어쩔 줄을 몰라 발을 동동 구르다가 손을 뻗어 누른 게 다행으로 바로 위층 벨이 눌려 승강기는 멈춰지고 승강기가 멈추자

20   유령 도시

어린 아기 울음소리도 그쳤다. 간호사는 놀라 승강기 아래위를 훑어보아도 아무 이상이 없어 다시 승강기를 작동시켰다. 승강기가 작동하자 또다시 똑같은 울음소리가 들린다. 이상한 건 낮에는 아무 소리도 없다가 자정이 되면 꼭 소리가 난다. 담이 센 장정들도 믿기지 않는 듯 설마 하면서 승강기를 타 봤지만, 승강기를 작동하는 순간 자지러지는 어린애의 처절한 울음소리에 등골이 오싹하면서 머리카락이 빳빳이 일어서고 얼굴이 백지장같이 하얗게 질려 급히 승강기에서 내리곤 한다. 병원 총무과에선 승강기 정비 기사를 불러 정밀 검사를 받아 봤지만 '이상 없음'이란다. 그 뒤로 숱한 전문가들이 다녀갔지만 별 도움이 안 되었다.

그렇게 잘나가던 병원이 문을 걸어 닫고 만경시가 유령의 도시로 변한 데는 이 아기 귀신의 조화라고들 얘기하고 있다. 좀비를 봤다는 사람도 있다. 좀비는 사람 입에서 입으로 건너다니면서 점점 더 흉물스럽고 무섭게 변해가고 있다. 겁에 질린 사람들은 병원은 고사하고 병원 앞을 지나는 것마저 꺼리고 있다.

병원 안을 구석구석 돌아다니다 보니 시간이 퍽 많이도 흘렀다. 두 사람의 배에서 꼬르륵 소리가 났다. 귀신이든 좀비든 산 사람은 뭘 좀 먹어야 살 것 같다.

두 사람은 차를 몰고 거리를 이 잡듯 누볐지만 간판만 버젓이 걸려있을 뿐 문을 연 식당은 좀처럼 찾을 수가 없었다. 동네 슈퍼라도 찾아 라면이나 과자로 끼니를 때우려 해도 쉽지 않다. 골목길에 접어드니 사람들이 버리고 간 쓰레기 더미에서 주인 잃은 개, 고양이들이 허기진 배를 채우려 먹이를 찾아 헤맨다. 물어뜯어 흩어놓은 비닐봉지들이 사방에 날려 지저분하기란 도시가 아니라 쓰레기 매립장을 방불케 한다. 쓰레기 더미는 뒤지고 또 뒤져 이젠 더 뒤질 나위도 없겠건만, 가끔은 자기 영역을 침범했다고 서로 물고 뜯고 싸움질이다. 이 길을 피해 둘러 가 볼까 망설이지만 어차피 시내를 한 바퀴 돌면서 이 시의 구체적인 정황을 살피는 것도 시장의 업무라 무작정 핸들이 인도하는 대로 따라나섰다. 벌써 공원 몇 개를 지나쳤는지 기억도 안 나지만 이번, 이 공원에서 뜻밖의 광경을 목격할 수 있었다. 아주 귀엽게 생긴 한 남자애와 깜찍하게 생긴 여자애 단둘이서 놀고 있는 모습을 보게 되어 사막에서 오아시스를 만난 기분이 들었다. 언짢았던 마음이 사르르 녹으면서 소중한 인연이라 놀라 달아날까 살금살금 조심조심 다가갔다. 그네들은 김 시장이 이 시에 온 지 하루 만에 처음 만나는 아주 귀한 손님이다. 40 생에, 사람이 이렇게 귀하리라곤 꿈에도 몰랐다.

이때 사내애가 다가오는 사람들을 의식했는지, 아니면 원래 노는 스타일이 그런지 아주 쨍쨍한 목소리로 얘기한다.

"오늘 날씨를 말씀드리겠습니다. 북쪽에서 내려오는 고기압과 남쪽에서 밀려오는 저기압이 서로 부닥치면서 대기 환경이 불안해 오늘 날씨는 가끔 흐렸다, 개었다를 반복하면서 얄밉게 변덕스럽고, 곳에 따라 비가 오는 곳도 있고 안 오는 곳도 있겠습니다. 천둥번개와 우레가 울며 국지성 호우가 쏟아지는 곳도 있겠습니다만, 국지성 호우는 말 그대로 국지성인지라 비는 강하나 길 하나 사이 두고도 올 수도 안 올 수도 있으므로 우리 예보는 절대적으로 맞는 만능 예보랍니다. 오늘도 맞고 내일도 맞고 모래도 맞는 백 년 예보, 언제 어디서라도 맞는 만능 일기예보랍니다."

듣고 보니 참, 요즘 기상관측소에서 하는 일기예보에 애매한 문구들이 너무나 많다. 사람들의 관심사는 오늘 내 머리 위에 비나 눈이 오나 안 오나지, 향방도 없는 곳에 따라서 비가 온다거나 국지성 호우 같은 수식어들은 왜 쓰는지 알 수가 없다. 예보는 어디까지나 예보일 뿐 100% 다 맞힐 수는 없다. 100% 다 맞힌다면 그건 예보가 아니라 기상 교정보다. 하긴 의사들도 어떨 때는 아프고 불안해서 부득이 찾아온 환자들에게 약 처방은 하지도 않고 술담배를 하지 말고 건강에 주의하란 말로 돌려보내는 것과 모호하기란 다를 바 없는 것 같다. 의사들이라고 병을 다 아는 건 아니다. 의사들이 병을 다 안다면 그건 의사가 아니라 신이다.

사내애의 일기예보가 끝나자, 여자애는 어느새 놀이기구 제일 높은 곳에 올라서서 마치 무대에서 청중을 바라보며 시를 낭송하듯 자세를 갖추고 정중히 공을 들여 소개한다.

"지금 시 낭송이 있겠습니다."

재관 씨는 어린애가 떨어지면 다치지는 않을까 걱정돼 류 비서에게 빨리 가서 안아 내리라고 눈짓을 하지만 어린 소녀는 올라오고 있는 류 비서를 못 본 척 태연스럽게 제 시를 읊는다.

제목: 백성 없는 임금님! 잠꼬대는 언제쯤 깨려나?

어른들은 참 이상해, 왜 이러는지 몰라

자식들에겐 애국하라 교육하면서

지네들은 짐 싸 들고 외국 나가네

민족의 대 끊길라, 자식 많이 낳아라,

출산 장려 정책도 좋지만

키워서 남 줄 바에 키워선 무엇 하나

임금님은 말한다. 너희들 게을러 그렇지

일자리가 왜 없어

외국 가면 일자리 많아

일자리 찾아 외국 나가는 것도 애국인가?

노인들 빈집 지키듯 지팡이 짚고 나라 지키고

백성 없는 임금님, 잠꼬대는 언제쯤 깨려나?…"

"얘, 너 이름이 뭐니?"

시장이 묻는 말에 사내애가 대답한다.

"제 이름은 조정제, 쟤 이름은 이수금입니다."

"아저씨 이름은 김재관이야. 가만 있어 보자, 너희들 둘이 성씨가 다른 거로 보아 오누이는 아닐 터이고 너희들 둘은?"

남자애가 말을 잇는다.

"원래 우리 가족은 서울에서 살았는데 워낙 경기가 안 좋아 엄마 아빠께서 일자리 찾으러 외국에 나가게 되어 잠시 자리 잡히는 동안 저를 외할머니 집에 맡겨 놓고 가셨고, 대구에서 살던 수금도 역시 같은 처지라 우리 둘은 그놈 일자리 때문에 부모님들과 생이별하고 갈 곳도 놀 곳도 없어 매일 이렇게 심심풀이로 허송세월 보내고 있네요."

"아저씨가 너희들 말을 들으니 몹시 미안하구나. 너희들이야 내가 왜 미안해하는지 이해할 수 없겠지만 이담에 크면 그 참뜻을 이해하게 될 거다. 참, 허송세월도 다 알고, 정말 똑똑하고 영리한 애들이구나! 너희들은 장차 커서 뭘 하고 싶니?"

조정제는 아무 망설임도 없이

"이담 저는 기후학을 연구해서 앞으로 사람들에게 지금보다 훨씬 정확한 기상정보를 제공할 거예요."

수금도 덩달아 똑 부러지게

"저는 이담 커서 기자가 될래요."

"기자 선생, 기후학 박사, 듣기만 해도 기분 좋네. 꼭 성공하길 바랄게."

재관 씨는 될 수 있는 한 애들과 좀 더 가까이하고 좀 더 많은 이야기를 나누고 싶었지만, 시간상 아쉬움을 뒤로하고 작별하지 않을 수 없었다. 재관 씨는 지갑을 꺼내 한 사람 앞에 돈 만 원씩 나눠주었다. 애들은 모르는 사람이 주는 돈이나 물건을 함부로 받으면 안 된다고 부모님이 가르쳤다면서 극구 사양하자 류 비서가 나서서 이건 모르는 사람이 주는 나쁜 돈이 아니고 시장님이 주신 돈이니 감사히 받으라고 익살을 부려 가면서 강권하자 그제야 돈을 받고 감사하다고 인사했다.

애들과 아쉬운 작별을 고하고 차에 몸을 실은 김 시장은 차츰 시야에서 멀어져 가는 애들을 바라보며 긴 숨을 내 쉬었다.

'왜 어떤 나라는 제 나라 국민도 모자라 외국인들마저 수용하는데 우리는 제 시민의 삶도 지키지 못하는가?' 어깨가 무거워짐을 다시 한번 느꼈다. '사람들은 누구나 입은 살아서 말은 번지르르하게 잘도 한다. 말로는 수도 없이 잘하겠다고, 잘하고 있다지만 정말 잘하고 있는가? 잘하고 있다면 도대체 뭘 어떻게 잘하고 있단 말인가?'

02.
문전박대

사람들은 저마다 살길 찾아 뿔뿔이 떠나고 도시는 망한다는데 은근히 즐기는 공무원도 있었다. 꼬박꼬박 월급은 나오는데 사람이 없으니 별로 할 일이 없고 할 일이 없으니 편해도 너무 편해, 세상에 이 이상 더 편할 수가 없다. 사람이 줄었다고 공무원 수가 주는 것도 아니고 있을 건 다 있고 추가로 오겠다는 사람도 없으니, 지각하든 조퇴하든 근무 시간대에 무단으로 자리를 비워도 누구 하나 찾는 사람도 없다. 이 사람들은 산만한 습성에 물들어 회의에 오는 것조차 싫었고 회의 소집 자체가 부담스러웠다. 고삐 풀린 말처럼 자유를 만끽하며 살아온 터라 누구의 통제도 싫고 조직 생활은 더구나 귀찮게 여겨진다. 그네들은 제 딴엔 총명해서 이번 이 사태의 기본 해법은 묻고 말고 할 것도 없이 결론은 이미 불 보듯 빤하게 나와 있는데 괜히 쓸데없이 회의는 소집해서 애꿎은 사람만 못살게 하느냐는 불만이 머리를 지배하고 있다. 잘난 해법이 무엇인고? 하니 오직 중앙 정부에 잘 보여 중앙 정부의 많은 지원을 받는 것이 진정 이 도시를 살릴 수 있는 유일한 방도다. 그들의 말대로라면 우리는 우리 지역 국회의원들의 능력을 믿는다. 이미 우리 시는 중앙 정부로부터 특별 고용 재난 지구로 선정되어 있고 조만간 정부 지원이 절로 이루어질 터인데 하룻강아지 범 무서운 줄 모르고 저렇게 함부로 설치고 날뛰다가 정부 지원이라도 끊기면 긁어 부스럼만 만들어 제 코만 다친다는 거다. 우리는, 우리가 모두 다 같이 않는 소리, 아니 우리는 우리가 모두 다 같이 죽는 모양새를 갖춰도 시원찮은데 천방지축 허둥대는 저 애송이가 얼토당토않은 쌩 쇼 같은 소리를 해 가며 백주에 잠꼬대하고 있으니 저 애송이가 문제를 일으키기 전에 여하 불문하고 근처에 얼씬도 못하게 쫓아 버려야 한다는 거다.

"거참, 듣자 듣자 하니, 시장님이야 수틀리면 발 빼면 그만이지만 우리는 생계를 책임지고 있는 가장들로서 무엇보다 국가 지원이 절실한데 사사건건 정부 정책에 엇박자를 내면서 궤멸에 가까운 이 도시를 살리겠다고? 무슨 수로? 백이 얼마나 센 사람인지는 모르겠으나 그 어리석은 생각으로는 한 달도 못 버틸 텐데 나중에 짐 싸는 것보다 지금 당장 짐 꾸리는 게 낫지 않을까?"

몸집이 뚱뚱하고 얼굴이 둥글넓적한 한 중년 신사의 발언에 조용하던 회의장은 순식간에 웅성웅성 끓는 가마솥이 되었다.

무슨 말인지 누가 무슨 말을 하는지 통 분간할 수가 없다. 김 시장은 실컷 떠들게 놔두다가 이젠 그만하면 됐다 싶을 때 다시 고삐를 조인다.

김 시장은 발언한 사람이 어느 부서 누구인지는 모르지만, 그 사람의 말도 틀린 말은 아니라고 생각했다. 다만, 정책은 말로만 외치는 구호가 아니라 착실한 설득으로 맺힌 매듭을 풀어나가야 한다.

회의는 긴장되고 무거운 분위기 속에서 계속 팽팽하게 진행되고 있다. 김 시장은 밤새워 작성한 발언 원고지는 무용지물이란 걸 깨닫고 즉흥적인 연설에 들어갔다.

"오늘 우리가 금융 책임자들을 여기에 초빙해서 함께 회의를 하게 된 것은 당면의 '4차 산업혁명'이라는 무거운 화두를 우리 시가 어떻게 받아들이고 이해하고 실행해 나갈 것인가를 함께 토론하고 함께 고민해 보자는 취지였습니다. 제가 여기 오기 전에, 저는 사람들에게 물어봤습니다. 생기를 잃고 침체한 도시를 살리려면 무엇부터 먼저 해야 하는가? 물어보니 모두가 이구동성으로 '경제를 살려야 된다.' 이렇게 말씀해 주셨습니다. 저 역시 동감합니다. 다만 아쉬운 건 구체적인 처방이 아니고 너무 원론적인 대답이어서 조금은 실망했습니다. 경제를 살린다는 것은 천만번 지당한 말씀입니다. 우리는 첫 번째도 경제, 두 번째도 경제, 셋째도 경제입니다. 그러나 말로만 경제가 아니라 행동으로, 즉 다시 말해서 민생입니다. 단언컨대 우리의 정책이 궤도에 올라서게 되면, 그때 가서 오늘이 어제보다 우리의 생활이 얼마나 어떻게 나아졌는가 하는 것을 보게 될 것입니다. 석 달 안에 우리의 생활이 전(前)보다 조금이라도 나아지지 않는다면 저는 누가 쫓아내지 않아도 제 발로 물러날 것입니다.

우리가 경제를 살리는 데는 어떤 방법으로 어떻게 살릴 것인가?

각자 사람마다 생각이 다를 수 있습니다. 아시는 바와 같이 우리가 살림살이를 맡아서 해보면 맨주먹으로 맨입으로는 아무것도 할 수 없다는 것을 알게 됩니다. 먹고 쓰고 생활하려면 자연히 돈이 필요합니다. 큰 살림일수록 돈이 더 많이 필요하겠지요? 그러나 우리는 지금 돈 나올 구멍이 없습니다. 국가에서 주는 지원금으로는 턱없이 부족합니다. 국가에서 주는 지원금은 말 그대로 지원금으로 겨우 연명할 정도일 뿐 제 도약의 살림 밑천은 아닙니다. 우리는 지금 세금을 징수하려 해도 내원이 없습니다. 기업이 있어야 세금을 걷고 사람이 있어야 세금을 걷을 게 아닙니까? 우리는 비장한 결심을 내리고 한 번도 가 본 적이 없고 남들이 가 보지도 않은 길을 우리는 가야 합니다. 그게 화염산 얼음 바다라도 우리는 살기 위해서라도, 살아남기 위해서라도 위험을 무릅쓰고 우리의 길을 개척해 나가야 합니다. 한국식 양적 완화와 저금리-나아가서 금리동결, 좋은 방법이고 옳은 말이긴 하지만 우리로선 이 방법으론 아무것도 할 수 없다는 게 현실입니다. 우리는 우리대로 할 수 있는 새 길을 모색해 나가야 합니다. 지금 미국에서는 양적 완화라는 이름으로 돈다발을 풀고 있고 기타 나라에서는 달러에 맞춰 환율이 춤을 추고 있고, 국내외 많은 돈들이 투자처를 찾지 못해 방황하고 있습니다. 우리 시 은행들은 위기를 기회로 적정선의 높은 금리로 이 돈들을 끌어모아야 합니다. 어떤 사람들은 나에게 묻습니다. 사람도 없는데 돈은 해서 무엇 하며 돈은 또 어디 가서 모을 것이냐고. 그러나 우리는 그 누구도 우리에게 투자해 주지 않을 것이라는 걸 잘 알아야 합니다. 우리는 이미 벼랑 끝에 쫓겨 와 있습니다. 누구도 우리를 불쌍히 여겨 우리를 구해주지 않을 것입니다. 하나님마저 우리를 외면하고 있습니다. 형세는 위급합니다. 뒤에는 우리를 잡아먹으려고 괴물들이 추격해 오고 앞에는 낭떠러지 천 길 절벽이 입을 벌리고 있습니다. 우리는 죽음을 앉아서 기다리거나 누가 우리를 구해주기를 기다리기보다 자기 자신의 지혜를 발휘하여 비록 날개도 없고 날 줄도 모르는 애송이지만 우리에겐 머리가 있고 살아야 하겠기에 살아날 방도가 생겨날 것입니다. 기적은 언제나 절박한 사람들의 편입니다."

그러자 여기에서 또 다른 복병을 만난다.

"은행이란 본래 이자를 먹고 사는 비생산 구조인데 투자처도 없으면서 맹목적으로 적금 이자를 올리게 되면 서민들은 빚에 쪼들리게 되고 은행은 은행대로 이자 손실을 보게 되는데, 시장님은 이만한 상식에 도리를 모르지는 않겠지요?"

"모두가 지당한 말씀입니다. 은행은 절대로 손해를 보지 않을 것입니다. 은행들은 서둘러 자기 자금 비율, 즉 충당금을 높임으로써 나중에 우리 시가 회복기에 접어들게 되면 빛을 발하게 될 것입니다. 제 생각에 선생님의 시야는 오늘 직면한 현실의 심각성에 겁을 먹고 해결 방법이 보이지 않아 어려움을 여실히 반영하고 있으나 저는 구름 걷힌 맑은 하늘을 그리며 내일을 보고 환상의 나래를 펼치고 있습니다. 왜 그런 말이 있지 않습니까! 제일 힘든 시기가 도약의 발판이라고. 우리가 모두 한마음 한뜻으로 단합하여 출구를 찾는다면 뚫고 나아 갈 길이 보이게 됩니다. 쌍둥이도 먼저 나온 게 형인데 오늘과 내일도 오늘은 형이고 내일 동생입니다. 형님이 아무래도 동생들을 잘 돌봐줘야 할 것 같습니다."

김 시장은 농도 섞어가며 회의 분위기 반전을 노렸으나 마음 한쪽 구석은 썰렁하다.

'내가 이런 대오를 거느리고 병들어 다 죽어 가는 이 도시를 활력이 넘치는 건강한 도시로 만들어 낼 수 있을까?'

김 시장은 잠시 말을 멈추고 회의장을 다시 한번 둘러보며 깊은 생각에 잠긴다.

'내가 언제 호루라기만 불면 질서 정연한 아주 잘 훈련된 전투 부대가 나를 맞아 줄 거란 희망을 걸고 여기에 오겠다고 했는가? 그러나 눈앞의 광경은 어디까지 실망스럽다. 지금 나의 처지는 너무 빈약하여 바람에 날리는 먼지 같다. 전장에는 공격만이 전투가 아니라 후퇴와 수비도 전쟁 중의 책략이다. 급하게 너무 많은 것을 얻으려면 오히려 혼란만 초래하고 일이 복잡하고 잘못하면 일을 그르칠 수도 있다. 모든 조급함을 삼가고 하나부터 열까지 차근차근 만들어 나가야 한다. 급한 것부터 할 수 있는 것부터 해나가다 보면 힘도 생기고 믿음도 생겨 동지들도 많이 생길 것이다. 누가 뭐래도 흔들리지 말고 내 자신을 믿어야 한다.'

조무래기 시절 대장으로부터 학교의 학생회장까지 남다른 조직력과 통솔력을 가진 그로서는 사람들을 어떻게 다루어야 한다는 것을 잘 알고 있었다.

'문전박대' 이것이야말로 치욕이 아닐 수 없다. 수 싸움에서도 열세지만 준비 없는 싸움을 시도한 것도 김 시장의 잘못이었다. 그러나 김 시장이 졌다고 두 손 들고 순순히 투항할 위인도 아니다. 잠자던 사람, 깨임하던 사람, 잡담이나 하고 회의에 집중하지 않던 사람들이 순식간에 회의에 집중하게 된 그것만으로도 회의는 성공적이었다고 그는 생각했다.

김 시장은 어느 정도 사람들의 상황을 파악하고 회의의 중심을 잡아나가기 시작한다.

"지금 일부 사람들은 일자리가 부족하므로 외국에 나가 취업하는 것을 격려해야 한다고 생각하는데, 이건 많이 잘못된 발상이고 위험한 생각이다"라며 수금의 시를 읊었다. 간단하게 시평도 달았다.

"자, 보십시오. 이 시는 적나라하게 당면한 우리의 시대상을 풍자하고 있습니다. 사람이 있어야 도시도 있고 나라도 있는 것입니다. 문제해결이 어렵다고 청년들이 외국에 나가 취업하는 것을 무조건 독려한다면 도시는 텅텅 비게 되고 나라도 비게 될 것입니다. 문호를 개방한다는 것은 필요한 인재를 외국에 보내어 선진 기술을 학습하고 조국에 돌아와 낙후한 국내 경제를 업그레이드시키는 데 그 목적이 있는 것입니다. 이 시는 여섯 살짜리 꼬마 아가씨가 쓴 시로서 우리에게 많은 문제를 제시해 주고 있습니다. 한때 우리는 독일에 근로자를 파견하였고 베트남엔 군대를 파견했었고 중동엔 건설 근로 인력을 송출하였습니다. 그때는 우리가 못살았기 때문에 발품이라도 팔아 돈을 벌어야 했지만 지금 우리나라는

50년대의 빈약한 나라가 아닙니다. 발품 팔고 외화벌이로 나라 구하던 시대는 이미 과거고, 우리는 지금 인재를 수출할 때가 아니라 수입해서 나라를 부의 나라로 업그레이드시켜야 할 것입니다. 다른 건 몰라도 트럼프가 제일 잘한 일은 수단 방법 가리지 않고 외국 공장들을 미국 국내로 불러들이는 일이라고 생각합니다. 트럼프가 다 잘했다는 말이 아니라 트럼프가 뭐 잘했는가? 물으면 이 점을 꼽을 수 있다는 뜻입니다. 우리는 트럼프처럼은 할 수 없지만 그래도 우리가 할 수 있는 범위 내에서 수단과 방법 가리지 말고 여하를 불문하고 외국에서 들어오려는 기업과 우리나라에서 국외에 나가 사업하고 있는 기업들을 조속히 불러들여 우리 시가 기업하기 좋은 도시로 거듭나야 할 것입니다. 이게 바로 우리가 살아날 길이고 우리의 능력이고 우리의 희망이고 우리가 해야 할 일인 것입니다.

박 대통령 시절 외국 자본의 인입(引入)은 오늘과 같은 대한민국을 만들어 놓았습니다. 우리는 그 사람이 누구든 잘한 것은 잘했다 하고, 못 한 건 못 했다고 해야 할 것입니다.

한국일보 2018.3.18일 자 A3면 기사에는 이런 놀랄 기사 하나가 실렸었습니다.

'우리나라 7대 기업 중 올해 채용 인원은 2만 명, 국외 채용은 15만 명!' 절로 입이 딱 벌어집니다. 국내에서 일자리가 없어 난리인데 나랏돈을 투자해 남 좋은 일만 하고 있습니다. 아무리 세계화 시대라고 부르짖어도 이건 아닙니다. 지나친 세계화의 의존도는 그

나라 국익에 따라 좋을 때는 좋지만 관계가 나쁠 때는 일방적인 절교로 우리에게 생각지 못한 피해를 전가할 우려가 있습니다. 우리는 우리가 무엇을 잘못하여 그 많은 공장이 외국으로 나가게 되었고 어떻게 하면 유턴할 수 있는가를 연구해야 합니다. 우리는 이념 외교보다 실리 외교로 우리 몫을 챙기는 것이 복잡한 국제 구조에서 현명한 정책이라고 생각합니다.

언론 보도 자료를 보면 외국 사람들은 다른 나라에 가 돈을 벌고 기술을 배워 조국에 돌아가 국내 경제를 업그레이드하는 데 큰 역할을 하지만 왠지 우리나라 사람들은 나가면 돌아올 줄 모르는 게 큰 유행입니다. 어떤 외국에 나간 기업 대상 설문 조사에 의하면 96%가 유턴은 생각지도 않는답니다. 그 뜻인즉슨 국내 기업 환경이 좋지 않다는 말입니다. 외국에 나간 기업들이 사회적으로나 언어, 주거환경, 치안, 교육, 안전, 세금, 전쟁 등등 몹시 열악한 환경에서 생활하고 있음에도 고집을 부리고 유턴하지 않는 것은 국내 기업 환경이 그보다도 더 못하다는 방증입니다. 지금 우리가 기업 환경의 변화를 꾀하지 않는다면 외국에 나간 기업들이 돌아올 리도 만무하고 일자리가 고갈되어 유령이 된 도시에 당장 무슨 일자리를 만들어 공급한다는 것도 빈말이 될 것입니다. 일자리는 필요하다고 막 만들어지는 게 아닙니다. 아무리 도깨비방망이가 손에 들려 있어도 마법사가 아니면 소용이 없습니다. 우리는 우리가 모두 한마음 한뜻으로 똘똘 뭉쳐서 우리의 앞날을 선전하고 그들에게 믿음을 줘서 그들이 돌아오도록 우리가 만들어야 할 것입니다.

일자리는 쪼개기 해서도 아니 됩니다. 혼자 먹어도 시원찮은데 쪼개면 모두가 허기를 만나게 됩니다. 그렇다고 무작정 기다릴 수도 없는 형편입니다. 봉사업 일자리보다 생산 제조업 일자리를 늘려야 합니다. 늦었지만 학교에서는 이공계 학생 수를 늘리고 장래 기업가들을 육성해 내야 합니다. 학생들은 수학이 어렵다고 인문계에만 몰리고 있습니다. 교육의 개혁은 수학 문제를 제대로 풀어야 합니다. 수학이란 이 문제를 제대로 풀지 못하면 국가의 앞날은 참담하게 될 것입니다. 인문계 인원은 차고 넘칩니다. 일자리 찾기도 어렵습니다. 부모의 돈으로 대학을 졸업하고 백수가 된다면 대학가는 의미도 되짚어 봐야 합니다. 제조업의 일자리는 이공계가 만들지만, 꼭 대학 졸업장이 있어야 하는 건 아니라고 봅니다. 학벌 만능주의를 타파하고 실용 인재 육성이 관건입니다. 우리가 백번 말해도 일자리 만드는 것이 당면한 주된 과업이고 일자리가 있어야 사람이 모입니다. 이건 누구도 부인할 수 없는 진리입니다.

일자리 말이 났으니 한마디 더 보탤 말은 지금 우리나라는 일자리 없는 것도 문제요, 산재로 죽는 사람이 많은 것도 큰 문제입니다. 일자리가 없다, 없다 하면서 우리의 자식들이 일하다 사고로 너무나 많은 사람이 죽어 나가고 있습니다. 멀리 다른 사람 말은 놔두고 과거 우리 조선업도 고열에, 뙤약볕에 용접공들이 땀으로 일했습니다. 추울 때는 손이 쩍쩍 붙는 쇠붙이를 만지며 손을 호호 불면서 일했습니다. 가림막이라도 설치하고 에어컨은 힘들더라도 선풍기라도 틀어서 작업 환경을 개선했더라면 숙련공들의 이탈도 막을 수 있었겠지만 이런 열악한 작업 환경 속에서 일하도록 버려뒀습니다. 정부는 자리만 지키라고 정부가 있는 게 아닙니다. 기업 하기 좋은 도시와 마음 놓고 일할 수 있는 도시는 서로 다른 말이 아니라 똑같은 말입니다. 두 마리 토끼를 동시에 잡아야 우리가 꿈꾸는 살기 좋은 도시를 만들 수 있습니다.

저는 오늘 지루하게 여러 말을 늘어놓았습니다. 돈 문제, 취업 문제, 학교 문제, 시장 정비 문제……등등. 한마디로 요약하면 우리가 모두 힘을 합쳐 외국에 간 기업을 불러올 수 있으면 불러오고 외지로 나간 시민들도 연락이 닿으면 불러들이고 사람들을 한번 모아보자는 얘깁니다. 우리 다 같이 사람 사는 세상, 잘 사는 세상, 모두가 부자가 되는 세상을 한번 만들어 봅시다. 모두가 잘살게 해주는데 그걸 싫다고 떠날 사람은 아마 아무도 없을 것입니다.

지금 들으니 중국으로 간 기업인들이 인건비가 싸다고 베트남으로 동남아로 움직이고 있답니다. 이건 우리가 그들을 설득할 수 있는 절호의 기회입니다. 우리는 그들에게 조속히 유랑 생활을 끝내고 안정된 생활을 할 수 있는 최적의 환경을 만들어 전쟁, 외교, 치안의 불안에서 벗어나도록 도와야 할 것입니다.

청년들이 일자리를 잃어 국외로 일자리 찾아 떠난다는 건 우리나라 노동 구조와 제도에도 문제가 있습니다. 아무리 노인 노후 문제가 중요하지만, 청년들이 희망이고 청년들이 즐겁게 일을 해야 나라는 부를 창조할 수가 있습니다. 돈이 많으면 노인 복리 문제도 자연히 해결하게 돼 있습니다.

일부 사람들은 저출산 문제 역시 출산 장려금으로 문제를 해결하려 하고 있습니다. 여자가 없는데, 여자가 있어도 먹고살기 바빠 일만 하는데 아기는 누가 낳습니까? 돈도 좋지만 사람이 제일 아닙니까? 우리 모두 힘을 합쳐 사람을 모아봅시다. 여러분! 지금 국가가 출산 제한 정책을 실현하기 전의 출산 분위기를 한번 떠 올려봅시다. 그때는 돈을 안 줘도 어린애를 많이 낳았었는데, 지금은 돈을 줘도 어린애를 낳지 않으니 환경이 변해도 너무 많이 변했습니다.

여러분! 우리 먼저 사람이나 모아 놓고 다음 문제를 연구합시다. 말이 쉽지, 사람 모으기가 여간 힘든 일이 아닙니다. 우리는 링 위에 올라선 아기 투사처럼 몸집이 수십 배나 더 크고 웅장하고 힘센 서울과도 싸워 이겨야 하고 코 큰 외국 사람들과도 싸워 이겨야 합니다. 우리가 우리의 힘을 보여주고 우세해야 사람들이 우리를 믿고 따라올 것이 아닙니까? 다시 말해서 믿음이 있어야 사람들이 따라올 것입니다. 우리는 우리가 능히 당면한 어려움을 개척해 나갈 수 있는 적임자라는 걸 말로써가 아니라 행동으로 보여줘야 할 것입니다."

회의장이 어수선하고 회의내용 전달도 잘 안 돼 효과는 기대하기 어려우나, 만경시 재건을 위하여 김재관 씨는 분명 첫 삽을 떴다.

03.
새싹

벚꽃이 만개하였다. 누구의 작품인지는 몰라도 가로수 하나는
참 멋지다. 코로 향기를 맡기보다 눈으로 보는 것이 훨씬 예쁘고
즐겁고 행복했다. 사람이 세상에 태어나서 위대하기보다 아주 평
범한 일일지라도 이렇게 두고두고 그 업적을 칭송한다면 그 사람
은 결코 평범하게 살지는 않았다. 속담에 '범은 죽으면 가죽을 남
기고 사람은 죽으면 이름을 남긴다.'더니 그 업적을 기린다는 말이
아닐까?

칭찬이 따르자 나무를 심자고 기획한 사람은 제 주장이라고, 설
계한 사람은 제 공로라고, 심은 사람은 이 나무는 자기가 심은 나
무라고 난리들이지만 도시가 이 꼴이 된 데는 모두가 내 잘못이라
고 누가 선뜻 나서는 사람도 없다. 하기야 누가 나서 반성하고 자
책을 한다고 달라질 건 아무것도 없다.

사람들이 벚꽃 구경에 한창 열을 올리고 있을 때 병원은 조용히
문을 열었다. 주눅이 든다. 병원을 개업하려면 홍보 차원에서라도
북 치고, 장구 치고 동네가 들썩들썩 떠나갈 듯 떠들썩해야 했건

만, 어려움에 힘들게 개업하다 보니 조용히 개업하게 됐다. 우선 병원 인원 구성부터 너무 초라하다. 옛 국립 의료원은 의사 간호사들만 해도 수백이었으나 지금은 그 규모가 서울의 한 조그마한 동네 의원, 의원급 정도에도 못 미친다. 병원 원장 한 명에 의사 두 명, 간호사 두 명 모두 합해서 고작 다섯 명뿐이고 로봇 의사도 원래는 '왓슨'을 계획했는데 '왓슨'이 워낙 인기가 많아 저마다 '왓슨'을 유치하고 싶어 하고 주문도 밀려 언제 차례가 될지도 의문인 데다 국내 길 병원에서는 이미 '왓슨'으로 진료 보고 있다는 소문도 있다. 그래서 무엇보다도 김 시장은 차별화를 꼭 해야만 살길이라는 절박감에 생각을 굳혔다. 모 아니면 도다. 죽지 않으면 살겠지, 한번 모험하자! 그는 '왓슨'을 포기하고 국내 제조사에서 시험 제작한 로봇 AI를 도입하고 주야장천(晝夜長天) 로봇에 매달려 의서들을 학습시켰다.

일부 사람들은 보고 코웃음 친다. 기울어진 운동장을 바로잡겠다고 자처해서 온 시장이라는 게 밤낮 사무실에만 처박혀서 한다는 짓이 저 모양이니 꼬락서니 좋다. 어디 할 짓이 없어 농촌에 가서 시래기를 주워 와 병원은 고사하고 양로원도 힘들 거라고, 저 바보 천치 엉터리 시장이 이제 작정하고 망친 김에 기름까지 들이붓고 불을 달아 이 시를 흔적도 없이 사라지게 할 장본인이라고 난리들이다. 쫓아내야 한다는 말은 술상의 안주고 밥상의 반찬이다. 그러나 그 누구도 정작 정면에 나서 강압 수단으로 재관 씨를 쫓아내지는 못하고 있다. 이와 함께 누구도 김 시장과 편 먹으러 오는 사람도 없이 멀찌감치 거리를 두고 지켜보고 있다.

김 시장은 별로 손잡을 만한 사람도 없고 살벌하게 밀고 들어오는 사람들을 막을 방법도 없다. 자나 깨나 혼자다. 궁지에 몰렸을 때 그래도 로봇 AI만은 다행히도 기대를 저버리지 않았다. 김 시장은 본인의 판단력과 결정에 대하여 자신감을 가지고 필승의 신념으로 밤낮을 가리지 않고 성심성의껏 허준의 '동의보감'이며 중국 이시진(李時診)의 '본초강목', 장중경의 '상한론', 황궁 내의가 쓴 '황제내경', 신농 씨가 쓴 '신농본초경' 그 밖의 '금궤요략', '마왕 퇴위서', '침구 갑을경', '침구 자생경', '의학 각목' 등 자고로 이름 있는 명의들의 저서를 빠짐없이 모조리 학습시켜 진짜 명실상부한 현대판 의사를 만들어 놓았다. 특히 명의들의 무슨 병에 어떤 약 처방을 썼고 같은 병에 부동한 약 처방은 어느 것이 더 효율적이고 효과적이라는 걸 명시하면서 부득이 그 처방을 쓰게 된 원인을 분석하고 그대로 입력해 줌으로써 AI 자체의 해석 능력을 향상하도록 인도해 주었다. AI는 사람보다 이해력이 빨랐고 기억력 분석 능력도 탁월했다. 하나를 가르치면 열을 알고 열을 가르치면 백을 알았다. 그중 가장 놀랄 일은 AI의 능동적인 수술 능력이다.

어떤 책의 서술에 의하면 한방 수술은 한국에서 '허준'이 자기의 스승 '유의태'를 해부한 것이 최초인 줄로 알고 있으나, 일부 서적에서는 '유의태'는 '허준'의 스승이 아니고 허구라고 말한다. 상관없다. 증거 있는 학자를 찾으면 된다. 조선 시대인 명종 때 '임언국' 선생의 후학들이 수술로 종기를 치료하고 '치종(治腫) 지남'이란 책을 편찬하였다고 한다. 책이 있으면 증거는 찾은 것이다. 중국에서는 그에 앞서 이미 삼국 시대에 '화타'가 조조를 수술했다는 이야기가 전해 내려오고 있다.

조조가 두통 병을 앓고 있었는데 두통이 발작하면 머리를 감싸 쥐고 사방을 뒹굴었다고 한다. 느닷없이 물건을 손에 잡는 대로 집어 던지고 주위 사람들을 닥치는 대로 두들겨 패고 무고한 사람을 죽이고 난장판이었다. 한 신하가 이를 참고 보다 보다 못해 이러다가 큰일 나겠다 싶어 명의 '화타'를 추천하였다. '화타'는 조조의 맥을 짚고 나서 "'조 승상'의 병은 뇌종양인데 지금 수술해서 종양을 덜어내지 않으면 생명이 위험합니다. 종양이 너무 뇌 깊숙이 들어박혀 수술이 잘 되어도 후유증으로 식물인간이 될 가능성마저도 배제할 수 없습니다. 수술이 너무 늦었습니다."라고 말했다.

신하들은 '화타'의 말을 듣고 '승상'의 머리에 함부로 칼을 들이댔다가 무슨 봉변을 당할지 몰라 절대로 칼을 대는 일은 없어야 한다고 입을 모았다. 신하들은 수술을 결사반대였으나 조조만은 혼자서라도 칼로 머리를 쪼개고 싶을 만큼 아픔에 시달려 왔기에 평소에 남을 절대로 믿지 않고 의심이 많기로 소문 난 조조였으나 이번만은 묻지도 따지지도 않고 흔쾌히 수술을 허락하였다.

조조가 의심이 많다는 건 중국 고대 명작 '삼국연의(三國演義)' 이야기의 기본맥락이다. 전장에서 '제갈량'의 전술에 말려드는 것도 의심이 작용한다. 그러나 그중에서도 특별히 서술한 한 구절이 이 점을 보충 설명하고 있다. 그 이야기는 전쟁에서 패하고 도망가다가 친구 여 백사 집에 들렀는데 친구 여 백사는 '조 승상'이 왔다고 반가운 마음에 돼지를 잡아 대접하겠다며 자기는 시장으로 술 사러 가고 집사람한테 칼을 갈라고 시킨다. 조조는 쫓기는 몸이라 칼 가는 소리를 듣고 저를 죽이려 한다고 오해하고 친구 아내를 가차 없이 죽이고 보니 옆에 큰 돼지가 묶여 있는 것을 그제야 발견한다. 후회막급이나 이미 엎지른 물이라 어쩔 수 없이 다시 도망가다 길에서 술 받아 오는 여 백사를 만나는데 살려두면 후환이 될거라고 여긴다. 조조는 내가 천하를 저버릴지언정 천하가 나를 저버리게 놔둘 수는 없다면서 누가 뭐라 말할 새도 없이 단칼에 '여 백사'의 목을 치고 길을 떠났다.

조조가 손에 칼을 든 '화타'에게 머리를 맡긴다는 건 신하들도 무슨 꿍꿍인지 몰라 어안이 벙벙해서 할 말을 잃었다.

'화타'는 침으로 조조의 신경을 마취시키고 화롯불에 수술칼을 달구어 소독한 다음, 일말의 주저함도 없이 수술을 시작하였다.

'화타'의 수술은 우려 속에서 가슴 졸였지만 생각보다 아주 대성공이었다. '화타'는 매일 정성껏 조조를 치료하며 조조가 완쾌되기만 기다려 왔었는데 조조가 완쾌하자 갑자기 '화타'를 끌어내 '참'(斬) 하라고 명하였다.

사람들은 '화타'가 무엇을 잘못해서 목이 잘리는지는 알 수 없으나 생명의 은인을 포상은 못 내릴망정 목을 베라니 너무나도 억울했다. 신하들은 얼음에 언 듯 모두 그 자리에 굳어 버렸다. 혹시 잘못 듣지 않았나? 해서 모두 자기의 귀를 의심했지만 조조의 명은 단호했다. 일반 사람들은 생각조차 할 수 없는 일을 오직 음흉한 조조만이 할 수 있는 극히 배은망덕한 상식에 어긋나는 행위다.

마른하늘의 날벼락이다. 비보를 전해 들은 '화타'의 아내는 평소에 '화타'가 손수 정리해 놓은 의서들을 화가 나서 몽땅 부엌 아궁이에 쑤셔 넣고 불살라 버렸다. '화타' 아우가 이 소식을 듣고 허둥지둥 달려왔을 때는 이미 다 타버리고 수의에 관한 책 몇 권만 타다 남은 것을 겨우겨우 건졌다고 한다.

'화타' 처가 醫(의) 書(서)를 불태운 것은 누가 의서를 보고 의술을 배워 아까운 생명을 구하기보다 죄 없이 죽어 갈까 염려가 되어 불살라 버렸고, 조조는 자기가 아닌 또 다른 위인을 살려낼까 겁나서 '화타'를 죽이라고 명하였다. 비극이 아닐 수 없다.

탕약은 참으로 신비하다. 한때 중국에서 유행한-사람을 공포로 몰아넣었던 '사스!' 이 '사스'를 잡는 데 신약보다도 풀뿌리 '판난근'이라는 초약(草藥)이 일등 공신이라고 한다. 판난근(板蘭根)은 화본과 이년생 초본 식물로서 약에 뿌리를 쓰면 '판난근'이고 잎을 쓰면 '청엽(靑葉)'이라 부른다. '사스'는 여태 한 번도 세상에 얼굴을 들이밀지 않은 역병으로 전염 속도가 빠르고 사망률이 매우 높아 공포의 바이러스로 불렸고 마땅히 치료할 수 있는 약도 없었다. 신의들은 갑자기 들이닥친 질병 앞에 어쩔 수 없어 마땅한 백신이 없다고 탓하면서 속수무책이나 한의들은 보란 듯이 '판난근'과 '은교산(銀

魈散)'으로 차분하게 환자들을 치료해 혼란에 빠진 민심을 가라앉히면서 '사스'를 물리쳤다.

탕약은 보기는 간단해도 이면은 복잡하다. 예를 들어 '작약'과 '감초'는 질병을 치료하는 데 그 어떤 특성도 없으면서 이 두 약초가 만나면 어떤 반응을 일으키는지 몰라도 하복부 통증을 치료한다. 과학이 발전된 오늘날에도 그 비밀은 풀 수가 없다. 돼지 뼈도 다 같은 돼지 몸이니 다 같을 것 같은데 골절상 치료 약에는 돼지 하악(下顎) 뼈만 쓰라고 명기(銘記)돼 있다.

침도 역시 어렵다. 침은 아무 침 자리나 찌르는 게 아니다. 아픈 다리에 침질이란 속담도 있으나 임상에선 좌병우침(左病右針), 우병좌침(右病左針) 또 거기에다 12 경락이 있고, 질병 치료엔 맞춤 경락의 선택과 맞춤 혈 자리 선택, 병에 따라 주혈(主穴)과 보혈(補穴)의 선택도 매우 중요시한다. 침이 혈 자리에 제대로 꽂히면 시큰거리고 묵직하고 혈 따라 위로 혹은 아래로 찌릿찌릿하니 전기 맞은 것 같이 전도된다. 김 시장은 침구학에 사용된 명의들의 처방도 소홀히 하지 않았다.

음식도 마찬가지다. 궁합이 맞는 음식도 있고, 다 좋은 음식이지만 잘못 배합하면 영양가를 상실하거나 독이 되는 음식도 있다.

바로 탕약이 이렇게 난해하기에 제대로 배우고 연구한 사람은 명의가 될 것이고 배움에 게으르고 대충 얼버무리면 안 배우는 것보다 못하고 잘 못 배우면 한의의 명성을 더럽히는 돌팔이 의사가 될 것이다.

과거 우리나라에도 많은 명의가 있었고 설혹 소문난 명의가 아니고 보통 의원이라 할지라도 일제 강점기 시기만 해도 한의학 학자들이 홍역, 천연두, 장질부사, 학질, 이질 등등 각종 전염병을 연구하고 치료하였다. 다만 요즘은 아쉽게도 신의의 기세에 눌려 '메르스' '에볼라' 같은 전염병엔 손도 못 대게 한다. 한의와 신의가 서로 합심하여 상부상조한다면 의료 치료 기술은 한층 더 비약 발전할 수 있겠으나 서로 반목해서 으르렁거리는 게 안타깝다. 요즘 신약에는 한약 추출물도 많고 많은데 그네들은 한약을 쓰면서도 한의를 깔본다. 물론 한의든 양의든 어떤 의사들은 병을 고치지도 못하면서 신의(神醫)로 가장해 환자를 만나면 흡혈귀처럼 달라붙어 환자의 피를 빠는 극히 부도덕한 의사들도 있다. 어떤 국외 논문에 따르면 의사들의 오진으로 병을 키워 사망에 이르게 하는 사례들도 적지 않다고 한다. 병을 고치라고 의사가 있는 게지 병을 고치지도 못하면서 환자를 붙들고 놓지 않는다면 이건 의사가 아니라 살인자다. 환자의 생명을 구하는 건 의사의 사명이다.

이제 AI가 우리에게 힘을 실어 주니 좋은 일이다. 그런데 좋은 건, 환자가 좋다고 해야 좋고 고통받는 환자들의 병을 잘 고쳐야 좋은 거다. 의사 세 분, 간호사 두 분, 모두 오랫동안 농촌 보건소에서 근무했었고 노년성 질병이 무엇이고 어떻게 치료해야 한다는 치료 방법도 잘 알고 있다. 이제 AI와 잘만 협조한다면 고질적인 병들도 아주 효과적으로 치료할 수 있을 거라고 굳게 믿고 있다.

사람 욕심은 어쩔 수 없다. 속담에 같은 값이면 다홍치마라고,

의료진도 선진국들의 명의로 꾸려졌으면 금상첨화겠으나 생각대로 뜻대로는 되지 않았지만 혹 이렇게 된 것이 차라리 더 잘된 일인지도 모르겠다. 미국에서 '왓슨'을 가져오기로 한 '류 박사'는 암 치료 전문가이지만 우리는 그에 대한 세부 정보가 부족하고, '한시원' 씨는 뇌외과 전문의지만 농촌에 내려가서 온갖 질병들을 다 치료해 봤기에 종합적이고 다방면에 능통할 것이다. 의사가 적고 환자의 다양성을 고려할 때 부지런하고 싹싹한 '한시원' 씨가 훨씬 더 환영받을 수도 있다. 부족한 자질은 AI에 맡기고 찬밥 더운밥 안 가리고 오직 환자만 위하는 봉사 정신이 의료인에게 필요할 것이다.

'한시원' 씨의 채용이 옳고 그름은 그가 어떻게 행동하는가, 그의 처신에 달렸다. 그보다도 오래전에 덮어쓴 의료 사고 혐의가 가끔 발목을 잡고 있다. 의료 사고 혐의는 말 못 할 억울함이 묻어 있다.

응급실에서 긴급 호출이 온다. 공사 현장에서 다친 뇌상 환자였다. 심한 충격으로 두개골이 깨지고 찌그러져 뇌 신경을 압박하고 있었다. 환자 상태가 매우 위중하여 잠시라도 지체할 수가 없다. 급히 긴급 사태 대기 인원들로 임시 긴급 수술 팀을 만들고 수술 준비에 들어갔다.

모든 준비가 거의 끝나 갈 무렵 갑자기 요란스럽게 전화벨이 울렸다. 아내에게서 걸어온 전화였는데 울먹인다.

아들이 축구 경기를 하다 다쳤는데 옆구리가 차여 췌장 파열로 지금 구급차에 실려 한양대병원으로 가는 중이란다.'

귀에서 윙-소리가 나며 정신이 아찔하니 쓰러졌다. 앞에는 뇌를 다친 민(民) 부(夫)가 생사의 갈림길에 서 있고, 다른 한쪽엔 아들의 생명이 경각에 이르고 있다. 세상에 그 어떤 형벌도 이보다 더 가혹할 수는 없다. 나에게 누구를 택하란 말인가? 한창 넋 놓고 우유부단해 결론을 내리지 못하는데 옆에서 여기는 큰 병원이고 의사들도 많고 여건들도 좋은 편이니 걱정하지 말고 빨리 아들한테 가 보라고 한다. 사실 여기에 있어 봤자 수술칼을 잡아도 집중하기가 어려워 성공적인 수술을 장담하기도 어렵다. 집도를 다른 사람에게 부탁하고 허둥지둥 한양대병원으로 달려갔다. 후에 안 일이지만 뇌 수술이 잘 되긴 했지만 아쉽게도 환자를 살리지는 못했다고 한다.

민 부 측 대리인은 서명한 주치의가 '한시원' 과장이었고 주치의는 수술 임박해 자신감이 없어졌는지 무단으로 이탈하였고, 초기 진단 기록에는 뇌(腦) 수(髓) 유출에 대한 기록이 전혀 없었는데 '뇌수 과다유출'이 사인이라는 의사 진단 소견서는 결코 받아들일 수 없다고 주장했다.

'한시원' 씨로서는 양쪽의 법정 다툼에 지칠 대로 지쳤다. 얼마든지 다퉈볼 여지가 있지만 동시에 두 안건을 상대하기란 너무나도 버거웠다. 의사라고 다 아는 게 아니다. 뚜껑을 열어봐야 안다. 뇌막(腦膜)에 싸인 뇌수(腦髓)는 두피에 싸여 못 볼 수도 있다. 특히 이 환자는 두개골이 깨져 뇌수를 압박하고 있었으므로 박혀 들어간 뼈가 뇌막을 찢어놓고 뇌수의 유출을 막고 있다가 뼛조각을 꺼내면서 뇌막 처치 전의 뇌수 유출은 막을 방법이 없다. 찢어진 자리가 적으면 처치하기도 쉬우나 많으면 어렵다. 진단서에 뇌수 과다유출이 사인이라면 그게 맞는 말이다.

모든 송사를 아들 사건에만 집중하고 병원 측의 징계는 그대로 받아들이기로 하였다. 의사 면허가 취소되지 않아 밥줄이 끊어지지 않은 것을 다행으로 여기고, 아들의 경우 축구를 하면서 차여서 지레(비장)가 터진다는 건 이해할 수 없는 일이다. 고의나 살인의 목적이 아니고는 절대로 있을 수 없는 일이다. 세상에는 많고 많은 축구 선수가 축구를 하지만 축구를 하다 차여서 비장이 터졌다는 말은 금시초문이다. 아무리 같은 또래 축구부 애들이지만 도저히 용서가 안 된다.

'한시원' 씨는 스포츠에 조예가 있는 변호사들로 변호인단을 꾸려 맞대응에 나섰다. 변호인단의 능력은 과언이 아니었다.

사건의 본질은 보통 프리킥이 아니라 한 여학생의 문제였다. '한시원' 씨의 아들 '한용현'은 인물 좋고, 체격 좋고, 공부 잘 하고, 운동도 잘 하는, 많은 여학생의 흠모 대상이었으나 감성이 좀 무딘 늦된 아이였다. 그렇다고 흠잡을 일은 아니다. '용현'이 생각에 고등학교 연애는 너무 어리다. 사랑은 장난이 아니다. 좀 더 성숙한 사랑을 하고 싶다. 또래 여학생 A가 '용현'을 좋아하고 있었는데 '용현'은 지금은 공부에 열중해야 하니 우리 성공해서 만날 수 있으면 만나자라며 받아주지 않았다.

무심한 '용현'은 며칠 전에 본의 아니게 아주 큰 실수를 저질렀다. 사람들이 많이 모인 장소에서 여학생 A가 사탕이라면서 정말 사탕처럼 꼬깃꼬깃 싼 종이를 '용현'의 손에 쥐어 주었는데, '용현'은 이게 정말 사탕인 줄 알고 "준호! 너 사탕 좋아하지?"라며 종이를 '준호'에게 줘버렸다. 그런데 알고 보니 그게 여학생 A가 '용현'에게 쓴 구구절절한 연애편지였고 그 내용 또한 까발렸다. 이게 여학생 A의 자존심을 건드렸다.

화가 난 여학생 A는 보복을 계획하였다. 반대편 운동원들을 사주하여 프리킥을 가장해 뒤엉키면서 넘어진 '용현'을 밟아 주는 시나리오를 모략한 것이었으나 발 빠른 '용현'을 가두는 건 실로 어려운 일이었다. '용현'은 벌써 골을 3개나 차 넣었다. 후반전에 접어들어 거의 끝나 갈 무렵, 이대로 끝나는가 했는데 종료 직전 '호루라기' 불기 바로 전 어수선한 기회에 반대편 수비 네댓이 공을 뺏는 척하면서 하나는 '용현'의 다리를 걸고 날렵하게 빠져나오는 '용현'을 이번에는 다른 한 아이가 공을 빼앗아 차는 척하며 발로 공은 두고 비실거리는 '용현'의 옆구리를 있는 힘껏 걷어찼다. 발 힘은 대단하였다. 악 소리를 지르며 '용현'은 그 자리에서 의식을 잃었다.

겉보기에는 플레이로 축구에서 흔히 보는 프리킥이나 이건 미리 사전 약속된 플레이로 고의 상해죄로 결국 입건되면서 벌을 받아야만 했다. 변호인은 학생 하나하나 따로따로 불러서 영상 자료를 보면서 이런 상황에서 어떻게 헛발질을 할 수 있었고 이미 골을 여러 개 먹고 진 상황에서 더구나 종료 직전에 프리킥은 어떤 의미를 부여하고 있는가를 따지고 묻자, 처음에는 플레이를 하다 보면 프리킥도 할 수 있다고 우기고 있으나 변호인이 사람들이 서 있는 각도, 공의 낙하지점, 진 팀의 심리 분석을 이야기하자 일부 학생들이 동요하기 시작하였고 마음 약한 한 학생이 내막을 실토함으로써 진상이 밝혀졌다.

여학생 A는 돈 백만 원으로 반대편 선수 넷을 샀다. 사람들은 그깟 돈 백만 원에 어찌 그런 짓을 할 수 있나 하지만 수입원이 없는 학생으로서 25만 원도 꽤 큰돈이고, 충분히 유혹당할 만한 것이다. 문제는 그들이 장차 일어날 일들에 대한 생각이 충분하지 않다는 것이다. 알았다면 누구나 거절했을 것이나 후과를 생각지 않고 예쁜 여학생의 부탁이고 속여 넘길 자신이 있고 스트레스도 풀고 대형 사고로만 안 이어졌으면 했는데, 그만 대형 사고로 이어져 받은 돈 토해내고도 어마어마한 돈을 또 물어야 했으니 이런 게임은 안 하느니만 못하다. 평생 후회할 일이다. 도깨비에 홀렸나 꼬리 아홉 개 구미호에 홀렸나. 이 짐을 지고 어떻게 살아간단 말인가! 학생들은 깊은 후회 속에 평생을 살아갈 걸 생각하니 눈앞이 캄캄했다.

04.
봄 서리(晚霜)

꽃샘추위에 정성 들여 심어놓은 종자들이 이제 막 싹트기 시작했는데 뜬금없이 봄 서리가 들이닥쳐 몽땅 망쳐 놓았다. 바람 한 점 없는데도 날씨는 제법 쌀쌀하다. 먼동이 트고 이어 차츰 햇살이 퍼지기 시작하자 언제 그랬냐는 듯 서리는 순식간에 게 눈 감추듯 사라지고 범죄 현장만 고스란히 남겨 놓았다. 모든 농사가 엉망진창인데 그 죄를 누구에게 물을 수도 없고 피해는 고스란히 농가가 떠안아야 했다.

김 시장의 농사도, 서리만은 피치 못할 사정인가 보다. 언제나 잘나가다가도 잘나갈 때면 꼭 뜻밖의 이런저런 문제들이 생긴다. 김 시장이 이 도시에 와서 해 놓은 것이란 이제 겨우 병원 하나 개업했을 뿐인데, 희망의 싹수를 보았는지 서로 시장을 하겠다며 경쟁자들이 나타나기 시작하였다. 도전 정신은 좋지만 자기를 정확히 평가할 줄도 알아야 한다. 그런데 우리 사회는 네 난 날 내 나고 네 하는 것 나도 할 수 있다며 누구도 누구에게 지려 하지 않는다. 그게 선의의 경쟁이라면 그래도 얼마든지 받아줄 수 있지만, 네거

티브에 탄핵까지도 거론된다. 마치 허위 사실(事實)이 변명할 나위도 없는 진실인양 아무 잘못도 없는 한 사람을 짓밟아 없애려 하고 있다. 사람 사는 세상 참 무섭다. 잘한다, 애쓴다, 격려는 못 해 줄망정 저는 별로 잘하지도 못하면서 남이 하는 거 심술이나 부리고 사람 못 쓰게 만들 꿍꿍이만 꾸미고 있으니 여간 섭섭하고 억울하지 않다. 저네들이 그렇게 잘했으면 내가 뭐 하러 여기에 왔을까? 여기에 올 아무런 이유도 없다.

하긴 시장 자리야 본래 자리다툼이 심한 법인데 더구나 외지 사람이 너무도 편안하게 시장 자리를 꿰차고 앉았으니, 아무도 넘보지 않으면 그게 더 이상한 것이다. 넘보는 건 넘보는 게지만 좀 공정하게 신사적으로 도전장을 던져야지, 때아닌 때 남을 갉아 출세하려 한다면 그건 도전이 아니라 야심의 발로다.

문제의 발단은 바로 로봇에 있다. 로봇 추천 과정에서 '왓슨'을 추천하는 사람도 있었고 알파고를 추천하는 사람도 있었다. 국산 제품으로는 뷰노, 루닛, 제 이비에스-01k, '팩션' 등 비교적 많은 품목이 있기는 있지마는 어떤 제품은 아직 초보 단계여서 로봇이라기보다 컴퓨터에 가깝다. 그중에서도 제일 나은 게 수입품으로는 '왓슨' '알파고'이고 국산으로는 AI, '루닛'과 제 이비에스-01k지만 AI는 챗GPT가 있어 언어 감정 교류가 잘돼 있고 빅 데이터만 잘 입력하면 단순 로봇에서 벗어나 절로 움직이고 말할 줄도 알며 침도 놓을 줄 알고 극히 어려운 고난도의 수술마저도 척척 해낼 수 있다기에 우선 믿음이 간다. 어디 그뿐인가! 아래에 다섯 분신(分身)이 있어 분업에 따라 움직이고 있어 아주 매력적이다. 'AI' 본체는 너무 육중하고 부피가 커 움직이기 불편하므로 아래다 분신을 두고 데이터를 공유하고 지령을 전달해 임무를 진행하게 하였다.

AI 로봇 5형제의 맏이는 진맥을 맡고, 둘째는 침, 뜸, 부황을 맡고, 셋째는 수술, 넷째는 제약, 막내는 채혈, 분변, 병원균 유전자 분석을 맡았다. 소위 AI는 단독 서버를 가지고 있다.

미국에 거주하는 '류병기 박사'가 가지고 오기로 한 '왓슨'이라는 로봇은 물론 인지도(認知度)나 실용적 가치 면에서 이미 검증을 거친 제품이고 믿을 수 있는 제품이긴 하나, 의사가 입력한 병증(病症)에 대한 분석은 완벽하지만 유감스럽게도 자아 진단 능력이 없다. 그뿐만 아니라 요즘 정확한 정보는 아니지만, 국내 길 병원에서 이미 '왓슨'을 들여다 쓰고 있으며 쓰고 있는 와중에 약간의 잡음이 들리기도 한다. '왓슨'은 미국 사람들에게 맞춰 데이터를 입력한 기계이기 때문에 우리 한국 사람들이 쓰기에는 다소 불편하고 진맥에도 차이가 있다는 것이다. 서양인과 동양인의 생리 구조 면에서라기보다 음식, 생활 습관의 차이가 있기 때문이다.

충분히 일리가 있는 말이다. 기계는 데이터의 입력에 따라 같은 공장의 똑같은 제품이라 할지라도 천차만별이다. 좋고 훌륭한 데이터가 많으면 많을수록 성능과 질이 좋아진다. 더구나 로봇은 민감한 기계이므로 데이터의 입력이 학습 효과를 충족시켜야 제 기능을 제대로 발휘할 수 있다. 반대로 잘못된 정보를 입력해 오해를 불러오면 로봇은 잘못 인지(認知)하고, 못된 버릇까지 보고 배워,

딴청으로 달아날 수도 있는 것이다.

그러므로 지금 세계 각국에서는 챗GPT 사용에 '신중해야 한다.'는 목소리를 높이고 있다. 하지만 아직은 사람이 완전히 기계 사람을 통제할 수 있는 것이다.

'재관' 씨의 별명을 누가 지었는지는 잘 모르겠으나 별명 하나 참 멋지게 지었다. '돈키호테!' 그래 맞아. 고집이 세기로 유명한 돈키호테. 누가 감히 이 돈키호테의 앞을 가로막을 수 있겠는가.

토론 와중에 많은 사람이 이미 검증되고 안전한 '왓슨'을 주장하고 '왓슨' 채택이 기정사실로 돼 가는 판국에 갑자기 김 시장이 잡아 틀었다. 김 시장은 자기의 권한과 고집으로 국산 AI를 고집스레 밀고 나간다.

"물론 우리는 병원도 잘 꾸려야지만 도시 재생이 우리의 목표인 만큼 차별화로 우리 시를 특색 있는 도시로 만들어 나가야 합니다."

시장의 말이 끝나자 한쪽에서 볼멘소리가 터져 나온다.

"다른 사람은 할 일 없어 들러리 선 줄 아나. 제 생각이 그러면 먼저 그렇다고 얘기를 할 것이지, 여러 사람 생각을 억지로 한 곳으로 몰아놓고 나중에 생 깽판 치면 재미나나?"

그러자 이 시에서 능력자로 불리는 한 연장자가 나섰다.

"새파랗게 젊은 놈이 아직 세상맛을 못 봐서 그래. 어느 안전이라고 이마에 피도 안 마른 놈이 어른들을 가르치려 들어. 뭐? '왓슨'이 어떻고 어떻다고? 쥐뿔도 모르면서 너덜대기는. 굴러 온 돌이 박힌 돌을 빼려고 달려들어. 여기 모인 사람들이 모두 밥통인 줄 알아? 사람들이 왜 '왓슨'을 못 가져서 안달인데 내가 공들여 빼낸 '왓슨' AI를 뭐? 꿔다 놓은 보릿자루라고? 네가 시장은 무슨 시장이야!"

고집과 원칙은 완전히 서로 다른 말이나 때로는 동일선에서 같이 사용되기도 하고 사람의 인식에 따라 이해도 달라진다. 후에 알게 된 일이지만 이 사람은 만경시에서 직사포로 유명한 인물로 알려졌는데, 어느 것 하나 그 사람 곁을 그냥 지나가는 법이 없다. 모든 게 불만이고 두통거리다. 여태껏 이 사람과 정면으로 맞선 사람은 아무도 없다. 류병기 박사의 소개도 이 사람을 통해 이루어졌으니 자연히 강력한 반대에 부딪힐 수밖에 없다.

오랜 세월 사람들은 그 사람이 바른 소리 잘 하고 사람들을 쥐락펴락하는 재주도 있어 그것을 그 사람의 능력으로 간주하여 받들어 왔으므로 설혹 좀 못마땅한 게 있어도 눈감아 주는 것이 일상이 되었다.

아무것도 모르는 돈키호테는 욕을 먹어도 아랑곳하지 않고 우격다짐으로 밀어붙였다.

"여럿이 볼 때 우리나라 기술력이 모자라 AI는 쓸모없는 쇳덩어리로밖에 안 보이지만 육중한 AI 본체는 해킹을 방지하는 단독 서버이고 앞의 다섯 로봇은 '왓슨'의 다섯 로봇과도 같은 것입니다. 내가 알아서 할 터이니 누가 뭐래도 결정권은 시장에게 있으니 따라 주십시오."

그러나 그 대가도 만만찮았다. 일이 이쯤 되고 보니 오겠다던 류

병기 박사는 사의를 표해왔고 병원장 인물 발탁에도 차질이 생겼다. 일이 꼬이기 시작하자 모두가 외면하고 곳곳에서 원성이 터져 나오기 시작하였다. 누구에게 청을 넣기도 누구를 시킬 수도 없어 왕따도 이런 왕따는 없다. 혹시 그 사람과 손을 잡았으면 어떠했을까? 하는 후회도 없지 않았다.

'우기더니 꼴 좋다. 네놈은 조만간 짐을 싸야 할 게다. 어차피 짐 쌀 바에야 하루라도 빨리 싸는 게 나을 텐데……'

짐 싸란 말은 벌써 열 번도 더 들은 것 같다. 그러나 '재관' 씨가 누구야. '재관' 씨는 전혀 밀리고 당황하는 기색이 없다. 저항이 생기면 오기도 생긴다. 한 발짝도 물러설 수 없다. 위기에 봉착하면 더 강해진다. 병원장과 의사 모집 공고를 내고 기다려 봐도 아무 소식이 없어 출로가 보이지 않자, 농촌 의료 보건소에 원장으로 가 있는 의대 동창 '한시원' 씨에게 부탁한다.

동창의 전화를 받은 '한시원' 씨는 깊은 고민에 빠졌다. 인생의 쓴 잔을 맛본 그로서는 다시 큰 무대에 나서는 걸 꺼린다. 대학을 갓 졸업하고 서울대병원에 취직했을 때 얼마나 많은 사람의 부러움을 한 몸에 받고 젊음의 포부를 밝혔던가! 그러나 황홀은 어디로 가고 지금은 작은 배려에 정이 끌려 쉽게 뿌리치고 떠날 수도 없다.

초조하고 불안한 '재관' 씨는 하루에도 몇 통씩 전화로 재촉하였고 그럴 때마다 '한시원' 씨의 대답은 두리뭉실 모호하다. 다급해진 '재관' 씨는 더는 미룰 수 없었다. '재관' 씨는 '유비'가 '제갈량'을 삼고초려(三顧草廬)해서 모셔왔듯 '한시원' 씨를 불러내기 위하여 몸소 직접 방문하지 않을 수 없었다.

"어쩐 일로 시장님이 직접 행차를 다 하시고."

"그건 나보다 원장님이 더 잘 아실 터인데…."

"허허, 우리 시장님, 왜 이러실까?"

"그만 애태우고 이번에 나하고 같이 올라가서 우리 함께 힘을 합쳐서 만경시 시립병원을 세계에서도 손꼽히는 일류 병원으로 만들어 볼 생각은 없는가? 솔직한 자네 생각을 시원하게 좀 밝혀주게."

김 시장은 상대의 동정을 살피며, 잠시 말을 끊었다가 말을 이었다.

"말한 대로 나는 만경시 시립병원을 세상에서 최고급 으뜸가는 병원으로 만들려고 하네. 내가 이런 포부와 야심이 없다면 나는 결코 만경시 시장직을 맡지 않았을 걸세. 내가 지향하는 병원은 내 병원 직무로는 도저히 이룰 수가 없다는 걸 나는 일직부터 깨달았네. 드디어 이번에 기회가 왔네. 동창들이야 많지만 나는 자네가 꼭 나와 뜻이 같으리라 믿어서 이렇게 찾아오게 되었네."

"자신감이 넘치시네. 솔직히 말해서 나도 우리의 우정을 봐서라도 자네를 응당 도와야 하고, 나 자신을 위해서라도 일할 바엔 차라리 큰물에 가 기량을 한 번 마음껏 펼쳐 보고 싶은 것도 인지상정 사람의 마음이네. 하나 어쩌지? 지금 내가 다시 큰 무대에 나서는 자체가 겁도 나고 두렵기도 하네. 만에 하나 나의 지난 과거가 자네의 발목을 잡을 수도 있고 또 가는 길마저 생소해서 잘 갈 수 있을까도 의문이 드네. 자네를 돕는다는 게 본의 아니게 미안한 일만 생기면 어쩌지?"

"나도 충분히 자네의 고충을 이해하네. 그러나 이거 하나만은 명심하게. 자네가 필요하나 꼭 자네여야 한다는 말은 아니네. 나는 누가 뭐래도 누구와 함께해도 자신이 있네. 이번 우리 병원에서 모두 '왓슨'을 가져오자고 주장했지만 나는 '국산 AI'를 선택했네. 로봇이란 게 뭐 별거 있나. CPU 중앙처리기, GPU 그래픽, TAU 데이터와 반복 학습 능력을 갖춘 칩, 뭐 그런 거지.

우리 로봇은 공장 소개에 의하면 200개의 CPU, 170개의 GPU, 25개의 TAU를 가진 국산품일세. 공장 제품 설계사의 말에 의하면 좀 써 보고 모자랄 것 같으면 몇 개 더 끼우면 되고 남으면 빼면 되는 특성을 가졌음에도 불구하고 외국 것이 뭐 그리 좋은지 외제 안 쓴다고 말들이 많았었네. 입들은 살아서 말이나 못 하면 밉지나 않지. 뭐, 나라 발전을 위해서라도 국산을 써야 하고 국격을 내세워야 한다면서 속으로는 은근히 외제에 믿음이 가는 눈치들이더군. 나 원 참, 우리나라 제품도 이젠 외제보다 조금도 뒤떨어지지 않네."

김 시장은 목이 마른 듯 잠시 물로 목을 축였다.

"나는 여기 오기 전에 AI 로봇에 각종 의서들을 학습시켜 봤네. 그랬더니 AI가 얼마나 총명한지 사람이면 몇십 년을 공부해야 알까 말까 하는 그 깊은 학문을 글쎄 며칠 안에 전부 외우고 내가 가르쳐주지 않은 것들도 기가 막히게 추리해 내는데 내가 깜짝 놀랐다니까. 내가 자네에게 강권하는 것도 이게 마지막일세. 나는 이

제 더는 시간적 여유가 없네. 한번 가서 보고 결정하게나."

"글쎄, 내가 자네를 못 믿어서 그러는 게 아니라 나 자신을 믿지 못해서 그러네. 큰 병원에 있을 때는 치열한 경쟁 속에서 남한테 뒤지지 않으려고 발버둥 쳤지만, 시골에 내려온 지도 어언간 십여 년, 나도 모르게 나태해져 경력 단절이 문제일세. 누구보다도 자네가 제일 잘 알지 않나. 하룻밤 자고 나면 우수수 잘 여문 곡식알 떨어지듯 새로운 게 막 쏟아지는 세상에, 나의 십 년은 꿈속에서만 살아왔네. 어느 영화의 한 장면 같이 타임머신을 타고 옛날 사람이 현대 사람들 삶에 끼어들어 온 것만 같네. 모두가 생소하고 신기하네."

"갑자기 웬 겸손이야. 다른 사람은 몰라도 내가 자네를 모르면 찾아오지도 않았을 걸세. 주가 올리지 말고 결단을 내리게. 우리에게 인재가 부족한 건 사실이지만 하기 싫다는 걸 억지로 끌고 갈 생각은 추호도 없네. 속담에 '정승도 제 하기 싫으면 못한다.' 하지 않는가."

"그래서 하는 말인데 나보다 더 적임자가 있으면 그 사람을 택하게나. 나야 아직 후임이 와야 교대도 하고 나도 정식 절차가 있어야 가는 게 아닌가? 솔직히 말해서 나는 여기를 떠난다는 게 무척 아쉽네. 여기 사람들은 정말 정이 많고 좋은 사람들이네."

"나도 그건 들어서 알고 있네. 우리 그러면 어떨까? 먼저 가서 눈으로 보고 마음에 들면 눌러앉고 마음에 안 들면 안 가도 좋네. 내가 장담하는데 물론 가보면 혹할 걸세. 어떤가? 지금 나하고 한

번 올라가서 볼 터인가 말 터인가. 길게 여러 말 할 것도 없네. 결단을 내려주게. 그래야 나도 마음 놓을 게 아닌가. 그리고 데이터 입력은 마음에 안 들면 초기화하고 새로 입력하면 그만일세."

"아니, 안 할 말로 내가 농촌 보건소에서는 참 편했네. 혼자 처리하기 힘든 병은 상급 병원으로 미루고 일반 병은 약이나 주사면 다 해결되는데 우리가 미루던 환자를 다시 우리가 맡아서 치료해야 하니 걱정이 태산일세."

"도전도 인간의 미덕일세. 내가 자네를 모르면 그건 빨간 거짓일세. 나를 믿고, AI를 믿고, 자기 자신을 믿어야 하네."

이렇게 안 오겠다는 거 억지로 강권해서 힘들게 동창을 섭외해 왔건만 무엇이 불만인지 차츰 공격의 루트도 다양해졌다. 국산을 끌고 오는 것을 보면 사례비 때문일 것이고 의료 사고를 낸 동창을 데려오는 것은 틀림없는 입 막기 방패일 것이다.

소문은 소문에 지나지 않지만, 소문이 전설이 되어 기름을 치고 있었다. 뭐 '한시원' 씨는 언변이 청산유수라 변호사들도 손발 다 들었다고 한다. 한 씨가 입을 벌리면 변호사들도 할 말이 없어 도깨비 기왓장 번지듯 앉아 책장만 만지고 앉았단다.

'김재관' 씨는 전설이야 어떻든 모든 화살을 한 몸에 안고 '조자룡'이 '장판파'에서 '유비'의 아들을 품에 안고 '조조'의 백만 대군과 단(單) 창(槍) 필(匹) 마(馬)로 좌(左) 충(冲) 우(右) 돌(突) 하며 싸우듯 지금까지 고립무원(孤立無援)의 환경 속에 고군분투하고 있다. 바른 대로 말하면 '재관' 씨의 처지는 '조자룡'보다도 못하다. '조자룡'이

십만 대군의 포위를 뚫고 나오는 과정은 그래도 장판파 다리에 장비가 떡 하니 지키고 서 있고 저 멀리서는 허상이나 대군의 매복인 듯 먼지가 일고 있어 의심이 많은 조조의 판단을 흐리게 한 터이고 조조 또한 장수가 욕심이 나 생포하되 활을 못 쏘게 해 천명으로 살아남았지만, '재관' 씨는 누가 뒷받침해 주는 사람 하나 없다. 전설의 인물도 그저 그렇고, 혼자라도 꿋꿋하다.

'한시원' 씨가 징계받고 농촌 보건소로 전보된 건 사실이나 의사면허가 취소된 건 아니고 보건소에서 국립 의료원에 오게 되는 것역시 특채는 아니고 전보다. 공무원이 수요에 따라 움직이는 것이어떻게 특채를 운운할 수 있는가? 측근은 뭐고 특혜는 또 무엇인가? 돈을 먹었는가? '한시원' 원장이 시정 운영에 참모 노릇을 했는가? 그 사람은 조용히 병원 일만 하고 있지 않은가? 그런데 왜 억지로 엮어서 조용할 날이 없는가?

몹시 피곤하다. 이럴 땐 술, 취하게 마시고 싶다. 그러나 술을 마실 줄 모르는 그로서는 술은 고문이다. 누구의 위로가 절실했으나 마누라마저 곁에 없으니 더구나 외롭다.

'재관' 씨는 미친 사람처럼 문을 박차고 나가 밤바다를 향해 억울하다고 목이 터지도록 고래고래 고함을 질렀다. 밤바다는 대낮의 흉흉하고 사납던 위용은 어디로 가고 항시 성품이 그러하듯 묵묵히 감싸 안고 달래는 듯 자장가 부르는 듯 절주 있게 파도만 철썩댄다. '재관' 씨는 한참을 미쳐 날뛰고 나서야 차츰 정신이 들었다. 이번 이 전쟁에서 백번을 죽었다 깨어나도 반드시 이겨야 한다. 이

번 전쟁은 '왓슨'과 AI의 본격적인 대결이다. 말보다 결과를 말해야 한다. 제아무리 말로 좋다 하여도 결과가 나쁘면 신용을 잃게 된다. 조속히 AI의 매력을 구경시켜야 한다. 특히 완강한 고집불통들을 설득하는 게 필요하다. 백문불여일견이라고 말과 글로 설득하기보다 눈으로 확인시켜 주는 게 훨씬 효과적이다. 변화된 모습을 피부로 느끼게 해야 한다. 장탄은 재워졌다. 이제 발사 구령만 남았다.

애타게 기다리는 병원은 조용하다. 숨이 멎은 것 같다

김 시장은 초조한 마음으로 기도한다. '제발, 제발! 지금쯤 한방 터트려다오. 하늘 꼭대기에는 못 올라가도 시원하게 산울림은 울릴 수 있을 텐데…. 아, '시원'아 제발 시원하게 한방 터뜨려 줘, 부탁한다.'

드디어 '시원' 씨가 시원하게 한방 터뜨렸다. 병원이 입소문을 타기 시작하였다. 그 짧은 기간에 큰 성과를 올려서라기보다 AI가 가진 자체의 신비함과 엉뚱함 때문이었다. AI 맏이는 남자든 여자든 마음대로 변성해 가면서 자유자재로 농담도 하고 연기도 해 가면서 어르신들께는 어리광을, 어린애들과는 눈높이가 맞는 친구가 되어주고 별로 신경도 안 쓰는 것 같은데 그 와중에도 환자들을 골라 검사받으라 권유하기도 하고 일단 권유받으면 틀림없는 환자다. 절대로 무책임하게 허튼 말은 함부로 하지 않는다.

로봇은 명물이 되어 사방에서 구경을 온다. 이때 여기에 먹거리, 즐길 거리, 구경거리들이 즐비하게 늘어선다면 관광 명소로도 금상첨화가 될 터인데 놀이시설, 해수욕장, 발전소, 염전, 낚시터, 쇼핑, 민박들은 아직 태동에 불과하니 유감이 아닐 수 없다.

한동안 AI 혼자 단창필마(單槍匹馬)로 고군분투해야 한다. 천만다행이다. AI는 기대를 저버리지 않았다. 간밤에 바람을 맞아 입이 돌아간 환자가 찾아왔다. 구(口) 안(眼) 와(佤) 사(邪) 환자다. AI2는 침으로 환자의 족 소양 담 경인 태충(太冲)혈을 주혈(主穴)로, 족삼리(足三里), 견정(牽正), 곡지(曲池), 사백(四白), 영향(迎香), 지창(池倉)을 보혈로, 풍지(風池), 합곡(合谷)혈을 출로(出風口)로 정확하게 침 시술을 하더니 며칠 안 됐는데 벌써 입이 돌아오기 시작하고 몇 번 더 혈 자리를 조정해 가며 치료하니 얼마 지나지 않아 언제 그런 병을 앓았었느냐는 듯 깨끗이 나아 아무 후유증도 남기지 않고 완치되었다. 그뿐이 아니다. 허리가 아파 꼼짝도 못 하고 구급차에 실려온 환자를 글쎄 침 몇 대로 그 자리에서 일어나 걸어서 집으로 돌아가게 해 환자들의 박수갈채를 선물 받기도 했다.

침의 효과를 보려면 정확한 경락과 혈 자리 선택, 그리고 침의 각도, 침의 깊이 등등 이 모든 조건을 갖추어야 하는데 AI는 사람도 충족시키기 힘든, 난도가 높고 까다로운 의술을 AI가 해내는 것을 보면 참 놀라운 일이다. 말로만 듣던 일침견혈(一針見穴)이란 바로 이런 침 법을 두고 예기하나 보다. 침을 제대로 꼽으면 경락에 따라 묵직하거나 팽팽하고, 시큰거리거나 짜릿짜릿한 감각이 아래 혹은 위로 경락에 따라 반사가 나타난다.

침의 신비에 탄복한 사람들이 몇 천 년 전에 죽은 '화타'가 되살아 돌아왔다며 떼거리로 몰려와 병원은 오랜만에 성황을 이루었다. 인적이 끊겼던 거리도 차츰 생기가 돌기 시작하였다. 사람들이 모이니 AI의 다른 형제들도 차츰 자기의 특장(特長)에 따라 두각을 나타내기 시작하였다. 병원에선 침으로 해결이 안 되는 건 약으로, 수술로 해결하였다. 갑상샘암 수술도, 간이식도, 뇌종양 수술도 보란 듯이 성공적으로 잘 해냈다. 특히 뇌 수술은 신경세포가 얼기설기 엉켜 있어 난도가 이만저만한 것이 아니다.

그런데도 우리 AI는 실수 없이 잘 해내는 바람에 소문은 바람을 타고 해외로까지 뻗어 나갔다. '화타'는 불행하게도 조조를 고치고 목이 잘렸으나 우리 AI는 맘껏 능력을 발휘하니 죽은 '화타'의 환생이 아니라 죽은 '화타'가 와서 보고 감탄하지 않을 수 없을 것이다. 잘나갈 때일수록 잘해야 한다. 잘나간다고 방심은 금물이다. 그러나 무턱대고 경각심을 높인다고 될 일도 아니다. 아무리 경각심을 높여도 사고는 부지불식간에 일어난다.

오늘 아침에 까치가 울어 대더니 아주 멋지게 생긴 신사분과 여사님 노부부가 왕림하셔서 로봇과 기념사진 찍자고 요청을 해 셋은 가지런히 카메라 앞에 섰다. 항시 습관대로 AI는 신사님과 여사님의 손목을 잡았다. 영문을 모르는 신사님은 손을 빼려 했지만, AI는 손을 놓기는커녕 도로 꽉 잡아 쥐었다. AI는 신사님의 손 맥에서 뭔가 이상함을 느꼈다.

"선생님, 선생님은 제가 보건대 췌장암 2기 같은데 아직 침윤(浸潤) 상태는 아닌 것 같고 한번 정밀 검사를 받아보시는 게 좋을 듯

합니다."

"뭐라? 내가 누군 줄 알고 내게 사기를 쳐. 남들은 CT다 MRI다 X-Ray 같은 걸 가지고도 알까 말까 한데 손목을 쥐고 안다고? 에끼, 사기꾼 같은 고얀 놈. 사진이고 뭐고 다 집어치워."

이게 다 AI의 잘못이다. 잘못 건드렸다. 잘못 건드려도 한참 잘못 건드렸다. 이분은 원래 길병원에서 정년퇴직하고 아직 다른 일을 시작하기엔 좀 이르고 해서 한가한 틈을 타 유람 삼아 구경이나 하자고 나왔는데 벼락을 맞았다.

'괘씸한 것들. 감히 내가 누군데 나를 향해 눈먼 돌팔매질을 한단 말인가?' 선생님은 잔뜩 화가 났다.

'전병걸(全炳杰)' 선생님은 말 그대로 아주 건장한 노인이었다. 수십 년 의사로서 수도 없이 많은 환자를 치료하고 학술 논문을 쓰고 책을 저작하던 그가 암이라니 믿기지 않았다.

물론 췌장암 2기쯤에는 아무런 증상이 나타나지 않는다는 건 누구보다 선생님이 잘 안다. 특히 췌장암은 초기증상이 없어 진단이 매우 어렵다. 그런데 이 친구는 잠깐 손목을 잡아보고, 침윤이니 어떠니 하니 전 선생님은 지금 자기가 정말 암을 앓고 있는지, 아닌지 알 수가 없다. 정밀 기계로 검사가 됐다면 그나마 믿겠으나 AI 말이라 믿기도 안 믿기도 못할 처지, 참 애매하다.

전 선생님도 AI에 대한 정보가 많이 부족했다. 사실 로봇은 MRIR, X-Ray, CT의 종합체다. 믿지 못한 데서 오해가 생겼다.

속담에 '가지 많은 나무에 바람 잘 날 없다'더니, 일이 터지니 줄

줄이다. 갑자기 감사팀에서 감사가 내려왔다. 의사증도 없는 로봇이 의료 행위를 한다는 제보가 들어간 것이다. 침 뜸은 침으로 유명한 구당 '김남구' 선생님조차도 의사 면허도 없이 침 시술을 한다고 제보가 들어가 법정까지 불려 갔다 왔다. 하물며 사람도 아닌 AI가 침을 놓고 환자를 수술하고, 이게 얼마나 위험한지 몰라서 한 개 시 국립 의료원에서 공공연히 의료법을 위반하고 이렇게 사람 생명을 가지고 검증도 거치지 않고 막 다룬다는 게 말이 되느냐는 것이다. 동시다발적으로 압박도 가해지고 있다.

의료계에서 외쳐댄다. "대한민국 의료계에서 이런 잡탕은 있을 수가 없다. 양의인지 한의인지 정체부터 밝혀라. 한의면 수술에서 손 떼고 양의면 한약에서 손 떼라! 우리 그러고 이야기하자."

의협은 외친다. "그들은 우리의 생존권마저 위협하고 있다!"

감사팀이 난감해졌다. 조사 시작 초기부터 느낌이 좀 이상하다. 이 병원은 인원 구성부터 다른 병원과는 차원이 다르다. 의사는 몇 명 안 되지만 구, 신의가 모두 있고 대체로 봤을 때 의료 사고 책임 소재도 명백하고 병원 일지에 담당의 서명과 진료 치료 과정도 상세히 기록돼 있고 수술 전 과정은 녹화가 돼 있어 언제든지 필요하면 찾아볼 수 있다.

무엇이 문제여서 제보가 들어왔는지 모르겠다. 다만 조사가 진척됨에 따라 이 병원은 딴 병원과는 뭐가 좀 다르다는 걸 느꼈다. 로봇 수술은 옛 방식으로 칼로 잡아 째는 것도 아니고 최근에 사용하던 흉강경이나 복강경처럼 몸에 여러 개의 구멍을 내는 것도 아니다. 간단하게 작은 구멍을 내고 수술이 끝나면 아무리 큰 수술이라도 끌어매는 게 아니라 밴드 한 조각 붙이면 되고 전 수술 과정은 녹화돼 있고 수술 감독은 당직 주치의가 한다. 그 밖의 다른 점이라면 다른 병원 로봇 수술은 의사가 직접 뻣뻣한 막대기를 휘저으며 모니터를 보면서 손수 하나, 여기서는 의사는 모니터를 지켜보고 로봇이 유연한 관절로 재치 있게 질병 부위를 수술한다. 만약 수술 과정에서 주치의가 수술이 잘못되었다고 생각되면 명령을 전달해 의료 사고를 최대한 줄일 수 있다.

하지만 이런 조치는 만일을 대비해 만들어 놓은 지침일 뿐 단 한 번도 수술 과정이 잘못됐다고 의사가 시정 명령을 내린 적은 없었다. 이 병원의 장점은 사람은 부단히 정보를 수집하고 AI는 수집된 정보에 따라 부단히 추리하고 결론을 내리고 바로잡는다. 치료 원칙은 암이라 하더라도 무조건 수술하는 것도 아니고 항암 치료와 한방 치료로 비수술 치료도 상황에 따라 진행하고 있다. 또 하나의 장점이라면 수집한 피와 오줌, 대변은 어느 한 질병 진단에 국한된 것이 아니라 전방위적인 검사로 숨어있는 질병도 찾아냄으로써 조기에 질병을 찾아내고 치료를 하니 사람 몸에 질병이 붙을 수가 없다.

이러니 사람들이 이 병원에 와 치료받기를 원한다. 그뿐만 아니라 의료계에선 수술실 CCTV 설치를 반대하고 있지만, 환자들은 줄곧 의료 사고 내막을 알기 위해 CCTV를 수술실에 설치해 달라고 요구해 왔다. 이 병원은 바로 이 요구를 충족시키는 만큼 아주 당당하고 떳떳하다.

감사팀에서 조사하러 왔다는 소문을 듣고 로봇 치료에 효과를
본 사람들이 병원을 두둔하고 나섰다. 그들은 진료 정지 처분을
풀어 달라고 강력히 요구하고 있다.

　원장 '한시원' 씨는 정면충돌을 피하고 한편으론 대대적으로 'AI
로봇'의 장점과 안전성, 필요성, 시대성을 체계적으로 홍보하고 나
아가 학술 논문을 써 AI 로봇 입지 굳히기에 나섰다. 그러나 처음
이라 그런지 사고는 방심한 탓일까 허술한 둑마냥 이쪽을 막으면
저쪽이 터지고 저쪽을 막고 나면 또 다른 곳이 터지곤 한다. 지지
리 운도 없다.

　오늘따라 또다시 뜻하지 않은 일이 발생했다. 술에 잔뜩 취한 한
중년 남자가 로봇을 찾아와 한참이나 실랑이를 벌이더니 공개적으
로 청혼을 해 버린다. 집에 있는 마누라는 무뚝뚝해 말벗도 안 되
고 너무 외롭고 고독해 사는 것 같지 않다면서 돈은 달라는 대로
다 줄 터이니 마음씨가 상냥하고 고운 로봇과 결혼하잔다. 엄연히
한 국립 의료원의 의사를 제 첩으로 삼겠다는 것이다. 황당하기
짝이 없다. 뜬소문이지만 중국의 한 나이 먹은 노총각이 결혼 상
대가 없어 장가를 못 가고 하는 수 없이 로봇과 결혼했다더니 남
의 나라 일만은 아닌 것 같다. 요즘 일본에서도 장가 못 간 노총각
이 로봇과 결혼했다는 이야기도 있다. 이건 결코 우연한 일이 아니
라 필연의 일인 것 같다. 괜히 허공에 뜬 소문들이 아니다. 듣는
말에 미국, 유럽, 중국, 일본 등지에서 '하모니', '샤만다', '록시' 등 여
성 로봇과 '헨리', '가브리엘' 등 남성 로봇이 한화, 즉 우리 나랏돈 6

백만 원에서 2천만 원에 불티나게 버젓이 팔리고 있다고 한다. 참 별난 세상이다.

로봇은 태어나서 지금껏 단 한 번도 경험해 본 적이 없는 일을 당한지라 무척 당황해서 어쩔 줄을 몰라 했다. 메시지 입력에도 이와 비슷한 언어조차 없다. 주정꾼은 자기를 업신여긴다고 노발대발하여 폭력을 행사해 로봇을 망가뜨려 놓았다.

병원은 충격이 컸다. 로봇이 잘한다고만 생각했지, 의외의 이런 사고도 초래할 수 있구나! 하는 것을 새삼스레 학습하게 될 줄은 꿈에도 몰랐다. 그래서 부분 소프트웨어를 정리해 내놓으니 로봇은 이왕의 생기를 잃고 바보가 돼 버렸다. 어떤 때에는 무슨 말을 하는지 도무지 알아들을 수도 없고 난감하다. 때론 헛소리도 곧잘 한다. 그러므로 이제는 로봇이 하는 말을 아무도 믿지 않는다. 믿지 않으니 로봇은 자연히 천덕꾸러기가 되고 노리갯감이 되기가 일수였다. 심심하면 로봇을 놀려댄다. 하루는 로봇이 아주 완벽히 정색하고 이런 말을 하였다.

얼마 전에 특수 전자 이메일 하나를 받았는데 지구상의 그 어떤 문자와 달라 외계인이 다른 행성에서 지구로 보낸 신호로 간주하고 해독에 나섰지만, 워낙 신호 체계가 복잡하고 지구상에 존재하는 언어들처럼 일정한 리듬이 있는 것도 아니어서 해독에 실패했다는 것이다.

지구상의 언어들은 상호 소통으로 이뤄지기 때문에 글을 어떻게 쓰든, 소리를 어떻게 내든 '문'이면 모두가 '문'자로 인지하게 된다.

그러나 행성에서 날아든 문자나 지구상에 보지도 듣지도 못한 문자라면 아무리 만능 슈퍼컴퓨터라 하더라도 해독은 불가능하다.

병원이 곤혹스럽고 난감해할 때 살판난 건 로봇 제조 공장이다. 이번 일에 영감을 얻은 공장은 시집 장가 못 간 싱글들을 겨냥해 섹스 로봇을 개발하겠다는 거다. 가뜩이나 노령화에 인구절벽까지 운운하는 마당에 섹스 로봇을 생산하면 이것이야말로 반인륜적이고 지구 자멸의 길이라고 학자들은 논평을 내고 시위대는 공장 앞에서 징, 꽹과리, 북을 두드리며 생산 계획 철회를 요구하고 나섰다.

알고도 모르는 게 사람 일이다. 사람들이 떠들면 떠들수록 주문은 늘어나고 공장은 날이 갈수록 잘 된다.

시민 단체에선 시장과 시장이 만든 공장을 법원에 고소하였고, 공장 측에선 이건 어디까지나 신생 사물이고 시대의 요구와 이 시대가 낳은 산물인 만큼 성급하게 사형 선고를 내리지 말고 흐름을 읽어가며 두고 보자고 설득에 나섰지만, 별 효과가 없었다.

지구의 인류 생존 공간은 제한이 되어 있다. 지구가 인류를 용납할 수 있는 극대치의 인구수는 대략 80억이라고 한다. 그런데 지금의 인구는 벌써 70억을 넘겨 80억에 근접해 가고 있다. 인구의 과밀은 과다 이산화탄소 배출로 지구온난화를 초래하고 난개발로 산림이 파괴되고 생존 환경의 변화는 생활에 불편함을 느끼게 한다. 기아(飢餓), 빈곤(貧困)은 사회를 이슈화시켜 전쟁, 약탈, 전염병, 질병, 자연재해 등등 전에 볼 수 없었던 기이한 현상을 일으킨다.

인구 과밀을 방지한다고 누가 산아 제한 정책을 고안 해 냈다. 그러나 산아 제한 정책을 실행하고 보니 노령화가 큰 문제로 다가온다. 문제를 바로잡으려고 노력은 해 보지만 산아 제한에 득을 봤는지, 습관이 돼 버렸는지 이제는 어린애는 안 낳으려 하고 있다. 고육지책으로 출산 장려 정책도 써 봤지만 별 효과도 없고 출산율은 계속 하락하는 추세다. 비혼주의자가 늘어나고 성범죄도 날로 늘어나고 있다.

우리가 만든 전신 인형은 겉보기에 윤리를 위반한 것 같지만 상식적으로 그 어떤 수단으로도 이성에 대한 욕구를 만족시킬 수 없을 때 성범죄를 줄일 수 있는 유일한 수단이라고 우리는 자부한다.

물론 모든 성범죄를 예방한다는 뜻은 아니다. 일부 성범죄자들은 상대방을 강제 제압함으로부터 우월감과 쾌감을 느끼는 병적 저질 인간들도 존재하기 때문이다. 우리가 만든 전신 인형은 외국에서 팔리고 있는 샤만다, 하모니, 록시, 가브리엘, 헨리 같은 로봇과는 차별화될 수 있는 한 인간의 미세한 감성을 주입함으로써 소비자들의 이목을 끌려고 노력했다. 그러나 뜻밖에도 윤리 문제에 걸려 성인 로봇은 접고 장애인과 노인 돌봄이 생산에 주력하게 되었다.

어려움에 진리를 찾아가는 과정은 몹시 험난하다. 캐나다에서 미국으로 가 AI 섹스 방을 꾸리려다 미국 정부의 반대로 퇴짜를 맞자, 국내에서도 잠시 침체기에 이르렀고 미국 몬태나주 주립대학에서 '제4차 로봇과의 사랑 국제 학술대회'가 열린다는 소식을 들으니 희미하게나마 희망이 보였다. 하루에도 몇 번씩 냉탕 온탕을 오간다. 감정변화가 춤을 추듯 언제까지 일희일비할 것인가?

로봇 산업은 이제 시작이다. 물론 유사 인류 AI는 우리 공장의 첫 아이디어다. 공로도 있고 버리기도 아깝다. 그러나 세월이 감에 따라 로봇도 진화하고 발전한다. 지금 우리는 섹스 AI 생산을 중지한 상태이고 앞으로 생산의 중점은 노인과 장애인 돌보기를 비롯한 안내 서비스와 심리 상담 서비스 방면으로 전환할 예정이며, 이미 주문받은 그것만 해도 현재 공장 규모로는 몇 년을 생산해도 그 수요를 충족시킬 수 없다. 그 때문에 불필요한 오해를 풀고 이미 지난 일로 왈가왈부하며 소모전을 펼칠 게 아니라 미래를 향해, 다 함께 노력해 달라고 당부드린다.

공고문 하나로 풍파가 가라앉을 리는 없고 여진은 오랫동안 계속되다 종말에는 흐지부지 흩어진다. 사람들이 다시 입에 올리지 않고 시간이 많이 가면 잊히는 게 순리지만 바람이 자면 파도도 자고 바람이 불면 파도가 이는 것도 자연의 순리라 언제 또 풍랑을 일으키지 말라는 법은 없다. 누가 옳고 누가 그른가는 역사가 말해 줄 것이다.

당면한 문제인 인구 감소는 노령화를 촉진시켜 생산 인구 감소로 이어지고 그 빈자리는 기계 사람이 대체하여야 할 것이다. 인구의 적당한 감소는 삶의 질에 보탬이 될 것이다.

05.
산행

 분위기도 바꿔 볼 겸, 겸사겸사 예전에 다니던 동호회 회원들과 함께 지리산 천왕봉 등반을 위해 아침 07시 30분에 산청군 시외버스 터미널에 모두 모이기로 약속하였다. 예전에는 등산을 참 많이 다녔었는데 근래에 와서는 처음이다. 해발 천구백, 이천 미터에 가까운 높은 산을 이 더위에 등산하려면 무척 힘들 것 같지만 산악인들에겐 별로 어려운 일이 아니다. 산 아래쪽은 나무들과 수풀로 우거져 오히려 선선하고 상쾌하다. 교통 조건이나 거리상으로 유리한 '재관' 씨가 먼저 산청군에 도착하였다. 산청군은 인구가 3만 6천 명에 면적이 794㎢인 아주 작은 군이다. 여기엔 자연경관 외에는 별로 볼거리가 없다. 시외버스 터미널에는 승객 몇몇이 한가히 버스를 기다리고 있다. 보아하니 그들은 아주 친숙한 사이인 것 같다.
 수염이 덥수룩한 노인이 말을 붙인다.
 "내일이 중복일세."
 "벌써? 세월 참 빠르네."
 "글쎄 말이다. 초복 지난 지 엊그제 같은데 벌써 중복이라니. 이

왕이면 이럴 때, 에어컨 켜고, 유행가 띄워 놓고, 술잔을 부딪치면서 얼큰한 개고기 보신탕 한 그릇 먹어 준다면 '오뉴월에 개고기 국물이 발등에만 떨어져도 보신이 된다.'는 속설이 있듯이 그보다 더 행복할 나위도 없을 테지만 올해 중복엔 보신탕 한 그릇 얻어먹기도 다 틀렸네."

"그게 무슨 소린가? 자네, 듣자 하니 별소리 다 하네. 돈이 없어 걱정인가, 개고기 파는 게 없어 걱정인가. 먹어 줄 사람 없으면 나라도 부르게나."

"그게 아니라 에어컨을 벽에다 버젓이 걸어 놓고, 전기 누진제 때문에 겁나서 켤 엄두도 못 내고 있지 않은가. 옛날에 부자들이 고기 사다 마당에 걸어 두고, 밥 한술 뜨고 고기 한번 쳐다보고, 밥 한술 뜨고 고기 한번 쳐다보고 그렇게 부자가 되었다더니 우리가 지금 그렇게 부자가 될 모양이야. 더우면 에어컨만 쳐다보고 켜지도 못하니 말일세."

호랑이도 제 말 하면 온다더니 어느새 큰 누렁이 한 마리가 들어와 사람들 옆에 자리 잡고 앉았다.

"아따 그놈 잘생겼다. 솥뚜껑 닫으면 딱 맞겠네."

"헤헤, 그 양반 큰일 날 소리 하네. 옛날 같으면 인류의 건강을 위해 백번 죽어 마땅하나, 저 개 부모 때만 해도 그렇게 한 몸 다 바쳤건만, 지금은 개가 출세해 사람이 개보다 못하고, 개고기 잘못 먹었다가는 개고생한다는 걸 모르는 모양이구려! 인천의 어떤 한 양반은 개를 사다 길거리에서 개를 잡았다고 신고당해 붙잡혀 가고, 누구는 개를 먹여 판다고 농장의 개를 몽땅 몰수당해 한 마리도 남지 않았다고 하네. 말로는 사람이 제일이라지만, 개보다 못한 사람이 한두 사람이 아니니 뭐가 잘못되어도 한참 잘못되었네. 요새 방송을 들었는지 모르겠네만, 개는 원래 종자가 번식이 빠른 짐승이라 너무 많아서 거두지 못하니 갖다 버리는 경우가 허다하다네. 거리에 들개들이 활개를 치니 소방대원 여성 셋이 민원을 처리하려고 가다가 사고를 당해 아까운 생명을 잃는 일이 벌어지기도 한다. 개 하면 골치 아픈 일도 많고 많은데 어쩌자고 어떤 사람은 개하고 자고, 개하고 같이 먹고, 개하고 입을 맞추니, 개 먹이는 사람은 대체로 보면 사람이 사람을 멀리하고 사람이 개보다 못한 생활을 하고 있으니 우린 머리가 나쁜 건지, 그 사람들이 맞는 건지, 도저히 이해가 안 가. 아이고, 차가 오네. 빨리 차나 타세.”

사람들이 줄을 서 버스에 오르니 누렁이도 버스에 올랐다. 개가 버스를 타는데 누가 나서 제지하는 사람도 없다. 언제 우리나라가 이렇게까지 개를 중시했는지 모르겠다. 개는 입마개도 안 씌우고 목줄도 없다.

혼자 남은 ‘재관’ 씨는 방금 두 노인의 대화를 음미하며 씽긋이 웃었다. 대세는 못 꺾는다. 앞으로 법으로 제정되면 개고기 먹기는 틀렸다. 나라는 국격을 우선한다. 세계에 개고기 식용국가는 몇 안 된다. 나라 위상을 위하여 하는 수 없이 개고기 식용을 금지해야 한다. 나는 은퇴해 할 일 없어도 개 키우기는 싫다. 차라리 소나 돼지 닭을 키울 생각이다.

재관 씨는 전에 지리산에 와 본 적이 있으나 이번 느낌은 또 다르다. 경관(景觀)의 이동이나 변화가 아니라 속마음의 느낌이다. 이런 조그마한 군청에 끊임없이 등산객들이 모여드는 것은 지리산의 매력 때문이다. 우리 만경시도 사람들을 유인할 수 있는 그 무언가가 있었으면 좋으련만, 꽃을 심고 꿀을 발라 벌들을 유인할 방법은 없을까? 사람들은 한 번 가보고 두 번 다시 찾지 않는 곳도 많고 많은데 산청군은 일 년 삼백육십오일, 심지어 새해 첫날에도 해돋이 구경한다고 사람들로 붐벼 댄다.

우리 만경시는 비록 높은 산은 없지만 그래도 푸른 산도 있고 시원한 바다도 있다. 바라만 봐도 가슴이 뻥 뚫릴 것 같은 넓은 바다다. 하지만 이젠 바라보면 바라볼수록 가슴이 답답하고 숨이 꽉 막혀 가슴이 터질 것 같다.

관광지를 만들려면 기존의 인위적인 방식으로는 안 통한다. 생태 공원이나 생태 마을 같은 건 먹히지도 않는다. 남들이 한다고 무조건 따라 하는 건 이미 시대가 지났다. 똑같은 생태 체험 마을이라도 지방 인지도가 높으면 살고 아무리 잘해 놓아도 인지도가 없으면 흉물스러운 폐물이 되고 만다. 출렁다리, 해저터널이 적을 때는 신기하지만 많으면 비교된다. 여기 가도 그거, 저기 가도 그거, 별로 신기하지 않다.

아무리 좋은 아이디어라도 무턱대고 남의 것을 학습할 것이 아니라 제 지방 실정에 맞게 설계되어야 한다. '재관' 씨는 누구보다도 이 점을 잘 알고 있다. '재관' 씨는 지금 산에 와서 멀리 바다를 내려다보고 있다. 도시 이 끝에서 저 끝까지 약 9.5km쯤 되는데 여기에다 갑문을 설치하고 썰물과 밀물을 이용해 전기를 생산하고 위에는 자동차 길을 만들어 돌아다니는 번거로움을 해소한다. 자연스레 형성된 호수에는 치어를 방류해 낚시터를 만들고 해수욕장 왼편에는 체험 염전 오른쪽엔 놀이터, 자본 창출과 복지가 공존하는 투자가 적으면서 진가를 발휘하는 시스템을 구축하는 게 최종 목적이지만 복잡한 절차들이 남아있어 실현과의 거리는 아주 요원(療遠)하다. 특히나 발전소 건립은 항만의 특성을 손상하므로 크루즈 상선의 출구를 막아 돈줄을 차단하게 되므로 강렬한 반대에 부딪칠 것이 뻔하다.

동호회 회원들이 속속 도착하였다. 모두 반갑게 인사를 한다. 방금 사색에서 깨어난 '재관' 씨는 동호회 회원들을 만나 반가워서인지 아니면 방금 그린 그림에 만족해서인지 낯선 곳에 가 풀이 죽고 울적하던 기분은 사라지고 마음은 한결 가벼워졌다. 모두가 웃고 떠들며 등산로를 따라 정상을 향해 오르기 시작한다. 처음에는 그래도 산세가 완만하고 아침나절인 데다 나무 그늘이 져 선선해서 제법 속도를 내는 것 같더니 오를수록 차츰 체력이 떨어진 사람들이 처지기 시작하고 별로 많지 않은 인원들이지만 온 산판에 늘어섰다. 선두 그룹에서는 하는 수 없이 발걸음을 멈추고 잠시 휴식을 취하면서 뒤처진 사람들이 따라오기를 앉아 쉬면서 기다려 주는 수밖에 없었다. 가다가 쉬고 쉬다가 가고, 쉬며 가고 가며 쉬고 하다 보니 시간도 많이 흘렀다.

선두 그룹은 소나무 군락지 밀림 속 그늘 밑에 자리를 잡아놓고 여기에서 점심을 해결하고 충분한 휴식을 취한 다음 마지막 코스를 공략할 예정이다. 이제 이 소나무 군락지만 지나면 민둥산 돌산이다. 여기서는 참나무, 자작나무, 피나무, 밤나무, 은행나무 같은 활엽수는 자라지 않아 볼 수가 없다. 활엽수들은 전부 산 아래에 포진이 되어 있고, 높이 올라오면 올라올수록 침엽수가 굳건히 제 영역을 지키고 있다

빤히 올려다보이는 정상은 지척에 있는 듯하나 산세가 험준하고 길이 가파른 데다 손에 잡을 만한 나무들이 없어 코스 중에도 제일 난코스다. 게다가 등산하는 데 많은 시간을 허비해 하산에 소요되는 시간도 무척 긴박해졌다. 사람 성격이란 이럴 때 아주 잘 표출된다. 성질이 느긋한 사람은 별로 내색을 안 하지만 성격이 급한 사람들은 본인도 알게 모르게 짜증을 낸다. 듣는 사람들이 듣기 거북할 정도로 짜증을 부릴 때 누군가가 갑자기 이 어색한 분위기를 모면하기 위함인지 아니면 정말로 내심의 감탄으로 저 먼 돌 틈새에 끼여 겨우겨우 생명을 부지해 오며 어렵고 힘든 삶을 살아온 소나무 한 그루를 발견하고 마치 신대륙이나 발견한 듯 좋아하며 괴성을 지르고 핸드폰을 꺼내 들고 각도를 바꿔가며 부지런히 셔터를 누른다. 그러자 어떤 사람은 사람들이 모두 찍으니 따라 찍었고 어떤 사람은 정말로 신기해서 찍기는 찍었지만 보는 눈 또한 제각각이다. 불쌍히 여기는 사람도 있고 외롭게 여기는 사람도 있고 강인하고 용감한 영웅의 현상이라고 높이 평가하는 사람도 있다. 그 좁은 돌

틈새에서 물도 양분도 없는 열악한 환경에서 싹을 틔우고 저만치 자란 그것만 해도 대단한 기적이다. 멀리서 분간할 수는 없지만 수십 년은 자란 것이 거우 안성맞춤 화분 통의 분재 재료다.

'재관' 씨는 남들과 달리 오던 길을 향해 카메라를 돌려대었다. 그 길에는 부러지고 긁힌 나무들이며 발부리에 차인 이끼들, 미끄럼질로 멀리 그어진 발자국은 지난 역사를 말하고 있어 아프단 말 한마디 없이 묵묵히 봉사하는 봉사 정신이야말로 참으로 위대한 것이다. 점심을 먹고 충분한 휴식을 취한 다음 대오는 다음 코스를 향해 출발하였다. 산세가 가팔라 먼저 간 사람들의 발밑에 돌들이 굴러 뒤따르는 사람들은 위험천만하다. 구르는 돌이 바닥에 내려 자리 잡기를 기다렸다가 한 사람씩 오르게 되면 어느 천년에, 이 정도의 속도라면 해가 져도 모두가 정상 등반은 어려울 것 같다. 좀 돌더라도 안전한 길을 개척하려고 생각도 해 봤지만 그러려면 능선 따라 산길을 몇십 리 더 가야 하고 많이 돌아야 하는데 시간상 안 될 것 같아 여럿이 공론을 해 봐야 별 뾰족한 방안이 나오지 않자 모두 '재관' 씨만 바라보았다. '재관' 씨는 신속하게 대오를 세 개 조로 나누고 한 개 조에 체력이 건장한 사람 한 명을 선발해서 먼저 정상에 오르게 한 다음 굵은 밧줄을 바위에 묶어 단단히 고정하라 명하고 사람들은 단단히 묶인 밧줄을 잡고 일정한 간격에 맞춰 등산하게 하여 모두가 차질 없이 등산할 수가 있었다.

정상에 오르자 사람들은 흥분해서 목이 터져라 '야호'를 외쳤다. 정상에 오른 사람들은 순식간에 세상을 다 가진 것 같았다. 정상에서 내려다보는 경치는 그림같이 참으로 아름다웠다. '재관' 씨는 모든 시름을 내려놓고 자연을 감상하였다. 발밑에 높고 낮은 산들이 천왕봉을 둘러싸고 천왕봉은 마치 이 산 무리 속의 영수인양 기세등등해서 병졸들을 통솔하고 있다. 산허리를 휘감은 운무에 사람들은 마치 모두가 신선이 되어 구름 타고 하늘을 나는 것 같다. 구름이 나는지 사람이 나는지 하늘이 빙빙 돌며 정신이 아찔하다.

즐거움도 잠시, 이제는 하산할 차례다. 막상 하산을 시작하고 보니 조급증도 나고 마음도 차츰 불안해지기 시작하였다. 산은 올라갈 때보다 내려갈 때가 더 위험하다. 서둘러 하산하는 대오의 속도는 등반 때보다 훨씬 빨랐다. 착잡한 생각에 무거운 발걸음을 옮겨놓는 '재관' 씨는 속도가 남들보다 훨씬 굼뜨다. 산 중턱쯤이나 내려왔을까? 볼일을 보겠다고 등성이 하나를 넘었다. 구질구질 비까지 내리기 시작한다. 볼일을 보고 난 '재관' 씨는 조급한 김에 등성이 넘은 것을 깜박했다. 자욱한 비안개 속에 방향을 잃은 '재관' 씨는 도무지 어디가 어딘지 분간할 수가 없었다. 차츰 당황하기 시작하였다. 긴가민가 내려온 등성이를 타고 올라가 다시 내려와 봤지만 역시 그 자리고 엎어지며 자빠지며 다시 올라가 새로 방향을 잡았다고 내려오니 또다시 그 자리다. '재관' 씨는 벌써 몇 시간째 안간힘을 써봤지만 무슨 귀신이 들린 듯, 다람쥐 쳇바퀴 돌고, 말이 연자방아를 돌리듯 아무리 안간힘을 써도 그 자리를 벗어날 수가 없었다. 포기할 줄 모르고 포기할 수도 없는 그는 열심히 산을 오르내린다. 자연은 마치 신령인 듯 '재관' 씨에게 인생철학을 가르치고 있다. 열심히 하는 것과 잘하는 것은 차이가 있다. 아무리 열심히 해도 안 되는 건 안 되는 거다. 원인을 모르겠거든 판을 뒤집어 처음부터 다시 시작하라!

밤은 우리에게 무서움을 안겨 주기도 하지만 요행을 안겨 주기도 한다. 저 산 아래 희미한 불빛을 보고 그리로 방향을 잡아 부리나케 쏜살같이 내달렸다. 깊은 산속에서 인가를 만난다는 것이 얼마나 다행인지 그 기쁨은 겪어보지 않은 사람은 아마도 모를 것이다.

개가 몹시 짖어 댄다. 멧돼지도 잡는 개들이다. 자칫하면 개들에게 물릴 수도 있다. 개들은 훈련받아 주인 눈치만 살핀다. '재관' 씨는 겁을 잔뜩 먹고 떨리는 손으로 문을 두드린다. 처음에는 아무 기척이 없다가 여러 번 두드리자 그제야 인기척을 낸다.

"이 밤에 뉘시오?" 주인은 만일을 대비해 손에 쟁기를 찾아들고 문 틈새로 빼꼼히 내다보았다.

"예, 등산 왔다가 길을 잃어 좀 묵을까 해서 찾아왔습니다. 절대 나쁜 사람이 아니니 제발 문 좀 열어 주십시오."

"나쁜 사람은 이마에 나쁜 사람이라고 써 붙이고 다닌답디까? 좌우간 귀신인지 사람인지 흙 범벅이 된 걸 보니 고생을 꽤나 한 것 같은데 들어와서 얘기합시다."

불 밝은 데서 제 몰골을 보니 춥고 배고픈 건 어디로 가고 절로 웃음이 나왔다. 명배우 연예인들도 이런 분장은 할 수가 없을 것 같다. 주인장의 도움으로 씻고 비에 젖은 옷가지들을 빨려고 하다가 문득 애타게 찾고 있을 동 호회 회원들이 생각나 전원이 완전히 나간 핸드폰을 충전하고 전원이 켜지자 곧바로 동호회 회장에게 전화를 걸었다.

동호회 회원들은 '재관' 씨가 보이지 않자 삼인 일조로 비를 맞으며 온 산판을 헤집고 찾아다녔다. '재관' 씨의 전화를 받고 위치 추적을 해 본 결과 30km 떨어진 외 딴 곳이어서 이 밤에 곰도 있고 멧돼지도 있는 위험한 산길에 합류하는 것은 불가해 다른 회원들은 산청군 여관에서 묵으면서 내일을 설계하였다.

'재관' 씨는 비에 젖은 옷을 빨아 널고 주인장이 해준 밥을 얻어 먹고 나니 온몸이 나른하다. 졸리기는 하지만 아무리 피곤해도 남의 밥을 얻어먹고 남의 집에 발을 들여놓은 이상 그냥 이렇게는 잘 수가 없었다.

"호칭을 어떻게, 아저씨라 부를까요? 형님이라 부를 가요?"

"그냥 형님이라 불러."

"그럼, 형님. 형님께선 왜 이 깊은 산 속에다 자리를 잡은 거요? 혹시 무슨 사연이라도 있는 거요?"

"사연은 무슨 사연. 그저 산이 좋고 물이 좋아 여기로 온 거지."

"에이, 제 보기엔 단순히 산 좋고 물만 좋아서 온 것 같지는 않은데요. '나는 자연인이다' 프로그램을 보면 모두 자연이 좋다, 그래서 산에 왔다 그러면서 저마다 사연들은 다 있더군요."

"하기야, 이 세상에 사람이 살다 보면 이야기 하나 없는 사람 어디 있겠는가마는 나도 산전수전 다 겪고 한때는 사장이라고 중국에 가 거드름도 피웠었네. 그때는 중국이 개혁 개방이 되어 내가 컴퓨터 30대, 내의 짜는 방직기(紡織機) 60대, 그리고 은행에서 신용 대출을 받아 중국에 가 신용장 엘시를 풀고 나니 '야, 이 사람 과학자다.' '야, 이 사람 진짜 부자다.' 하면서 사람들이 벌 떼 같이 달려드는데, 이성을 잃은 나는 금방 재벌이 되고 천하를 호령할 수 있는 임금이 되는 줄 알았네. 사람이 남들의 아부에 판단력이 흐려지면 인생은 끝장나는 거야. 그때 그 시절 중국 사람들도 뭐가 개혁이고 뭐가 개방인지 모르는 거야. 흙탕물에 물고기 잡기 좋다고 꿩 잡는 게 매라지. 성을 철저하게 가둬둔 중국에서 그것도 중앙 기관지인 인민일보에서 보도됐는데, 중국의 어느 한 농촌에서 촌뜨기 부녀가 십여 년이란 세월 동안 식물인간이 된 남편의 수발을 들다가 그 마을에 사는 다른 남자와 눈이 맞아 병든 남자와 이혼하고 사랑하는 남자와 결혼까지 하게 되어 윤리 문제가 불거졌는데 모두가 여자 편이라 일대 파장을 일으켰다. 문제의 본질을 떠나 곡해가 더 없이 사람들의 생각을 혼란에 빠뜨렸다. 성 해방이다. 내 것 내 맘대로 하는데 누가 뭐래? 무엇이 성 해방이고 서구식 성 해방이 어떤 것인지도 모르면서 푼돈 몇 푼에 기꺼이 몸을 내맡긴다. 처음에는 나도 겁이 나서 무척 신중한 편이었으나 하나, 둘 재미를 보니 업무는 뒷전이고 매일 방탕한 생활로 나날을 보내다가 어느 날 갑자기 정신이 번쩍 들어 장부를 점검해 보니 공장은 부도나기 일보 직전이고 180명 근로자 월급은 이미 7개월이나 밀려 있었네. 설 명절은 코앞에 닥쳤는데 직원들은 월급을 못 받아 돈이 없어 설 명절 쇠러 집에도 못 가고 화가 난 직공들은 집회 시위는 암만 해봐도 소용이 없자 폭력배들을 조직해 내 여권을 빼앗고 구타를 해 나는 죽도록 얻어맞았고 나의 왼손은 폭력배의 구두에 짓밟혀 골절상으로 치료 회복하는 데만 15주나 걸렸다네. 춥디추운 겨울이라 잘 낫지도 않고 참 많이 애를 먹었었네. 솔직히 말해서 그때 나는 나 자신을 참 많이 미워했었네. 나를 미워하니 내 생이 불쌍하고 슬퍼지데. 나는 지금도 가끔 그때 일을 후회하고 있어. 나 참 못났지? 남들은 평생 후회 없이 산다는데 나는 이게 뭐야. 이것 봐라, 손님은 말 한마디 없는데 혼자 씨불이고 있네."

"아니, 저는 괜찮으니 신경 쓰지 말고 하고 싶은 얘기 다 하세요. 이 깊은 산중에 사람 만나기도 힘들 터인데 초면이라 서먹해 하지 말고 오랜 지기를 만났다 그렇게 생각하고 하고 싶은 얘기 다 하시면 고맙게 들어드리겠습니다."

"고맙네. 아마 내가 무척 외로웠나 봐. 그런데 참 이상하지, 나는 자네가 조금도 생소하지 않아. 마치 어디서 많이 본 사람 같아."

"형, 건강은 좀 어때요? 어디 몸 불편한 데는 없고요?" 의사의 직업성 질문이다.

"원래 말이 아니었는데 산속에 들어와서 맑은 공기 마시며 매일 약초를 캐 먹고 살았더니 보시다시피 이렇게 건강하게, 잘살고 있지 않나."

"이 깊은 산골에서 몸 아프면 큰일이지요. 구급차도 들어올 수 없고 옆에 사람도 없으니 그 연세엔 그래도 큰 도시 옆에 가 살아야 마음이 놓일 텐데요."

"보아 하니 아우는 한 백 살까지 살고 싶은 모양이지? 하기야 백 세시대에 백 살쯤이야, 뭐 대단한 것도 아니지. 그런데 과연 산속의 사람이 오래 살까? 도시 사람이 오래 살까? 과학자들의 분석에 의하면 장수 마을 사람들이 더 오래 사는데 대부분 장수 마을은 높고 깊은 산중에 있다는 것이야. 뭐, 내가 오래 살고 싶어서 산에 들어온 건 아니지만 죽지 못해 들어오긴 했으나 건강이 회복되니 자연히 살고 싶은 마음도 생기네. 사람 한평생 짧다면 짧고 길다면 긴데 왜 좀 의미 있게 살 수는 없을까 궁리도 해 봤지만 그게 어디 마음대로 돼? 나는 지금 후회막급이네. 그때 내가 왜 누가 써 준 비단주머니 속의 쪽지대로 180명 직원을 1/3로 줄이고 60명에게 컴퓨터 방직기 한 대씩 맡기고 하자 없는 완성품에 현찰을 나눠 줬더라면 재기(再起)할 수도 있었을 것 같은데, 항우(項羽)가 고집으로 망한다고 나도 고집 때문에 망해버렸네. 나는 내가 중국 사람보다 낫다고 생각해서 그들의 충언을 들으려고도 하지 않았네. 후회하며 살다 보니 인간에게도 저 생이 있으면 좋겠다는 생각이 드네. 만약 저 생이 있다면 나는 저 생에선 이렇게 살고 싶지 않네. 누가 짜 놓은 시간표에 따라 유치원, 초등학교, 중학교, 고등학교, 대학교, 대학을 마치고 나면 나이 30, 부모 등골 뽑아 반생을 살고, 30에서 50이 황금기라 돈푼이나 벌면 다행이고 못 벌면 거지! 60에 정년 은퇴하고 100세까지 40년을 빈둥빈둥 놀고, 먹고 쓰고 살아야 하는데 벌어 놓은 게 없으면 곰 동면하듯 발바닥 핥고 살아? 무턱대고 장수는 의미가 없어. 인생도 구조조정을 좀 해야 할 것 같

아. 아무 쓸모도 없는 대학은 차라리 안 다니는 게 좋아. 나라에서도 대학을 좀 줄여서 알짜 인재 양성에 투자해야 하네. 나는 숱한 대학 졸업 백수들과 막노동 일군들을 봐왔네. 그리고 너무 이해 안 가는 건 대학 졸업장에 대한 집착이라네. 디자이너나 의사 같은 직업에는 졸업장이 필요하겠지만 밥을 짓고 차 수리를 하는 데 대학 졸업장이 왜 필요하단 말인가? 아우는 그거 알고 있어? 이건 내가 오래전부터 누구라도 만나기만 하면 꼭 한번 여쭤보고 싶었던 얘기야. '고려장' 말이야. 항간에는 '고려장'에 대한 이야기가 수도 없이 많은데, 글쎄 학자들이 연구한 바에 의하면 '고려장'은 지어낸 없는 민속 이야기라는데 난 믿을 수가 없네. 시간, 장소, 인물은 없지만, 이야기가 너무 생생하잖아.

옛날에 나이 만 60이 되면 아들이 며칠 먹을 양식과 옷가지들을 싸서 지게에 짊어지고 부모를 앞세우고 미리 파 놓은 묘소에 가서 부모를 들여보내고 먹을 것과 옷가지들을 넘겨주고 출구를 봉하고 눈물로 돌아섰다. 지금 나는 아주 로맨틱한 고려장을 설계하고 실현하기 위해 여기로 안식처를 찾아온 거야. 내가 생각해도 괜찮은 생각 같아. 자 봐. 지금처럼 손님이 오면 이야기도 주고받고 주변 텃밭에는 먹을거리를 심고 돈이 필요하면 산에 가 약초를 좀 캐다 장에 나가 팔고 나이 60 한계를 벗어나 명이 다하는 데까지 살다가 낙엽 속에 파묻혀 조용히 가는 게 내 소원이고 나의 바람일세."

'재관' 씨가 코를 골자 산 주인 유능해 씨도 그제야 잠자리에 들었다.

06.
제구포신(除舊布新)

만경시는 생김새가 말발굽 모양으로 해안선을 따라 삥 둘러싸여 있고 병풍같이 바람을 막아주고 있어 항만은 한결 포근하다. 광풍을 피해 오고 가는 선박들이 자주 여기를 드나든다. 그러나 누가 바다가 아니랄까 봐 썰물에 모두 빠져나가고 버림받은 바다는 쓸쓸하고 가엾다. 바다를 바라보는 도시도 앓고 난 환자처럼 눈에 초점을 잃고 멍하니 바다를 쳐다보며 애타게 바다가 뭘 가져다줄 것을 바라고 있지만, 바다는 그 눈빛이 못마땅한 듯, 지난 일들이 실망스러운 듯, 보는 척도 않고, 다시는 안 볼 것같이 틀어져 있다.

예전에 이 바다는 뚝딱 요술 방망이고, 돌아라 보배 맷돌이었다. 금 나오라 하면 금이 나오고 떡 나오라 하면 떡이 나왔다. 바다는 아낌없이 많은 것을 가져다주었다. 만경시의 흥행은 전적으로 바다가 가져다준 값진 선물이었다.

천연 항만으로 이루어진 이 도시는 요새(要塞)를 등에 업고 어업과 조선업에 크게 이바지하였다. 수주가 밀리고 일꾼이 달릴 때 이 도시는 마치 영원히 번영, 번성, 창성할 것만 같았다. 크루저 한 대만 들어와도 아메리카풍으로 유럽풍으로 들어오는 크루저에 따라 색깔이 바뀌고 멀리 유람을 가지 않아도 집에 앉아 세계를 일주하는 기분이 들었다.

일부 사람들은 형편이 잘 돌아가자 이제 우리 시대의 숙명은 대한민국이라는 이 좁은 땅덩어리를 벗어나 나라의 장벽을 허물고 세계화 시대에 걸맞게 세계로 쭉 뻗어나가야 한다고 주장했다. 우리 대한민국이 세계 경제의 선봉장이 되어 세계 경제를 진두지휘해야 한다면서 세계 각국의 지하자원은 모두 대한민국 것이라고 당면한 형세를 잘못 분석하고 광산 개발에 천문학적인 자금을 쏟아부어 넣더니 사기 행각에 속아 돌아오는 어음을 막지 못해 부도나고 말았다. 천성이 바닷가 도시여서 그런지, 아니면 바닷물을 닮아 그런지, 일자리를 잃은 인부들은 썰물이 쓸려나가듯 순식간에 쫙 빠져버렸다.

도시는 잘못을 아는지 모르는지 침묵만 지키고 있다. 침묵은 능사가 아니다. 도시는 부산해야 하고 들끓어야 하고 항시 바빠야 한다.

도시는 드디어 침묵을 깨뜨렸다. 놀랄 소식이긴 하나 바라던 바는 아니다. 경찰이 순찰하다가 고층 아파트 빈집에서 남성 50대의 시체 한 구를 발견하여 국과수에 부검을 의뢰하였다.

요즘 사람들은 왜 이리 잔인한지 모르겠다. 장기를 뽑고 사람을 잘라 토막 내고 냉동고에 냉동시켰다. 꼬리가 밟힐까 봐 겁이 났는지 얼굴과 손 발가락은 따로 감추었다. 얼굴과 지문이 없어 신원 확인에 어려움을 겪기는 했지만, 아무리 교묘하게 위장해도 감히 법망을 벗어날 수 있을까?

아니나 다를까. 한 달 후에 사건이 종료되었다. 필리핀 마약 범죄 조직이 본국의 타격이 심해 출구를 모색하던 중 만경시가 마비되고 느슨해진 틈을 타 만경시 지리를 잘 알고 있는 변상태 씨를 통해 마약을 밀반입하고 그를 통해 전국으로 연줄을 달아 밀매하였다. 믿는 도끼에 발등 찍힌다고, 필리핀 사람들이 개입하고 싶어도 개입할 틈이 보이지 않는다. 변상태 씨도 바보가 아닌 이상 곧이곧대로 돈을 다 가져다 바칠 리가 없다. 돈에 손을 대고 보니 재미가 쏠쏠하다. 간이 커진 변 씨는 통제 불능이다. 통 큰 변 씨의 씀씀이에 마약 밀매 조직의 두목은 수차 경고장을 날렸지만 막무가내다. 자존심 싸움에 힘을 믿고 길들이기를 몇 번 시도해 봐도 고삐 풀린 말은 여전하다. 그대로 놔두면 돌아갈 차비도 못 건질 것 같아 그들만의 특별 조치가 필요했다.

세 사람은 변 씨를 가운데 놓고 손에 각목을 들고 에워쌌다.

"좋은 게 좋은 거 아니겠어? 얼굴 붉히기 전에 좋은 말 할 때 마약 판 돈 전부, 그리고 구매자 연락처 접속 방법을 내놓아. 그러지 않으면 말 안 해도 알지?"

"흥, 여기가 어딘지 잊은 모양이야. 여기는 대한민국이야, 대한민국이라고. 너희들이 마음대로 행패 부릴 곳이 아니야. 마약이 범죄라는 걸 너네들도 모르진 않을 테지? 찍소리 말고 내가 먹다 남은 고물이나 받아먹고 쥐새끼처럼 집구석에 처박혀 있어. 괜히 나부대다 꿩 잃고 매 잃지 말고. 꿩 잃고 매 잃는다는 말이 무슨 말인지 너희들이 알아?"

"그래, 한국말은 우리가 너보다 못하다. 그러나 필리핀 말은 우리가 너보다 훨씬 낫다. 지금은 말장난할 때가 아니다. 우리가 보기에도 네가 한 일 중에서도 딱 한 가지 일은 제대로 해놨어. 우리는 이곳이 아주 마음에 들어. 자 봐, 시내라도 주변 아파트에 사람이 살고 있지 않으니 외진 곳이나 다름이 없어서 굿을 해도 아는 사람이 없을 터이니 참 좋은 곳이야. 그럼, 우리 시작해 볼까? 저 자식 손발을 묶어. 입에다 테이프 붙이고, 일 단계 곧장 백 개!"

변 씨는 얻어맞으면서 '나 이러다 잘못하면 죽겠구나!' 하는 생각이 들어 잔머리 굴리기 시작하였다. 이실직고할 터이니 제발 목숨만 살려 달라고 애원하였다.

자유의 몸이 된 변 씨는 법무부에 마약 밀매는 감추고 불법 체류자 거소 신고를 하였다. 신고를 접수한 법무부에서는 발 빠르게 불시 검문을 진행했지만, 교활한 미꾸라지들은 이미 벌써 빠져나간 뒤였다.

크게 한몫 챙기려다 실패한 변 씨는 그날부터 고양이에게 쫓기는 쥐 신세가 되었다. 배부른 고양이는 쥐를 간혹 장난감으로 간주해 갖고 놀다가 실수해서 놓쳐버릴 때도 있지만 주린 고양이야 배부터 채워야 하니 물고 놓지 않는 법이다. 변 씨는 거처를 옮기고 인적이 드문 고층 아파트에 둥지를 틀고 바람 잘 날만 손꼽아 기다린다. 처음에는 그런대로 참을 수 있었으나 시간이 흐름에 따라 유흥이 몸에 밴 변 씨는 몸이 근질거려 견딜 수가 없었다. 언제까지 굴속에 처박혀 있을 수도 없어 살금살금 행적을 드러내기 시작하였다.

경찰들은 진작부터 수상한 점을 발견하고 일망타진을 위하여 생색을 내지 않고 암암리에 지켜보고 있었다. 일망타진을 계획하고 있었으나 뜻밖의 불상사가 발생하였다.

죄지은 놈은 발 뻗고 못 잔다고 부산에서 몇 날 며칠 유흥을 실컷 즐기다가 경찰에 꼬리 밟힐까 겁먹고 만경시로 쥐새끼처럼 가만히 숨어들었는데, 필리핀 마약 밀매 조직이 쳐 놓은 그물에 그만 걸려들고 말았다.

필리핀 사람들은 끄나풀인 변상태 씨를 죽일 생각은 아니었다. 그러나 너무 괘씸한 나머지 지나친 흥분으로 손에 살이 붙어 불상사를 만들었다. 겁에 질린 사람들은 황급히 시체를 대충 처리하고 필리핀으로 도망갔다.

그러나 필리핀도 그들의 안식처는 아니었다. 한국 경찰이 쫓는 중에 마약 사범들이 필리핀으로 도주한 것을 확인하고 '필리핀' 사법 기관에 통보하자 숙청에 혈안이 된 필리핀에서 국제 마약 밀매조직을 방관할 리가 없었다. 그들은 필리핀 땅에 떨어지자마자 곧바로 체포되고 그들의 자수로 '한국'에서의 자초지종을 알게 되었다.

변 씨의 수급은 죄수들의 실토로 한 야산에 묻어놓은 콘크리트 덩어리로 찾아냈으나 살과 분리가 불가능해 통째로 시체와 함께 화장하였다.

재관 시장은 마약 밀매조직의 잔인한 살인 경과보고를 받고 충격에 살이 부들부들 떨렸다. 잘 사는 도시, 그곳에 가서 꼭 한번 살아보고 싶은 도시를 만든다는 게 공포의 도시, 불안의 도시로 만들어 놓으면 어쩌자는 건가? 사회 치안은 도시의 안전과 평안을 위해 보장돼야 한다. 내가 왜 가장 중요한 이 점을 놓쳤지? 김 시장은 반성과 자책에 빠졌다.

할 일은 태산 같고, 하고 싶은 일도 솜털같이 많지만 아무리 능수능란한 간부인들 어쩌겠는가. 구석구석 챙긴다고 챙기지만 굵직굵직한 아주 중요한 난제들이 그물을 뚫고 빠져나가 헝클어진 실타래처럼, 풀 수 없는 수수께끼들, 때때로 내 앞에 팽개쳐진다.

아무리 어려워도 할 일은 해야 한다.

밥 한 술에 배부를 수 없듯이 도시도 바다도 할 일이 많겠지만 농사는 '일 년 대계는 봄에 달렸다고' 이미 많이 늦기는 했지만 그래도 다잡으면 될 것 같아 주변 농촌의 마을 이장 회의를 소집하였다.

"요즘 어르신들 바쁘고 힘드시지요?"

김 시장이 인사를 해도 받아 주는 사람이 없다. 아무리 친근하게 다가가도 모르는 사람 대하듯, 아는 체하는 사람도 없다. 요즘 병원이 너무 잘나가자 사람들은 병원만 보이고 새로 온 시장은 안중에도 없다.

"눈코 뜰 새 없이 바쁘신데 회의에 오시라고 해서 불만인 것 같은데, 이따가 동영상을 보시고 나면 아마 후회하시게 될 겁니다."

'재관' 시장은 어떻게든 환심을 사려고 시도해 보지만 좀처럼 뜻대로는 안 되니 답답한 나머지 은근슬쩍 불만을 토로하였다.

"아무리 귀찮고 시끄러워도 간단히 소개를 좀 해 드려야 도움이 될 것 같아서 염치 불문하고 몇 마디만 하겠습니다. 옛날 우리 선조들은 닭 우는 소리에 잠을 깨 어둠을 딛고 논밭에 나가 달빛을 이고 집으로 돌아왔건만 손에 쥐는 건 가난뿐이었습니다. 멀리 박 대통령 시절 새마을운동을 펼쳐 근본적으로 농어민들의 삶을 개선하려고 노력은 해 왔으나 오랜 세월 과학의 발전과 도시 중심의 경제정책은 젊은이들의 농촌 이탈과 그에 따른 농촌 고령화로 농촌의 일손 부족이 보편화한 요즘 도저히 과거 영농 방법으로는 당장의 어려움을 해결할 방법이 없고 과학은 우리에게 새로운 길을 개척해 주었습니다. 여러분! 혹시 옛날 생각 드문드문 나지요. 도시가 북적북적하던 그때 그 시절 장마당도 아주 잘 되었지요. 그런데 지금은 그 흔한 부추며, 오이며, 상추 같은 채소들은 팔기는 고사하고 누굴 주려고 해도 가질 사람이 없습니다. 왜 그런가요? 사람이 없어져서? 아니면 우리의 생산이 너무 과잉되어서? 그것도 한 원인이 될 수는 있겠네요. 그러나 그게 전부는 아니지요. 우리가 말하는 부추, 배추, 상추는 흔한데 이웃 도시나 수도 서울, 더 나가 수출하려면 많은 것이 아니라 너무 적어서 탈이지요. 자 보십시오. 우리가 지금 쓰고 있는 낡은 영농 방법으로는 잘못하면 앞으로 우리 시민들마저 굶길까 걱정이 됩니다. 과거 영농법은 그때는 맞았고 지금은 틀렸습니다. 시대는 발전하는 만큼 낡은 것은 버리고 새

것을 받아들여야 합니다. 저기 우리 먼저 준비된 동영상 몇 개를 보고 다시 한번 허심탄회하게 흉금을 털어놓고 얘기 나눠볼까요? 제가 아무리 설득력 있게 설명을 해드려도 믿어 주지 않을까 봐 동영상 몇 개를 준비해 봤습니다."

영상을 보기 전과 본 다음의 표정들은 완전히 달랐다. 김 시장은 신이 났다.

"우리도 농사에 아낌없는 투자를 해야 합니다. 돈이 돈을 번다고 투자하면 땅은 결코 우리를 외면하지 않을 것입니다. 비닐하우스를 대량으로 늘리고 똑똑한 영농법을 도입해 일일이 수작업으로 하던 농사를 변화시켜 스마트폰 하나로 하우스에 나갈 필요도 없이 집에 앉아서 모두를 조작(操作)할 수 있는 현대화한 농업 환경을 구상해야 할 것입니다. 예, 맞습니다. 농촌 고령화로 어려움이 있습니다. 하지만 고령화가 됐기 때문에 더더욱 스마트화하여 노동 강도를 줄이고 생산성을 높여야 할 것입니다. 노인분들이 스마트폰 사용에 어려움을 겪으면 시에서 선생님들을 파견하여 노인 스마트폰 학습반을 꾸려 노인분들이 시간 나면 언제든지 학습할 수 있도록 조처할 생각입니다.

학자들은 말합니다. 고령화가 국가 경제성장의 발목을 잡을 것이라고. 저는 그 말에 동의할 수 없습니다. 모르긴 해도 여기 오신 이장님들은 70대 어르신들이 대부분이고 마을에서 제일 막내들일 것입니다. 고령임에도 마을의 안녕과 번영을 위하여 애쓰시는 노고에 저는 이 자리를 빌려 다시 한번 경의를 표합니다. 우리나라 어르신들은 젊은 시절, 이 나라를 지키고 이 나라의 건설을 위하여 청춘을 바친 공신들입니다. 어르신들은 산전수전 다 겪은 삶의 지혜가 아주 출중하신 분들이십니다. 인제 와서 늙었다고 걸림돌이라니 말도 안 됩니다. 저는 늙은이가 걸림돌이 아니라 동력이라는 걸 보여 줄 것입니다. 무슨 뾰족한 수가 있느냐고요? 예, 있습니다. 바로 여러분들이 눈으로 확인한 이 동영상들입니다. 우리 보고 뭘 연구하라면 어렵겠지만 남들이 다 해놓은 것 보고 따라 배우는 건 별로 어렵지 않겠지요? 제가 부탁하고 싶은 건 고집 부리지 말고 과감하게 혁신의 소용돌이에 뛰어들어 과학의 선봉에 서달라는 것입니다. 우리 시가 모두 힘을 합쳐 한번 본때를 보여 줍시다."

며칠 후 법원의 한 지인으로부터 요즘 갑자기 무슨 바람이 불었는지 토지 분쟁 안건이 부쩍 늘어 눈 코 뜰 새 없이 바쁘다는 소식을 들었다. 김 시장은 은근히 기뻤다. 똑똑한 농업이 서서히 움직이기 시작하였다. 똑똑한 농업이 단순 기술 문제 같으면 쉽게 넘길 수도 있겠으나 여기에는 아주 복잡한 법리 문제까지 뒤엉켜 특조법(특수 조례법)과 맞물린다. 우리나라 대통령들은 토지법 외에 특권을 이용해 특조법이란 걸 만들어 놓았다. 특조법이란 헌법과 일치하지 않는다. 특조법이란 그때그때 상황에 따라 만들어진 것이므로 어느 것이 맞고 어느 것이 틀리다 말하기 어렵고 특조법 내용도 똑같은 게 아니다. 해석에 따라 이해도 다르다. 특조법에 명기된 한 구절을 읽어본다.

'…사실상 양수인이 공부상 소유자의 행방불명 사망 후 그 후손의 소재 불명 등의 사유로 등기를 못 하는 사정을 고려하여 그 소재지 리 면 동에 거주하는 3인 이상 보증인들이 보증서를 첨부하여 일정 기간 공고를 하여 이의가 없으면, 해당 소관청으로부터 확인서를 발급받아 이를 등기 원 서류로 갈음하여 사실상의 소유자 앞으로 소유권 보존 또는 이전 등기를 하는 것입니다.'

 겉보기는 문제가 없을 것 같지만 이 안에는 허다한 불안정 요소가 내포되어 사람들이 우려하는 AI보다도 문제가 많다. 다행인 건 헌법이 아니고 대통령이 그때그때 나라 실정에 따라 처리한 농업 환경에 대한 우려라는 것이다. 몇십 년이 지난 오늘 그때 대통령의 우려와 생각을 평가하는 것은 부당하나 문제해결을 위해서 일부 문제는 지적하지 않을 수 없다. 문제는 3인 보증인이 정말로 공부상의 소유자가 사망했고 자손들이 영영 행방불명이 됐다면 별문제가 생기지 않겠으나 생계 문제로 고향을 떠난 틈을 타 날치기 명의 변경이 이뤄졌다면 이야기가 달라진다. 고향 떠난 후손이 일정한 시간이 지난 뒤 고향에 돌아와 살려고 한다면 제 땅 찾기란 하늘의 별 따기다. 남의 땅을 공짜로 따 먹기는 쉽지만, 제 땅 찾기는 짜증 나게 번거롭다. 우선 특조법을 깨야 하는데 이게 쉽지 않다. 보증인 3인은 똘똘 뭉쳐 철통 보안을 지킨다. 게다가 군 면 동 토지 관리 부처마저도 한 동아리가 되어 당시 보증인이 누구인지도 알 수도 없고 알아도 먹은 게 있으니 절대 배신은 안 한다. 증인이 없으면 법 놀이도 안 된다. 혹 서울처럼 땅값이 비싼 곳은 법 놀이를 해서 이기면 득이 있겠으나 지방은 법 놀이를 하다 잘못하면 소송비도 못 내고 망한다.

또 다른 문제는 농촌 인구 감소를 외치면서 남의 것을 먹었으면 먹은 게지 내놓으려 하지 않는다. 텃세가 심해 오랫동안 갈라져 있던 사람이 다시 오는 걸 싫어한다.

토지 문제는 복잡한 문제다. 옛날에는 단순히 농사의 바탕이다 보니 별로 복잡하지 않았지만 요즘 세상에는 농사, 집터, 그 외 상품으로도 등장한다. 상품화하게 되면 불로소득 문제가 생기고 불로소득은 많은 사회문제를 일으킨다. 많은 사람이 찾아와 이 문제를 제기했으나 일개 시장이 사회 분배 문제를 처리한다는 것은 어불성설이고 또 외면하자니 무척 괴롭다. 불합리한 게 뻔히 보이는데 도울 방법이 없다.

토지 공개념은 이념 문제이기도 하다. 사회주의는 토지 개혁을 거쳐 토지 공유화를 실현하였고, 봉건 사회는 토지 분봉제로 토지를 사유화시켰다. 우리나라는 일본 제국주의 식민지로부터 국토를 인계받았지만 공유지는 친일파 토지를 몰수한 극히 적은 소부분일 뿐 대부분이 사유지다. 이 때문에 국가에서는 지금이라도 토지를 공유화하기 위해 노력해야 한다. 무연고 토지는 국가가 아무 상관이 없는 듯 팔짱 끼고 방관할 것이 아니라 적극적으로 흡수해야 한다. 무연고 토지는 3인의 증거인을 통하여 명의 이전을 독려할 것이 아니라 국가 명의로 돌려놨다가 주인이 찾으면 주고 없으면 국가 소유로 돌려놔야 한다. 국가 토지 공유지가 많으면 기본 건설에 쓸 수도 있고 필요하면 사유지와 바꾸어 쓸 수도 있다. 잠시 별

볼 일 없는 토지일지라도 국가가 주인이 되어 귀농인에게 임대하여 인맥을 잇는다면 최소한 귀농에 어려운 겪는 사람들을 도와줄 수도 있는 것이다. 불필요한 민원을 줄이고 사회 안정에도 도움이 된다.

집과 토지는 한통속이다. 토지는 원래 국토다. 누가 개간하면 누구 땅이 되는 건 옛말이다. 토지 대장을 보면 대략 1905년 좌우 일본 측량을 기준으로 만들어진 일본식 토지 대장인데, 일제가 망한 지 70년이 넘었는데도 그대로다. 토지 매매를 금지하고 농사짓는 사람에게 토지를 주며 토지를 가졌으면 세금을 내야 한다.

집은 땅 위의 건물이다. 한 사람이 무단으로 너무 많은 토지를 점유하는 걸 제한해야 한다. 토지를 제한하면 한 사람이 너무 많은 집을 가지려 해도 가질 수가 없다. 집 문제를 해결하면 우리가 지향하는 공평, 공정과 함께 청년들에게 희망을 줄 수 있는 사회를 만드는 데 기초 보장을 제공하는 셈이 된다.

아쉽게도 이건 어디까지나 한 지자체 단체장의 꿈일 뿐 쉽게 해결될 문제가 아니다. 선거 때마다 나오는 말이지만 저항도 만만치 않다. 같은 말이지만 해석 또한 갖가지다. 토지는 국가의 것이고 국가의 토지를 상품화하여서는 안 된다. 토지가 상품화되므로 불로소득이 발생하는데, 불로소득을 재분배하려는 사람도 있다. 원천 봉쇄와 상품화와 부분 승인 및 소득 분배는 결코 같은 말이 아니며 오직 인식의 통일을 통해서만 정확한 정의를 도출하게 될 것이다.

우리나라는 일제 식민지로부터 해방이 돼 급속 성장한 나라이
므로 허다한 잠재 모순을 내포하고 있다. 토지가 그 한 부분이고,
계급 사회에서의 사유 재산 문제도 뚜렷한 정의가 필요하다. 공평,
공정, 정의는 법률에서의 평등일 뿐 물질 향수에 대한 정의가 아니
다. 실현할 수 없는 것은 빨리 포기하고 실현할 수 있는 것만 골라
서 만들어나가야 한다.

사람들은 저마다 좋은 생각을 하고 있다. 물론 좋은 생각이 많으
면 좋다. 그러나 좋은 생각이 다 좋게 되는 건 아니니 노력하기 나
름이다. 만경시가 이 문제를 어떻게 처리하는지는 두고 보는 것이
좋을 것 같다.

07.
빈집과의 전쟁

만경시 공무원들이 할 일이 없어 놀고 있다가 오랜만에 진짜 일거리 하나를 찾았다. 저번에 거리 대청소에 긴급 동원령이 내려져 동원된 이래 지금껏 별다른 변화가 없는 듯했는데 이번에 갑자기 또다시 긴급 동원령이 떨어졌다. 긴급 동원에 재미를 본 게 아닌지? 왜 자꾸 급하지도 않으면서 긴급 동원이란 말을 가져다 붙이는지 모르겠다. 좌우간 온 시내는 발칵 뒤집혔다. 집 한 채, 방 한 칸도 빼놓지 말고 전수 조사하란다. 많은 사람이 살지 않는 이 큰 도시에서 쓰레기 치우듯이 조금 힘만 쓰면 될 일도 아니다. 문에 자물쇠는 채워져 있고 상하좌우 이웃도 없으니 누구한테 물어보고 조사는 도대체 어떻게 하란 말인가? 난감하다.

어떤 이들은 '부동산을 찾으면 쉽게 해결되지 않을까'라며 해결책을 내 보지만 부동산 중개업자도 짐을 싸 이곳을 떠난 지 이미 오래됐다. 방법이 있다면 그중에 딱 하나 있긴 하다. 구청이나 동 사무소에 비치된 도면과 서류 뭉치에서 구역을 설정하고 이 잡듯이 차례차례 한 집 한 집 확인해 나가면서 등록된 주소와 전화번호로 연락해서 연락이 닿으면 확인 표시를 하고 연락이 안 닿으면 훗날을 기약하고 보류하면서 더듬어 나가는 것이다. 골치 아픈 일은 또 있다. 외국에 나가 연락이 두절된 사람들이다. 출입국 기록을 확인해 연락이라도 해 보고 싶지만, 이는 법무부에서 개인정보 무단 수집으로 위법이란다. 코너에 몰려 생각되는 방법은 모두 동원해 보지만 상당 부분 누락을 피치 못할 것은 기정사실이니 맥 빠진다. 최선을 다하는 모습을 보이고 싶어도 마음뿐이니 차라리 성과를 떠나서 열심히 하는 게 최우선이다. 목적은 간단하다. 다주택자 주택 소유에 관한 실태 파악이다. 실효성에 다소 의문이 있더라도 얼마 전에 발견된 살인 냉동 시체 사건에서 보다시피 치안을 위해서라도 꼭 필요한 전수 조사다.

김 시장은 이번 이 도시가 유령 시가 된 데는 부동산 투기도 한 몫했다고 생각하고 있다. 그래서 시 재건 정돈 기회에 실수요자 위주로 정책을 펼 계획이다. 돈 있는 사람들은 돈벌이를 위해 집을 사재기하고 정작 집이 필요한 사람들은 집이 없어 이사 오고 싶어도 못 오는 이 불합리한 현상을 뜯어고치겠다는 생각을 하고 있다. 기회는 적절하고 생각도 옳지만 실천에 옮기기는 어렵다. 여기가 만경시여서 어려운 게 아니라 어디든 혁신은 쉬운 게 아니다. 낡은 관습은 뿌리가 깊고 완강해서 좀처럼 새것을 받아들이려 하지 않는다. 아주 간단한 실례로 평생 일만 해 오던 사람이 갑자기 일자리를 잃고 백수가 되었다고 가정하자. 그러면 그 사람은 펄쩍 뛰면서 나보고 어떻게 살라고 하며 몹시 허탈해할 것이다. 사람은 누구 할 것 없이 변화된 환경에 적응하기 힘들어하고 있다.

오랜 침묵 끝에, 만경시가 기지개를 켜기 시작하였다. 김 시장의 계획에 태클을 걸고 나오는 사람이 있었으니, 그는 바로 시 의회의 최고봉 의원이다.

"우리나라는 자유 자본 주권 국가로서 자율 경제 발전이 기본 정책 방침인데 부동산마저 계획 공급을 하게 되면 이건 사회주의지 자본주의가 아니다. 경제를 살리려면 부동산 거래가 활성화돼야 하고 부동산 시장이 살아나면 시장 경제도 살아난다. 헌법에 사유 재산은 보호를 받는데 왜 사유 재산인 집을 가지고 왈가왈부 난리들이야. 국민은 선택의 권리가 있어. 내 집 내가 안 팔겠다는데, 뭐 어쩔 거야. 누가 말려? 이 집은 말이야, 저 중앙 정부나 국회 의원들 한 번 조사해 봐. 집 두 채, 세 채 가진 사람은 부지기수일 거야. 괜히 뱀의 꼬리 잡아 흔들지 말고 도둑을 잡으려면 우두머리부터 잡으랬다고, 윗물이 맑아야 아랫물이 맑지. 어디 용기가 있으면 국회에 가서 대가리부터 뜯어고쳐, 공연히 자는 사자 수염 건드려 잡아 먹히지 말고."

"의원님, 말씀이 너무 심하십니다. 제가 알기로는 우리나라는 헌법이 제정한 민주공화국이지요. 그런데 사람들은 헌법을 운운하면서 헌법을 무시하고 부르기 좋은 대로 자본주의니, 민주 자본주의니… 나라의 주체성마저 흐려놓고 있지요. 우리나라의 민주공화국 명칭은 북한의 인민 민주공화국과는 차원이 다른 민주공화국이지만, 그렇다고 해서 결코 자본주의는 아니지요. 말 그대로 확대 해

석할 필요도 없고, 확대 해석해서도 안 되는 민주공화국입니다. 그리고 우리 시가 언제부터 부동산 경제 활성화를 실현했지요? 그렇게 부동산 시장 활성화를 실현해서 우리 시가 사람도 안 사는 유령 시로 변했나요?" 정곡을 찔렀다.

맞받아치는 김 시장의 말에 모두 깜짝 놀랐다. 너무나도 뜻밖이라 완전 상상 초월이다. 사람들은 김 시장이 아주 친근하게 시민들과 어울리며 옳은 말이건 틀린 말이건 귀담아듣고 인사도 농도 곧잘 한다는 걸 봐 왔다. 시장으로 부임한 이래 단 한 번도 성을 내 본 적이 없다. 서글서글한 눈은 언제나 웃는 듯 상냥하고 입가에는 미소가 넘친다. 그래서 사람들은 김 시장은 이래도 흥, 저래도 흥 물러 빠진 사람이라 말 붙이기도 편하고 아무렇게나 주물러도 좋은 사람으로만 알고 있었는데 오늘 보니 그것도 아니다.

당황한 건 최 의원 쪽이다. '아, 이거 아닌데….'

4선 의원 능구리로 소문난 그가 어쩌다가 이런 말실수를 했는지 모르겠다. 젊은이가 요즘 하는 일을 지켜보던 그가 처음에는 별로 탐탁지 않았으나 하는 일을 쭉 지켜보면서 이 젊은이는 추진력도 있고 문제의 핵심을 짚어 내는 통찰력도 있다고 생각했다. 이 기회에 순풍에 돛을 달아 무임승차를 꿈꾸며 시기를 저울질하고 있었는데 다 차려놓은 밥상에 슬그머니 숟가락 하나만 올리면 끝났을 일을 본의 아니게 우유부단하고 꾸물거리다 그만 다 된 밥에 재 뿌린 격이 돼 버렸다.

재 뿌려 못 먹게 된 밥에 대처하는 방법은 세 가지가 있다. 하나는 깔끔하게 잘못을 인정하는 것이고 다른 하나는 잘못한 게 없다고 증명해 보이는 것이다. 이것도 저것도 아니면 무리수를 두더라도 한번 뻗대 보는 게다. 최고봉 의원은 가운데 방법을 택했다.

최고봉 씨는 나름대로 자기 주장이 있다. '오늘날 대한민국이 이만큼 사는 것도 풀어 놓은 자율 경제 때문이다. 보다 살기 좋은 도시로, 기업 하기 좋은 도시로, 사람들이 모이는 도시로 만들려면 규제를 풀어야 한다. 우리 도시의 재생은 시간문제일 뿐 어느 한 사람의 공로가 아니다. 중국의 등소평은 자국민에게 '잘사는 사람을 많이 만들어라. 잘사는 사람들이 앞장서서 못사는 사람들을 잡아끌어 다 잘 살게 만들어라.'고 강조했다. 이게 바로 사회주의 중국인데 하물며 자본주의 국가에서 부동산을 규제해 부를 막겠다고? 어림도 없는 일이지. 우리는 절대 동의할 수가 없어.'

최고봉 씨가 아주 강경하게 나오자 이번에는 '재관' 씨가 난감해졌다. 호랑이 등에 올라타고 달리지도 내리지도 못하게 되었다. 싸우자니 쪽팔리고 묵과하자니 체면이 말이 아니다. 방금 우리나라는 민주공화국이라고 정정해 줬는데도 또 자본주의란다. 이런 사람들하고 무슨 말을 해. 이럴 때는 누가 나서 물타기라도 해 주면 그런대로 현장은 수습될 듯도 한데, 지금은 이것도 저것도 아니다. 에라, 내가 언제 누구 덕에 살았나. 자나 깨나 혼자인데 뭘 더 바라, 바라긴.

여기 여러 사람 앞에서 어린애처럼 시비 붙으면 싸움밖에 안 되고 쓸데없는 자존심 대결로 양상만 나빠진다. 말다툼에서 승자 패

자는 있을 수가 없다. 우리가 애들도 아니고 정책을 만들고 관철하고 집행하는 공무원이다. 싸움을 피해야만 설득의 시간을 가질 수 있다.

최고봉 씨로 말하면 만경시에서 사돈의 팔촌까지 모두 합쳐서 수백 채의 아파트를 소유하고 있는 어마어마한 재력가들의 대표 인물이다. 그들은 한 그룹으로 최 씨의 영향력은 그룹의 핵심이다. 그들은 최 의원이 있으므로 해서 속이 든든하다. 그런데 누가 알았나? 이렇게 든든하게 쌓아온 철통 보루가 하루아침에 순식간에 엉망이 되리라곤 꿈에도 생각 안 했다. 만경시가 무인도로 변하고 집값은 손쓸 새도 없이 추락해 잡지도 놓지도 못하는 애물단지가 되자 떼거리로 모여들어 최 의원을 죽일 놈 살릴 놈 하면서 제대로 된 정보를 제공해 주지 못한 죄를 물었다. 죄는 죄고 빈 깡통 차고 나앉아야 하겠으니 이 일을 어찌하면 좋을까?

그나마 다행인 건 무턱대고 죽으란 법은 없어 요즘 그래도 쪼끔 운세가 형통해 형세가 나아지는 것 같아서 다행이다. 다행은 다행이고 왜 갑자기 똥값에 집을 내놓으라고 난리들이야. 이게 무슨 날벼락인고? 차라리 놔두고 묵히면 묵히고 썩히면 썩혔지, 죽어도 못 판다. 내가 죽어서도 내 집은 지키련다. 도시가 물거품이 되어 폴싹 주저앉을 때 그때는 어찌 됐나. 생각하면 생각할수록 지금도 살이 떨린다. 의회에 4선 의원을 심어 놓았다고 한껏 여유를 부리다가 하마터면 쪽박 차고 나앉을 뻔하였다. 당사자인 4선 의원도 난생처음으로 사람이 잘못하면 하루아침에 '도시가 이렇게 망할 수 있구나' 하는 것을 깨달았다. 그는 요즘 사람 뽑는 투표에서는 신중에 신중을 거듭하면서 반대표는 던져도 절대 함부로 찬성표를 던지지 않는다.

'재관' 씨의 셈법도 빨라지고 있다. 지극히 예민한 부동산 문제에서 만약 밀린다면 나는 이미 볼 장은 다 본 셈이다. 아무리 난공불락의 고지라도 돌파해 나가야 한다. 짐승도 굴을 파 제 보금자리를 만들고 나는 새도 둥지를 짓는데 하물며 만물의 영장으로 불리는 사람이 있을 집이 없다면 너무나 슬픈 일이다. 만경시에 빈집은 너무나도 많다. 그러나 그 집들은 모두가 주인이 있는 빈집이다. 무상으로 내놓으라면 잘못된 정책이지만 집 많은 사람은 집을 좀 내놓고 집이 없는 사람은 집을 사서 골고루 다 같이 잘 살자는데 여기에 뭐가 잘못돼서 헌법이니 뭐니 하면서 국가 체제마저 들먹거린단 말인가!

'재관' 시장은 최 의원을 조용히 불러 아주 부드럽게, 반감을 사지 않게 조용히 입을 열었다.

"의원님, 의원님이 집 팔기 싫으면 그냥 가지고 계셔도 됩니다. 누가 억지로 빼앗지 않을 겁니다. 아니, 누구도 감히 빼앗지는 못할 것입니다. 최 의원님의 말씀이 옳습니다. 나라 헌법에 분명히 사유재산은 보호를 받는다고 명시가 돼 있습니다. 지금 우리가 얘기하는 문제는 그것과는 별개의 문제로 다 같이 잘사는 세상, 공정한 세상을 만들어 보자는 취지인데, 의원님이 곡해하고 오해하신 것 같습니다. 지금 모두가 공정을 이야기하고 있고 공정한 사회를 만들어 가는 과정인데 당연히 이견이 있을 수도 있고 집행 과정에 실수도 있을 겁니다. 지금 우리는 누구도 가보지 않는 길을 걸어가고 있습니다. 길이 아무리 험해도 우리 앞에 공정이란 환한 불빛이 우리를 인도하므로 우리는 반드시 그 길을 따라 꿋꿋이 걸어갈 것입니다. 저는 의원님을 믿습니다. 잘 협조해 주실 거죠?"

방금 들어올 때는 기고만장해서 한판 뜨자고 왔었는데 상대가 전혀 공격할 기미를 보이지 않고 유연하니 살기는 걷어 들이는 수밖에 없었다. 연륜이 한참 위인 최 의원은 입맛만 쩝쩝 다시고 할 말을 잃었다. 체면을 구긴 최 의원은 체면을 만회하고는 싶지만 젊은이의 말에 비집고 들어갈 틈이 보이지 않는다. 풀이 죽었다.

"김 시장, 집 말만 나오면 내가 좀 예민해서, 집 때문에 나도 원망 참 많이 들었네. 지금 집을 내놓는다고 누가 당장에 집을 사겠나? 형세를 봐 가면서 다시 의논해 봄세."

"의원님도 참, 제가 언제 집을 당장 내다 팔라고 말했습니까? 집 문제는 하루 이틀의 문제가 아닙니다. 어느 한 사람 문제도 아닙니다. 모르긴 하지만 전 세계적인 문제이고 우리 사람들의 문제인 것 같습니다. 사람이 사는 곳엔 자연히 의식주가 문제일 터이고 의식주 중에도 먹는 문제가 우선이고 다음은 주거 문제일 것입니다. 의식주 문제는 누구도 소홀히 할 수 없고 매일 접하는 문제입니다. 그렇지만 주거 문제는 지나치기 쉽고 저만 등 따뜻하고 배부르고 잘 입고 잘 살면 남 걱정 안 하는 게 역시 사람들이지요."

김 시장은 차를 부어 대접하며 저도 한 모금 마시고 말을 이었다.

"별 하는 일도 없이 매일 바쁘다 보니 의원님을 찾아뵙는다는 것이 차일피일 미루다 보니 찾아뵙지도 못하고 오늘도 제가 먼저 찾아갔어야 했는데 이렇게 오시라고 해서 죄송합니다."

"별말씀을. 하긴 사람은 서로 만나서 속마음을 나누고 친숙해지면 맺혀진 응어리도 풀리고 서로 돕고 사는 게 인지상정인데 나란 사람은 여태껏 외길만 걸어온 사람이라 첫 입맛은 좀 떫을지 모르나 먹어보면 달다네."

"단감이시군요. 저는 별명이 돈키호테랍니다. 남의 말을 잘 안 듣는 고집불통이지요."

"단감, 돈키호테! 거참 재미있네. 잘 맞을까 몰라."

"참, 의원님도. 만약에 집은 남아돌아 가는데 사람들이 오지 않으면 남은 집들은 무엇에 쓰지요? 우리 한번 달리 생각해 보면 어떨까요? 만약 우리 시에서 집 구하기가 다른 곳보다 싸고, 일자리 구하기도 쉬워진다면 사람들은 모두 우리 시로 몰려오지 않을까요? 의원님께서는 특별히 우리 시가 사람이 안 사는 도시로 급변한 데 대하여 감회가 깊으실 터인데 어떻게 생각하십니까?"

"글쎄, 지금보다도 이후를 생각해야지. 뭐 이번 참사에 우리도 장사의 깊은 도리를 많이 배웠네. 앞으로 김 시장이 더 많이 가르쳐 주시오."

"가르친다기보다 우리 함께 힘을 합쳐야 우리가 원하는 목표에 도달할 수가 있을 것입니다. 협조 부탁드립니다. 우리 시에는 아직 많은 사람이 이번 사변의 교훈을 잊고 자연의 순리를 따르는 것이 아니라 역행하고 있습니다. 사람들은 종파에 매몰되어 진영 싸움에만 몰두하고 앞에만 서면 영웅인 줄 아는데 이렇게 하다가는 좋은 기회를 다 놓칠 우려가 있습니다. 많은 말 하지 않겠습니다. 첫째도 둘째도 협조해서 우리 삶의 터전을 잘 꾸려봅시다."

"긴말 안 해도 김 시장의 마음속 뜻을 알아들었으니 우리 한번 잘해 봄세. 지금 전폭 지지한다는 말은 좀 이른 것 같고 협조는 하겠네."

"감사합니다. 제가 의원님의 지지를 얻는다면 영광입니다. 저는 지금 우리 시 해안선을 따라 무궤도 전차를 놓았으면 하는 생각인데 의원님 생각은 어떠신지요?"

"아니, 지금 옛 서울에서 달리던 그 전차를 지금 우리 시에다 놓겠다고?"

"예! 지금 사람들은 남들보다 특색 있는 걸 좋아하거든요. 달리는 열차 안 의자에 앉아 바다 풍경을 감상하며 50~60년 전의 삶을 체험하는 것도 어쩌면 일종의 향수일 테니까요."

"지금 당장에 확답은 힘들고 생각은 해 봄세,"

"여러 사람과 상의해 주셨으면 합니다. 뭐, 다들 반대해도 상관은 없습니다. 이건 그냥 반짝 떠오르는 아이디어로 다 좋다면 하고 나쁘다면 안 하는 게 원칙이니까요. 그리고 또 한 가지, 무궤도 전차는 전차인데 땅에 차선이 없고 공중에 줄이 없으며 운전석에 사람이 없는 명실상부한 무인 무궤도 전차입니다. 의원님은 서울에서 달리던 전차를 구경은 하셨겠지요? 옛 서울서 달리던 무궤도 전차가 아니라 현대판 무인 열차랍니다."

"아니, 김 시장은 말을 시작하니 저수지에 갑(閘) 문을 열어 놓고 흘러가는 물처럼 멈출 수가 없네 그려. 오늘은 이만하고 훗날에 우리 조용히 한 번 토론해 봄세."

08.
여름휴가

휴가철을 맞아 사람들은 해외로, 산으로, 바다로, 강으로 계곡으로 더위를 식혀줄 만한 시원한 곳을 찾아 뿔뿔이 떠났다. 차유리 씨도 이번 휴가만은 꼭 지구의 남극권에 속한 아무 나라에 가서 남반부 하늘의 궁금증을 풀고 싶었다. 지구 북반부는 찜통더위 한여름이지만 남반부는 설한풍이 휘몰아치는 한겨울이다. 두 쪽으로 갈라진 하늘, 남반부의 구름, 바람, 별빛, 그리고 다양한 동식물들을 직접 눈으로 보고 민속 풍토도 체험하고 싶었다. 대학 시절 해외 연수도 다니기는 많이 다녔지만 주로 미국, 유럽 쪽이라서 별로 남반부를 여행할 기회가 없었다. 이번 기회엔 꼭 한번 가겠다고 벼르고 별러 왔건만 남편이 그 잘난 시장을 하겠다고 덤비는 바람에 또 발목이 잡혔다.

'차유리' 씨와 '김재관' 씨 두 부부는 인물, 체격, 학벌, 직업 어느 것 하나 흠잡을 데 없는 천생배필이다. 다만 이번에 '재관' 씨가 만경시 시장으로 부임하면서 약간의 마찰이 있었고, 멀리 떨어져 있고 서로 바쁘다 보니 오해를 풀 시간도 없었다.

차유리 씨는 불의의 기습으로 남편에게 의외의 기쁨을 안겨 줄 속셈으로 휴가 간단 말을 일절 발설하지 않고 혼자서 차분히 준비하고 있다.

차유리 씨는 입고 갈 옷을 고르느라 고심하고 있지만 꺼내놓은 옷들을 보면 비록 모두 고가의 명품 옷들이긴 하지만 정작 고르려니 이것도 저거, 저것도 이거, 다 거기서 거기다. 옷이 많기는 하나 단번에 눈에 쏙 들어오는 옷은 하나도 없다. 몽땅 걷어서 헌 옷 수거함에 가져다 버리고 싶은 충동을 느꼈다. 한 아름 껴안았다 다시 제자리에 걸어 놓았다. 이 옷들은 다 추억이 묻어있는 옷들이다. 누가 뭐래도 이 옷들을 지금 입고 나가도 조금도 현 시대에 뒤처지지 않는다. 다만 모두가 똑같은 스타일이라는 게 문제고 옷들이 다 값진 것들이어서 우열을 가리기 어렵고 별로 돋보이는 게 없는 게 문제다. 멀리 가는 길에 고급스럽고 우아한 것보다 평범한 가벼운 옷차림으로 몸단장하고 싶지만, 얇은 주름치마 하나 없는 게 몹시 유감스럽다.

'나는 여태껏 왜 외길만 걸어왔지? 한 우물 판다라는 게 이런 거구나.'

유리 씨는 차 씨 집 외동딸로 태어나 어릴 때 부모 사랑 듬뿍 받고 자란 규수인지라 지구는 자기를 축으로 돌고 있는 줄 알았고, 학창 시절에는 미모의 모범생으로 선생님들과 동창들의 보살핌 속에 주름살 하나 없는 깔끔한 인생을 살아왔다. 시집와서는 고맙게도 남편의 헌신으로 손에 물 한 방울 묻히지 않고 살아왔다. 구김

살 없는 생활의 배경은 그에게 괴벽스러운 성격을 형성시켰다.

얼마 전에는 차유리 씨가 아들 '수남'을 차 씨 족보에 올릴 것을 남편 '재관' 씨에게 건의하였다. 그러나 천번 만번 마누라 말이라면 단 한 번의 반대도 없던 남편이 이번 일만은 쉽게 동의해 주지 않았다.

'재관' 씨 생각에 이 문제는 절대 간단한 문제가 아니다. 족보는 단순히 친족 간의 네트워크 문제가 아니라 호주, 호적, 씨족, 부족을 떠나서 한 가문의 역사 기록 문헌이다.

부녀 해방과 더불어 우리나라 호적 제도도 많이 바뀌었다. 인구 감소와 더불어 단일 민족을 고집하던 우리나라에서도 국제결혼이 많아지고 한 부모 가정에 여성 호주가 탄생하기도 하고 자식은 부와 모의 성씨 중에 선택할 권한도 주어졌다. '재관' 씨도 만약 개성(改姓)이 외아들인 '수 남'의 절박한 요구라면 모르지만 대세라고 자식의 성씨를 마음대로 고치는 건 결코 동의할 수 없다. 우리나라는 요즘 부씨(父氏) 씨족 사회인지, 모씨(母氏) 씨족 사회인지? 명확한 결론은 없다. 다만 이상한 건 혼외자의 호적일 경우 여아는 여자 호적에다 호적을 올릴 수 있지만 남아는 반드시 남자 호적에 올려야 하고 여자 호적에는 올릴 수 없다. 호적의 혼선은 더욱 족보의 작용을 중요시하게 만든다. 우리가 족보를 만드는 목적은 금수와 구별하여 10대 100대가 지나서도 동성 혼인은 하지 않기 위함이다. 결혼을 이성합일(二姓合一)이라고 말한다. 그 말은 동성은 말고 서로 다른 두 성씨가 결혼하라는 것이다.

'수남'이 예로 '수남'의 성을 차 씨로 고쳐 차 씨 족보에 올리게 되면 사람의 일은 모르는 거니까 가정해서 일단 김해 김씨 자녀와 연애하게 되면 묵시적으로 동성 혼인을 허락하는 거로 된다. 이건 조상님들의 뜻을 어기고 금수와 똑같은 삶을 살겠다는 말로 들린다. 그보다도 진짜 중요한 것은 '재관' 씨도 '수남'이도 김씨 가문의 33, 34대를 잇는 종손이다. 잘 이어오던 대를 우리 대에 와서 강제로 끊을 수는 없다.

아버지께서는 베트남 전쟁에서 전사하시고 어머님은 아버지 전사 소식을 듣고 까무러치시더니 그 뒤로 시름시름 앓다가 2년 후에 돌아가셨다. 고향에 부모님은 안 계시지만 그래도 친할아버지 할머님은 고령에도 건강하게 잘 지내고 계신다. 고태의 할아버지 할머님이 증손의 호적을 본인의 생명과도 같이 중히 여기시는데 호적을 판다면 사생결단할 것은 불 보듯 빤한 사실이다. 더구나 유리 씨가 고향에 내려가지 않는 것 또한 그만큼 설득력을 잃고 있다.

'재관' 씨는 지금 시도 때도 없이 뻔질나게 처가 집에 다니지만 차유리 씨는 고향에 딱 두 번 갔었다. 사귈 때 한 번, 잔치 때 한 번이 전부다. 물론 처가는 엎어지면 코 대일 지척인 서울에 있고 시집은 먼 시골에 있으니 똑같이 한다는 건 어불성설이지만 그래도 노 할아버지 할머니가 살고 계시는데 결혼 20여 년에 딱 두 번 갔다는 건 입이 열 개라도 할 말이 없다. 재관 씨가 고향 갈 적마다 할머니는 섭섭해 하신다.

"각시는 왜 안 데리고 오나?"라고 묻지만 재관 씨의 대답은 한결 같다. 그 사람은 바쁜 직업을 가지고 있어 좀처럼 몸을 뺄 수 없다고 궁색한 변명으로 얼버무리곤 한다.

할머니는 다시 묻는다. "너 그 대단한 각시는 대통령보다 더 바쁘나. 뉴스 보면 대통령도 휴가 가는데 뭐가 그리 바쁘나. 시골에 영감 할머니 송장 내 난다고 보기 싫어 무시하는 거 아이가?"

혼자 올 때는 그래도 괜찮은데 아들을 데리고 올 때면 혹시 아들이 말실수할까 걱정되어, '주의에 또 주의!' 그래도 가슴이 두근거려 손에 땀을 쥔다. 조급해하지 않고 차분하게 차유리 씨의 변화를 기다려 보지만 해가 가고 달이 가도 변하는 게 없다. 부부간에도 할 말은 하고 살아야 하는데 '재관' 씨 생각에 '차유리' 씨가 못 배운 사람도 아니고 알 만한 사람이 하는 일을 설득한다고 될 일도 아니고 어디까지나 차분히 기다리면서 20년의 세월을 흘려보냈다. 이제 와 새삼스럽게 '나는 처가 집에 시도 때도 없이 뻔질나게 다니는데 너는 왜 고향 집에 최고 어르신이 계시는데 한번 찾아보지도 않느냐'고 말을 건다면 이건 싸우자고 거는 시비로밖에 안 들린다. 시끄러운 게 싫으면 참는 게 수다. 마누라가 입을 열지 않고 가기 싫어하는 데는 필경 무슨 문제가 있을 것이다. 그런데 그게 뭔지 답답하다.

차유리 씨는 남편의 도시로 가는 내내 설렘을 금치 못하였다. 마치 생전 처음 프러포즈를 받은 처녀처럼 마음은 설레고 싱숭생숭하다. 피폐한 도시여서 무척 지저분하고 남루하지 않을지, 도시가 도대체 어째서 유령이라 불리는지? 불안하고 초조하면서도 궁금하다.

오후 2시, 한창 볕이 강렬하게 내리쪼이는 제일 무더운 시간대에 남편의 도시에 도착해서 차에서 내린 유리 씨는 바닷바람 때문인지 별로 더운 감은 못 느끼고 불어오는 싱그러운 바다 냄새에 정겨움이 더해진다.

조용한 도시는 과묵한 소년 같았고 태양은 둥글넓적한 보석처럼 광채를 내뿜으며 지구를 달구고 있고 맑고 깨끗한 바다는 거울인 양 강렬한 빛을 거부하는 듯 도로 빛을 하늘로 반사하고 있다. 하늘과 땅은 서로 주고받는다.

유리 씨는 남편에게 피서 왔다고 알리기만 하면 남편 성격에 한달음 달려올 줄 알았는데 그게 아니다. 마중 나온 사람은 류 비서였고 류 비서의 안내로 숙소에 홀로 남겨진 유리 씨는 후회막급이다. 로맨틱한 상봉을 꿈꿔왔으나 모두가 물거품이 돼버렸다.

유리 씨가 남편의 얼굴을 본 건 자정이 훨씬 지난 뒤였다. 수척해진 남편의 얼굴을 보는 순간 저도 모르게 왈칵 눈물이 쏟아졌다.

남편은 포옹해 주고 정겹게 눈물도 닦아 주었다. 유리 씨는 행복했다. 원앙이 따로 없다.

09.
새벽까치

새벽까치 우는 소리에 차유리 씨가 깨어났다. 눈을 뜨고 보니 남편은 자리에 없었다. 남편은 소리 없이 출근했나 보다. 그럴 줄 알았으면 밤잠을 설쳐서라도 아침이나 해서 먹여 보낼걸! 그제 밤잠 설친 탓에, 간밤에는 너무 피곤해 깊이 잠들었나 보다.

괜한 걱정이다. 유리 씨는 결혼해서 오늘 이날 이때까지 단 한 번도 밥을 해 본 적이 없다. 시집오기 전 친정에서도 어머니가 해 주는 밥을 먹으면 먹었지 손수 밥을 지어 부모님을 대접한 적이 없다. 다만 초등학교 5학년 때인가 어쩌다 한 번 설거지한 적이 있는데 어머니는 동네방네 돌아다니며 마치 하늘의 별이라도 따온 듯 딸 자랑이 늘어졌었다. 오늘 아침도 '재관' 씨가 출근하기 전에 벌써 밥을 다 해서 상까지 차려놓고 나갔다. 유리 씨는 남편이 차려놓은 밥상에 앉아 밥을 먹으며 친정엄마를 원망하였다. '다 큰딸을 사랑할 바에 밥하는 거나 좀 가르쳐 줄 것이지. 너무 오냐 오냐 해 그때는 감사했는데 지금은 난감하네. 그래도 엄마, 아빠 너무너무 사랑해요. 내 이제 음식 하는 거 배워서 엄마 아빠 맛있는 음식

해 드릴게요.' 생각만은 고마우나 남편과 함께 있으면 종시 손쓸 기회조차 없다. 엄마 아빠는 이생에 언제 한 번 밥 얻어먹고 소원을 풀 수 있는지는 의문이 든다.

사람들은 이상하게도 새벽에 까치가 울면 좋은 소식이 있다고 굳게 믿고 있다. 하지만 새벽에 까치가 울면 꼭 좋은 소식만 있는 것도 아니다. 사람도 모르는 일을 까치가 어떻게 알겠는가? 사람들은 나름대로 자기 해석을 좋아한다. 월드컵 우승팀 예측을 영장류 침팬지나 어류 문어에게 맡긴단다. 우연의 일치인지 아니면 정말로 신통한 것인지 정확하게도 맞췄단다. 혹 그를 수도 있겠다. 지진이 일 때 보면 쥐가 줄 서 이사를 한다거나 돼지가 갑자기 불안해하며 우리 밖으로 탈출한다거나, 비가 올 때 보면 미꾸라지들이 아래위로 마구 요동을 친다. 사람들은 이런 관측을 통해서 정보를 얻고 있으니, 까치가 우는 것도 일리가 전혀 없는 것도 아닌 것 같다.

오늘은 아마도 좋은 소식이 있을 것 같다. 오랜만에 까치가 또 한 건 했다. 그러나 이것을 완전히 까치의 공로라고 밀어붙이기에는 좀 그렇다. 며칠 전에 이미 통보받은 사실이기 때문이다.

길 병원의 전 박사가 암 수술이 잘되어 오늘 중으로 퇴원하고 감사 차 로봇을 보러 오신단다. 전 박사의 병은 타임이 정말 묘(妙)했다. 건강 검진에서 1차 발견되지 않았으므로 다음 차는 2년 후에야 건강 검진을 받게 되는데 그때쯤이면 아마 병이 어느 정도로 변할지는 그 누구도 상상할 수가 없다. 천만다행으로 그래도 AI가 말을 해줘서 믿기지 않아 성질을 부리긴 했지만 그래도 검사를 받아보니 확실해서 병이 위험 수준으로 넘어가기 전에 초장에 치료할 수 있었다. 이건 보통 공로가 아니라 아주 큰 공로다.

까치는 또 한 건 했다고 신이 나서 감나무 위에서 목청껏 울어젖힌다. 얄밉게도 이건 누가 봐도 까치가 좋은 소식을 전하는 게 아니라 맛있는 감이 있다고 동료들을 부르거나 짝짓기 철이라 이성을 부르는 것 같다. 매일 아침이면 이곳에선 까치가 소란을 피우지만, 조용한 사무실에만 앉아 있던 '유리' 씨야 알 리가 없다. 다만 나무에 숨어서 시끄럽게 울어대는 매미 소리는 익숙하다.

AI는 요즘 아주 잘나간다. 입소문을 타고 AI의 신통함이 서서히 사람들에게 널리 알려지는 와중에 언론에서 전 박사와 로봇의 상봉을 대서특필해서 소개하는 바람에 홍보는 한층 더 업그레이드되었다. 로봇은 바쁜 과정에 실천을 통해 좀 더 똑똑해지고 차츰 성숙해 갔다. 치료뿐만 아니라 건강 검진에서 탁월한 재능을 발휘하고 있다. 피, 대소변 검사에서 사람들이 쉽게 놓칠 수 있는 병들을 귀신같이 잡아내는데 귀신도 왔다 울고 갈 정도다. 보통 병원에서 하는 검사는 지정된 항목에서 범위를 벗어나지 않지만, 이 친구들은 전방위 검사를 한다. 호흡기든, 순환기든, 피부든, 안과든, 정신과든……. 몸의 어느 한 장기에 국한된 것이 아니라 모두 터놓고 염증은 어떤 병원균에 의한 감염인지 유전자는 어떤 형태인지까지도 밝히고 있다. 발병 초기에 병을 발견하고 예방하고 치료까지 병행하니 병도 겁을 먹고 혼비백산해서 달아난다. 로봇은 새로운 치료법을 개발해 크리스퍼 효소 Cas9 유전자 가위로 DNA를 구성하는 염기서열 정보를 해독하고 당뇨, 치매 같은 난치병 환자들의 유전자를 잘라내고 변이시켜 병을 치료하는데, 아주 획기적인 성과를 거두었다.

유리 씨는 남편의 업적에 만족감을 느끼며 이만하면 됐다고 서울 간다고 떠났다. 하늘은 순순히 놔주지 않는다.

서쪽으로부터 시커먼 구름이 밀려오더니 순식간에 온 하늘을 덮어 버린다. 구름은 차츰 낮게 드리우며 사람들의 숨통을 쪼여 온다. 사람들은 금방이라도 산소 결핍으로 숨이 넘어갈 것 같아 능력도 없으면서 하늘로 솟아날 구멍 수만 찾는다. 쥐구멍이라도 기어들 기세다. 하늘에는 번개가 번쩍이며 우레가 우르릉 쾅쾅 무섭게 호통을 친다. 바람이 분다. 광풍은 굵은 나뭇가지도 엎었다 뒤집었다 요술을 부린다. 불청객 태풍이 들이닥쳤다. 처음에는 빗물을 후둑 후둑 몇 방울 떨어뜨리더니 갑자기 쏴-하고 소나기가 양동이로 물을 퍼붓듯 막 쏟아진다. 시간당 50미리, 앞으로 400미리 폭우가 예고돼 있다. 이 비에, 누가 미치지 않고서야 어느 누가 감히 먼 길을 떠난단 말인고.

'재관' 씨는 아내가 길을 떠났다는 소식을 듣고 급히 찾아 나섰다. 번개는 시야를 교란하고 우레는 귀를 먹먹하게 때린다. 만류욕심에 아무것도 아랑곳하지 않고 그저 앞만 보고 달린다. 찢어지는 듯한 굉음이 울리며 눈에 불이 번쩍 일어난다. 벼락은 아주 가까운 곳에 나무 한 그루를 내리쳐 생나무를 불태우며 쪼개놓았다. 재관 씨는 놀라서 하마터면 핸들을 놓칠 뻔했다. 길은 평길인데도 바퀴 절반이나 빗물에 잠겨 어디가 길이고 어디가 도랑인지 분간할 수 없다. 다행인 것은 길가 난간이 그나마 표식이 되어 방향을 잡아가고 있다. 구사일생으로 언덕 위에 올라서서 앞을 내다보니 내리막 골짜기에는 지도에도 없던 황하가 갑자기 생겨나 용틀임 몸부림을 치며 부유물을 남김없이 싹쓸이해 어디론가 급급히 흘러가고 있다. 뒤를 돌아보니 경악에 소름이 돋는다. 길바닥엔 아까시나무 가로수들이 자빠져 벌목장을 방불케 한다. 그 많은 자빠진 가로수 중 단 한 그루라도 승용차를 덮쳤으면 승용차는 박살이 났을 거다. 이런 걸 보고 천운이라고 해야 하나, 좋은 운을 날 때부터 타고났다고 해야 할지? 하늘이 도왔다고 하나님께 감사해야 할지? 어떤 문구를 선택해서 누구에게 감사해야 할지 막연하다.

간절함에 무의식 상태에서 벌어진 일이니까 그렇지 누가 알고 이런 모험을 하라고 한다면 아무도 할 사람은 없을 것이다. '재관' 씨는 놀란 가슴을 쓸어내리고 시청에다 전화 걸기를 시도했으나 전화마저 불통이다. 자연재해 긴급 상황에서 시장은 일선 지휘관인데 급한 김에 무단으로 이탈하였고 전화 지시마저도 전달이 안 돼 속병을 앓고 있다. 지금 와서 후회와 반성을 한데도 돌이킬 수 없다. 지금 차를 돌려 돌아가고 싶어도 넘어진 가로수들이 길을 막고 있어 요지부동일 수밖에 없다. 저 밑에 보이는 기세 흉흉한 황하를 건너 몇십 미터 언덕 위쪽에 우회 도로가 하나 있기는 있는데 강을 건널 엄두가 나지 않는다. 진퇴양난으로 꼼짝없이 갇혀 버렸다.

유리 씨는 남편이 자기 때문에 고생하는 줄도 모르고 길이 막혀 서울로 갈 수 없다니 숙소로 돌아와 별 할 일도 없고 노트북으로 한가로이 게임이나 하고 있다. 자정이 훨씬 넘어서도 남편이 돌아오지 않으니 그제야 전화를 걸어 봤지만 전화를 받지 않으니 바빠서 못 받는 줄 알고 아무 생각 없이 편안히 잠자리에 들었다.

　"깍 깍, 까까!" 오늘도 까치는 어김없이 울어 대지만 그는 돌아오지 않았다. 이 시간대에 그이는 도로공사 직원들과 함께 비를 맞으며 길을 가로막고 있는 나무들을 치우고 있다. 비는 한결같이 퍼붓고 번개는 쉴 새 없이 번쩍이고 벼락은 어찌나 요란한지 귀가 먹먹하다. 옷은 젖어 한기가 돌고 몸은 수로에 누운 듯 빗물이 거침없이 흘러내린다. 직원들은 보다 못해 자신들이 할 터이니 차 안에 들어가 쉬라고 권해도 돈키호테야 원래 소고집이니 들은 척도 안 한다. 까치 한 마리가 빗속에 어디 숨었다가 날 밝았다고 울어 젖힌다. 깍-깍!

　점심시간이 좀 지나서 숙소에 도착해 보니 마누라는 엎드려 멀뚱멀뚱하니 게임을 즐기고 있었다.

　"사람 참, 남은 마누라 잃고 싱글이 될까 걱정이 돼 비바람도, 천둥 번개도 아랑곳하지 않고 길에 편히 누워 있는 아까시나무와 씨름을 하다 밤샘하고 돌아왔건만 미안하단 말 한마디 없이 게임이나 즐기고 있으니 언제 철이 들겠소."

　"누가 알았나? 매일 바쁘니까."

　"아무리 그래도 그렇지, 서방님이 빗속에서 밤샘하고 왔으면 하다못해 더운물이라도 끓여 줘야지."

"서방님이 시장 며칠 하더니 많이 변한 것 같아, 전에는 안 그랬는데. 잠깐 기다려요. 주전자에 물 붓고 끓이면 될걸, 잔소리 심하게 하시네."

"잔소리가 아니라 인정이고 배려요. 나는 옷 갈아입고 좀 자야할 것 같아. 너무 피곤해."

"그래요, 이불 펴 드릴게요."

차유리 씨는 시집온 지 20여 년 만에 처음으로 남편의 수발을 들었다. 참, 사람은 오래 살고 볼 일이다.

10.
기사회생(起死回生)

　한진해운, 대우조선, 현대해상에서 각각 수조 원에 달하는 일감을 계약했다는 기쁜 소식과 동원 원양어선에서도 어획량을 초과 달성했다는 기쁜 소식이 꼬리에 꼬리를 물고 전해져 사람들은 마치 승전보를 받은 모양 사뭇 축제 분위기다.

　썰물에 빠져나갔던 사람들이 밀물처럼 찾아든다. 아무리 좋은 환경이라도 전철을 밟을 수는 없다. 좋은 환경일수록 흥분을 가라앉히고 차분하게 유령 시가 될 뻔한 원인을 분석하고 잘한 것은 계승하고 잘못된 건 시정하면서 새길을 모색해 나가야 한다.

　짧은 시간에 많은 것을 하다 보니 우기에 홍수 만난 허술한 제방처럼 사방이 구멍이라 여기 막으면 저쪽이 터지고 저쪽을 막으면 이쪽이 터진다.

　갑자기 로봇 생산 공장에 문제가 생겼다. 가지 많은 나무에 바람 잘 날 없다더니 로봇 제조 공장에서 분수에 넘치는 공장 확충으로 자금에 문제가 생겼다. 너무 성급했다. 차분하게 앞뒤를 돌봐가면서 조심조심 밀고 나갔더라면 이런 일은 생기지 않았을 것이다. 너무 날로 먹으려 했다. 지나친 욕심 때문이었다. 공장이 잘 돌아가고 주문 양도 끊이지 않으니 공장 확충은 적기라고 생각해 몸집을 불렸지만 그게 아니었다. 공장의 연구 인력과 공장 기술 설비 조건으로 볼 때 자율 주행 차 센서 개발은 무리였다. 센서를 너무 쉽게 생각했다. 자동문 센서나 변기 센서는 정지 상태에서 가까운 거리에 감응하지만 자율 주행 차의 센서는 달리는 중에 감지되어야 할 대상이 너무도 많다. 먼 거리부터 가까운 거리, 노면의 상황, 좌우 앞뒤 옆 모든 위험을 인지하고 피해 나가야 한다. 더구나 뒤 차가 앞 차를 추월할 때라든가, 마주 오는 차와 아주 가까운 거리에서 스쳐 지나는 차들을 잘 인지해야 한다.

대세가 기울면 스산한 바람이 분다. 공장이 부도날 것이라는 소문에 은행도 비치한 돈은 다 투자로 나가고, 은행 금고는 거덜이 나, 지금은 누구 개인 주머니 사정보다 못 하다는 소문이 나돌면서 사람들은 밤잠을 설쳐가며 돈 찾겠다고 은행은 안팎 없이 북적댄다.

바빠진 은행장들이 "5천만 원까지는 국가가 보증하니 5천만 원 이상인 사람만 줄 서고 5천만 원이 넘는 사람도 만약 은행을 믿는다면 돌아가셔도 좋습니다. 은행은 절대로 부도나지 않을 것입니다. 누가 이런 비열하고 악의적인 소문을 퍼뜨렸는지 모르지만 우리는 조만간 이 사람을 색출하여 엄벌할 것입니다."라고 사람들을 설득했다.

"잡아서 죽이든, 살리든, 그건 그쪽 사정이고, 우리는 돈만 찾으면 되니 빨리 돈이나 나눠주시오."

아무리 설득해도 듣는 사람이 들어줘야 설득하는 사람도 말발이 서지만, 듣는 사람이 들을 생각을 안 하는데야, 설득도 소용이 없다. 돈은 정작 많은 사람보다 적은 사람들이 더 난리이니 한동안 혼란은 계속될 전망이다.

돈이 약이다. 은행에 돈을 장지고 돈이 많다는 걸 보여줘야 혼란을 멈출 수 있다. 그러나 그 많은 돈을 어디서 가져온단 말인가? 지사는 괜찮으나 지방 작은 은행은 죽을 맛이다.

고래 싸움에 새우 등 터진다고 중소 규모 작은 공장들도 은행의 돈이 돌아야 공장이 잘 돌아가는데 은행이 발목 잡혀 난리가 난 판에 자금 여력은 없고 생산된 물자는 적체되고 팔려나간 물건의 값은 회수가 안 된다. 할 수 있는 방법이란 대출밖에 없는데 은행이 저러고 있으니 하는 수 없이 잠시 문을 닫거나 임대료 해결을 못 해 아예 폐업해 버리는 공장도 늘어나고 있다. 도시는 나아지는가 싶더니 이젠 썰렁하다 못해 불어닥치는 한파에 꽁꽁 얼어붙었다. 하루아침에 직장을 잃은 사람들이 다시 짐을 꾸려 타지로 생업을 찾아 떠나고 있다.

주 기업인 로봇도 예외가 아니다. 산더미 같은 빚더미에 깔려 재료를 사서 생산하려 해도 돈이 없다. 은행 대출은 이 난장판에 그림의 떡이다. '재관' 씨는 미리 예견하고 입버릇처럼 그렇게 노래 삼아 은행이 살고 우리가 살려면 미리미리 외부의 자본을 끌어들여 자기자본 비율을 높이라고 신신당부하고 또 당부했건만 은행들은 최소한 들은 척도 안 하다가 일이 이 지경으로 번지니 이제야 뭐가 좀 보이는 것 같긴 한데, 이미 때는 늦었다.

엎친 데 덮친다고, 앞에서 말한 바와 같이 로봇 공장은 돈이 없어 생산이 정체된 상태에서 윤리 문제로 법원에 제소가 되어 정신이 하나도 없다. 어지간한 문제는 눈 감아 줄 법도 한데 그까짓 섹스기가 뭐라고, 국외에서는 로봇과의 결혼을 선언한 사람도 한둘이 아닌데 왜 이리 난리들인지 참 기가 막힌다.

듣는 말에 의하면 섹스 로봇은 인간의 사랑을 대체하고 반응도 너무 좋다고 한다. 처음에 섹스 로봇은 유독 싱글들의 전용 소유물이라고 했는데, 지금은 그게 아니고 짝이 있는 부부들도 매력에 푹 빠져 부부 생활도 외면한단다. 소문을 들은 우리나라 일부 사람들도 국외에 나가 섹스 로봇을 사들이고 있다.

우리가 만든 제품은 한 개도 국내에서 판 건 없다. 문제가 될 게 없다. 하지만 우리도 왠지 찜찜하기는 하다. 아무리 돈이 좋아도 지킬 건 지켜야 한다. 아쉬운 건 우리의 첫 아이디어가 이렇게 무너지는 것이 안타깝다. 우리는 포기할 건 포기하고 새롭게 방향을 잡았다. 장애인 재활 기구와 노인 돌봄 AI는 현재 우리의 생산 능력으로는 모두에게 희망을 드릴 만큼 수량이 수요를 만족시킬 수가 없다. 그래서 섹스 로봇 생산은 이미 멈춘 상태다. 굳이 소송을 걸겠다면 우리도 겁날 건 없다. 이판사판 까짓것 한번 시원하게 재판을 받아보자.

성행위는 동물의 본능이다. 사람도 예외는 아니다. 모든 사람이 아무 때나 하고 싶을 때 성행위를 할 수 있는 것도 아니다. 인간의 성적 행위는 몇 가지 전제 조건이 부합돼야 비로소 성립된다. 하나라도 어긋나면 불법이다. 섹스 로봇은 가상의 생명체로서 조건에 구애받지 않고 법에 저촉되지 않는다. 모종 정도에서 불법을 저지르는 걸 막을 수 있다. 100%라고까지는 장담할 수 없다. 인간은 반항의 심리가 있고 기형적인 사유를 가진 사람도 분명히 존재한다. 다 그런 건 아니고 일부 변태 심리의 소유자들은 남이 원하든 원하지 않든 상대를 정복함으로써 쾌락을 느낀다. 이런 걸 법에서는 강간이란 명칭을 사용하고 있지만, 강간의 기회를 엿보는 사람들에겐 섹스 로봇이 꼭 효과적이라고 말할 수 없기 때문이다.

어느 정도 변론 소송 준비 중에 아주 불리한 소식이 신문에 실렸다.

'캐나다에서 미국으로 가 AI 섹스 방을 차리려다 미국 정부가 정부 명의로 단호히 거절했다'라는 소식이었다. 공장은 삽시간에 급랭하여 위축돼 기를 못 펴고 있는데 이번에는 그래도 비교적 고무적인 소식이 하나 들려왔다. 공장은 냉탕 온탕을 오가고 있다.

'미국 몬태나주 주립대학에서 제4차 로봇과의 사랑 국제 학술대회가 개최된다'는 소식이다.

해외에선 남 섹스 로봇과 여 섹스 로봇이 거금인데도 불티나게 아주 잘 팔린단다.

전선이 확대됨에 따라 화력은 분산되고 집중포화는 면했으나 누가 이기고 지는 건 지켜봐야 할 문제다. 노동자들은 들려오는 소식에 귀 기울이며 일희일비하며 가슴 졸이고 애만 태운다. 이기든 지든 빨리 결론이나 났으면 좋겠다.

그나저나 김 시장은 원치 않는 2차 위기를 맞고 있다. 선출직 시장을 부득이한 사정으로 공모직으로 바꿔 뽑았으면 약속을 지키고 보란 듯이 성과를 내야 할 터인데, 십 년 공부 나무아미타불! 모두가 원점으로 제자리걸음이다. 자칫하면 사나운 공격에 볼품없이 무너질 수도 있다. 잘하라고 신임을 해주었는데 나도 얼마든지 잘할 수가 있었는데 이게 뭐야?

이건 실수야. 잘하자고 했는데 아니 잘했는데, 정말 잘한다고 했는데 실수한 거야. 내가 너무 성과에 조급했어. 인재 영입, 신제품 개발은 좋은 징조로만 생각했지 가히 발생할 수 있는 모든 상황을 면밀하게 분석하고 점검하지 못한 내 잘못도 커.

아리랑 고개, 이 고개를 못 넘으면 호랑이한테 물려 간다. 절대로 호랑이 밥이 될 수야 없지. 아니, 이 고개를 못 넘으면 '재관'이가 아니지.

먼저보다 공격이 더 거세지고 빈도도 더 잦았으나 '재관' 씨는 아랑곳하지 않고 꿋꿋이 맞받아쳤다. 1차 때와는 다른 양상이다. 사람들과의 관계도 다르다. 잘하느니 못하느니 해도 이젠 밑천이 있고 희망이 생겼다. 병원은 밑천이요, 수조원에 달하는 일감 계약도 자본이고 밑천이고 희망이다. 뿌리가 없을 때는 가뭄에 말라 죽을까 걱정도 되지만 이젠 뿌리가 내리니 햇살도 바람에도 끄떡없다.

살기 싫으면 가라! 갈 테면 가라, 붙잡지 않는다! 오고 싶은 사람은 오라, 환영한다. 떠났던 사람도 후회되면 다시 발길을 돌려라.

고향 민심은 언제나 포근하고 너그럽다.

'재관' 씨는 자금 문제 해결을 위하여 만사를 제쳐 두고 상급에다 공문을 띄우고 직접 도지사를 만나고 중앙은행장을 만나고 국회의원들을 만나며 신발 바닥이 닳도록 빌붙어 겨우겨우 로봇 제조 공장 자금 문제를 해결했다. 그런데 웬걸, 너무 오랜 시간을 끌다 보니 그동안 은행들과 예금주 문제도 예금주들이 결국 못 버텨 내고 그들의 기권으로 정상적인 업무로 복귀하여 민간 자금의 투자로 은행이나 시장도 다시 활기를 띠게 되었다.

한심한 일이다. 수고는 했는데 빛을 잃었다. 그래도 다행스럽다. 빛을 잃은 개인 공로는 헛수고가 됐지만 은행들이 예금주들의 신임을 확보한 그것만으로도 축배를 들 만도 하다. 또 한고비를 넘겼다.

'김재관' 씨는 숨을 한번 크게 들이마시고 내쉬었다. 후~.

11.
고향

'재관' 씨는 마누라 '차유리' 씨가 분명 가지 않을 것이라는 걸 빤히 알면서도 헛말 삼아 내일 모레가 할아버지 88수 생신이니 이번 만은 꼭 같이 내려가야 하지 않겠느냐고 간곡히 부탁했으나 단칼에 거절당했다. 거절의 이유는 간단하다.

이제 막 휴가가 끝나, 서울에 돌아온 지도 며칠 안 되고 게다가 이번 물난리에 연차까지 다 써버려 휴가를 낼 이유마저 사라진 데다 늦게 휴가 간 사람들은 아직 직장 복귀가 안 돼 일손 부족으로 난항을 겪고 있고, 이번에 새로 온 원장이 구조조정을 결심한 모양이라 빠질 수가 없다는 게 이유였다.

차유리 씨는 자기가 만약 구조조정의 대상자로 찍히게 되면 평생 후회할 일이 생겨 미쳐 버릴지도 모른다면서 자기는 지금 하고 싶은 일이 너무나도 많고, 못다 한 일이 너무나도 많아 이 황금 같은 시기에 절대로 손을 놓을 수도 없고 이 절대 절묘(絶妙)의 시기에 누가 혹시 본인 부재의 틈을 타 슬그머니 구조조정 명단에라도 올려놓으면 큰일이다. 자리를 사수해야겠기에 자기는 좀처럼 마음

놓고 자리를 비울 수 없다는 것이다.

문제는 생각보다 심각하다. 2/3나 자른다는 소문이 있다. 물론 강압적으로 자르는 건 아니겠지만 권고 퇴직이라도 버텨 낼 사람이 몇 명이나 있겠냐는 거다. 평소에 1/3의 범주에는 벗어나 안심할 수 있었는데 갑자기 2/3가 될 수도 있다는 소문이 있어 너나없이 모두가 불안하긴 마찬가지다.

'차유리' 씨는 시집와서 시댁 고향 마을에는 딱 두 번 갔었다. 한 번은 약혼해서 결혼 승낙을 받으러 갔었고 다른 한 번은 혼례식 치르려고 갔던 것이 전부다. 결혼으로 한 가정이 이루어졌고 한 가족이 만들어졌는데 사람이 돌부처가 아닌 이상 어떻게 이렇게 매몰찰 수 있겠냐만은 말을 안 해서 그렇지 필경 무슨 연유가 있을 것이다.

'재관' 씨는 차분하게 아내가 마음이 내켜 입을 열 때까지 기다리고 기다리다 보니 어언간 20여 년의 세월이 흘렀다. 지금도 궁금하긴 하나 인내력과 지구력엔 변함이 없다. 차유리 씨는 남편이 묻지 않는 거를 매우 고마워하고 있다. 세상만사가 아무리 어렵다고 해도 사람 알아 가기가 제일 힘든 것 같다. 제 처 하나도 제대로 알지 못하면서 세상 사람들의 심리를 연구한다는 게 얼마나 황당한지 모르겠다.

속담에 '십 년이면 강산이 변한다'지만 '재관' 씨 눈에는 별로 변한 게 안 보인다. '재관' 씨가 고향을 자주자주 다녀서인지 산도 그 산, 물도 그 물, 집도 그 집이다. 변한 거라곤 산에 나무가 좀 더 자랐고, 사람들이 세련되고 마을도 사람들과 함께 늙어 갔다.

대문간에 들어서자, 행주치마에 물기를 닦으며 할머니께서 무척 기다렸는지 쫓아 나와 반겨주셨다. 뒤에 아무도 따라 들어오는 사람이 없으므로 몹시 섭섭해 하신다.

"우리 손부 며느리는 이번에도 안 왔구나. 대단하다. 상전도 그런 상전이 없구나. 얼굴 한 번 보기 참 힘이 드는구나."

"할머니, 알면서. 이 손자가 손부 며느리 몫까지 다 할 터이니 노여움 푸셔요, 네!"

"식솔이 서로 얼굴 보고 사는 게 사람 인정이지, 우리가 뭐 잘못해서 너희는 코끝도 안 비추냐."

"할머니, 손부 며느리 일 안 하면 여기 와서 나중에 밉다고 쫓아내도 안 갈 테니 그리 아셔."

"제발 그래라. 우리 늙은 게 이제 살면 얼마나 사노. 너도 이제 늙어봐라. 늙은이 죽음은 분 초를 다툰다, 뭔 말인지는 너희 젊은 이들은 모른다."

그렇다. 사람들은 다 그렇다. 살아본 인생이 아니어서 모른다. 반면에 옛날 옛적 이야기는 잊어버리지도 않는다.

아주 먼 옛날 옛적 어린 손자의 재롱이야 귀엽고 눈에 넣어도 아프지 않지만 지금 다 큰 손자의 어눌한 어리광은 감추고 싶은 속사정을 고스란히 간직하고 있어 할머니 보기에도 민망할 정도다. '할 수 없지' 하며 할머니는 고개를 내저으며 혀를 끌끌 찬다.

방안에는 할아버지와 낯선 두 노인이 앉아 한담하고 계시다 말고 '재관'을 반긴다. '재관'은 할아버지 할머니께 큰절을 올리고, 할아버지는 옆의 두 노인에게 손자를 인사시킨다.

"내 왼쪽 편의 이 형님은 중국에서 온 주종국 할아버지고 오른편의 이분은 북한에서 탈북해 온 신대술 할아버지다. 우리는 비록 성이 다르고 이름이 다르고 사는 곳도 각기 다르지만 짜개 바지 고향 친구이자 피로 맺은 형제들이다. 한 핏줄 친형제나 다를 바 없다."

옛날이나 지금이나 나는 그저 이 마을에서 그냥 그대로 잘살고 있으나 왜정 때는 이 마을이 지금보다 훨씬 더 커 그때 그 시절, 시골 마을치고는 꽤 큰 축에 들었다. 동네 우리 또래 아이들만 하여도 30∽40명은 족히 되었다. 그중에서도 우리 셋만은 떨어질 줄 모르는 단짝이었다. 마을에 서당이 없어지고 학교가 생겨났는데 나와 대술 할아버지는 학교에 갈 수 있었지만, 저 할아버지는 집안 형편 때문에 학교에 들어갈 수가 없었다. 그때 우리는 잘살았고 저 형님 부모님은 우리 집 머슴이었다. 머슴의 자식은 역시 머슴이다. 어릴 때부터 내 몸종으로 나를 수발들다 보니 어깨너머로 글을 익혔고 머리가 총명해 내가 풀지 못하는 산수 문제도 곧잘 풀었다. 학년이 높아갈수록 나는 공부에 취미를 잃어 귀찮아서 공부를 아예 즐기는 사람에게 떠넘겨 버렸다. 수업 시간에도 대신 수업을 듣게 하고 나는 나대로 나가 놀았다. 아버지께 들켜 매도 수태 얻어맞았건만 봐도 모르는 건 소귀에 경 읽기지. 나는 이때 결심했다. '내가 빌어먹더라도 이 사람을 잘 가르치기만 하면 장래에 큰 인재가 될 것이다. 반드시 내가 뒤를 대어서라도 꼭 큰 사람으로 만들

어 내겠다.'

나의 노력은 헛되지 않았다. 대학도 가기 전에 고을에는 벌써 개천에서 용 났다고 소문이 자자하더니 결국 서울대에 입학하였다. 서울대에 들어갔으면 공부나 열심히 할 것이지 방학이면 고향에 돌아와 무슨 문명 퇴치요 야학이요 하는 걸 만들어서 왜놈들의 눈 밖에 나 버렸다. 우리 셋은 불량 선동 분자로 구실 좋게 함께 붙잡혀서 한창 전쟁이 벌어지고 있는 머나먼 만주 땅으로 강제 압송되었다. 갈 때는 같이 갔지만 가서는 대우가 달랐다. 저 형님은 신분이 대학생이고 일본 말과 글도 잘 알았다. 그놈들도 사람 보는 눈은 있어 저 형님 혼자만 봉천(지금의 중국 선양) 강습소로 뽑아가고 우리 둘은 심경(지금의 중국 창춘)에 그대로 남아 군마를 돌보면서 전쟁 연습을 하였다. 우리는 하루라도 빨리 이 지옥에서 탈출해 고향 가기만을 손꼽아 기다렸다.

그러던 어느 날 아침 광장에 모인 훈련병들은 삼삼오오 떼를 지어 남들이 들을까 은밀히 귓속말로 무언가 쑥덕이고 있었는데 분위기는 평소와는 완전 딴판이다. 그들에게 다가가니 하던 말도 뚝 끊고 겁을 먹어 죽을 상을 한다. 조금 지나니 누군가가 말을 했다.

'이제 일본이 망했으니 우리도 우리 살길을 찾아 빨리 여기를 벗어나야 하는데, 만약 여기서 우리가 지금 입은 옷 이대로 나가면 맞아 죽는다.'

그들은 입었던 옷을 벗어 던지면서 대한민국 만세를 외친다. 알몸이 된 그네들은 맨몸으로는 뛰쳐나갈 수가 없어 망설이지만 우리 둘은 붙잡혀 온 지 얼마 안 됐고 감춰놓은 옷도 있는지라 슬그머니 갈아입고 혼란한 틈을 타 뒷문으로 빠져나갔다. 너무 약삭빠른 것도 탈이었다. 우리는 담 밖에 매복이 있으리라곤 꿈에도 생각 못 했다. 얼마 못 가서 우리는 복병을 만났고 그들은 우리를 생포하기 위해 총은 쏘지 않았다. 우리는 필사적으로 도망을 쳐 옥수수밭에 몸을 숨겼다.

생포에 실패하자 복병이 마구잡이로 총질을 해댔다. 콩 볶듯이 튀기는 총알은 옥수수밭을 타작해 놓았는데, 그들이 감히 접근해 오지는 못하였다.

이때 대술이 말했다. '형님, 형님은 아내가 있고 귀여운 아들이 있고 부모님이 있고 사랑하는 가족이 기다리고 있잖아. 나야 뭐 장가도 못 간 외톨이로 달린 게 없으니 몸도 홀가분해. 내가 저들을 유인할 터이니 여기서 한 발도 움직이지 말고 죽은 듯이 가만히 엎드려 있다가 추격자가 멀리 간 다음에 피신해라.'

나는 말렸다. '그게 무슨 소리야. 죽으면 같이 죽고 살면 같이 살자. 너도 부모가 있고 가족이 있지 않으냐. 우리는 살아서도 형제고, 죽어서도 형제다.'

'맹꽁이, 살 수만 있으면 살아야지 죽긴 왜 죽어.'

총소리는 좀처럼 멈출 기미를 보이지 않는다. 추격자들의 말소리가 점점 가까이 다가온다.

대술은 배밀이로 앞으로 기었다. 아무리 조심 조심 한다 해도 옥수수 잎 스치는 소리가 들린다. 추격자들에게는 안 들릴지 몰라도 우리에겐 담벼락 무너지는 소리다. 대술은 어느 정도 나와의 거리를 유지하자 벌떡 일어서 옥수수밭 깊은 쪽을 향해 냅다 뛰기 시작한다. 옥수수 잎은 예리한 칼날처럼 대술의 살을 난도질하고 총알은 옥수수 대가 흔들리는 쪽을 향해 수없이 날아든다. 대술은 천방지축 딱히 지정한 목표도 없이 뛰다가 멈추다가 때로는 빨리, 때로는 엎드려 기면서 좌우로 흔들어 추적을 완전히 따돌렸다. 나는 아무 미동도 없이 그 자리에 죽은 듯이 엎드려 있다가 한밤중 인적이 끊기고 사위가 조용해진 틈을 타 옥수수밭에서 나올 수 있었다. 하늘의 별을 보며 방향을 잡아 시내로 누구도 알지 못하게 유령같이 소리 없이 잠복해 탈영에는 그나마 성공한 셈이나 생명을 던져 나를 엄호해 준 친구의 생사는 알 길이 없었다.

우리 셋은 이렇게 하나는 중국에 하나는 북한에 나는 남한에 정착하게 되었다. 우리는 다시는 서로 안부도 묻지 못하고 각기 다른 나라에서 다른 국기를 섬기고 살았다. 80년대에 와서야 중국은 그래도 개혁 개방을 시작하게 되면서 이산가족 찾기가 시작되고 서신 왕래가 빈번해지면서 나는 종국 형과 통신을 주고받고 종국 형이 있는 곳을 알게 되었다. 당시 한국은 아시아 4소용이라고 선진국 대우를 해서 초청장 없이도 중국에 들어갈 수 있었고, 대술이 할아버지는 북한 사람이라 아무리 우방이라 해도 못사는 나라로 분류되어 오직 중국에서 직계 친인척 초청장이 있어야 북한 정부 승인하에 들어갈 수가 있었는데 주종국 할아버지 주선으로 용케 우리는 중국 하얼빈에서 모두 모여 회포를 풀 수 있게 되었다. 이

번 이 모임은 어렵게 또다시 40여 년 만에 모인 두 번째 모임이다. 사실 우리의 첫 만남은 몹시 설레고 불안했었다. 이번 모임 역시 불안하긴 마찬가지다. 여기서 우리가 갈라지면 또 언제 만날지 모르기 때문이다. 40년 만에 우리가 또다시 모였으니 왜 반갑지 않겠느냐만, 반가운 건 반가운 게지만 30∽40년 만에 한 번 만나는 것이 기쁘기도 하지만 슬픈 일이기도 하구나. 우리 나이에 30∽40년이 몇 개나 있겠니? 나는 평소에 잘되던 전화가 갑자기 '지금 거신 전화는 없는 전화번호입니다'란 말이 들리면 가슴이 철렁하고 손맥이 풀린다. 간혹 내가 번호를 잘못 눌러 실수하는 게 태반이지만 우리 나이에 소식이 단절되면 저세상 사람이지. 나이 먹어 그런지, 이젠 사는 것도 겁이 나고 죽는 것도 겁이 나는구나."

"할아버님들 앉아 이야기 나누십시오. 제가 잠깐 실례하고 주방에 다녀오겠습니다."

주방에 내려온 '재관'은 아주 익숙한 솜씨로 중국 손님이 왔다고 여덟 가지 더운 음식과 여덟 개의 찬 음식, 모두 열여섯 개의 요리를 주방장 못지않은 실력으로 뚝딱 만들어서 할아버지들 앞에 버젓이 차려놓으며 겸손을 잃지 않았다.

"한다고 했는데, 할아버님들 입맛에 맞을는지 모르겠습니다. 맛이 없어도 이 손주의 성의를 봐서라도 맛있게 잡숴 주십시오."

"아니, 우리 시장님은 못하는 게 없네. 중국 요리도 다 할 줄 알고"

"세상 참 많이 변했네. 옛날 우리 클 때는 사내자식 주방에 들어오면 불알 떨어진다고 주방에 얼씬도 못 하게 하더니 요즘 세상엔 남자들이 밥하고 빨래하고 집안 살림까지 못 하는 게 없으니 머지 않아 남자들이 임신까지 하지 않을까 상상하기도 하네."

"그러잖아도 재는 제 색시 힘들어한다고 색시 임신 때 같이 입덧하고, 아기 낳아서는 분유 먹이며, 똥오줌 기저귀 빨래며, 기저귀 갈아 주며, 아기 몸 씻기며, 울면 달래고 엎어서 재우기까지 우리 귀족 손부(孫婦) 며느리님은 손끝도 까딱 안 하고 입만 놀리고 엄마 노릇은 우리 손자가 다 했는데 지금도 밥을 해서 떠다 바쳐야 먹으니, 상전도 그런 상전은 이 세상에 둘도 없을 거요."

할머니는 손부(孫婦) 며느리를 아주 못마땅히 여기고 있다. 보통 할머니는 남자들의 이야기에 좀처럼 끼지 않는데 오늘은 참을 수가 없는 모양이다. 할머니는 할머니대로의 원칙이 있다. 할머니는 할아버지보다 여섯 살이나 위였다.

할아버지의 아버지(증조부)와 할머니의 아버지(외증조부)는 친분이 두터우셨는데 할머니의 부친께서 달구지에 뭘 싣는 일을 하다가 소가 갑자기 움찔하는 바람에 달구지에서 떨어지셨는데 척추를 다쳐 몸져눕게 된 뒤로 그 길로 삼 년이나 바깥출입도 못 하고 세상을 떠나셨다.

긴 병에 장사 없다고, 환자 하나에 온 식구가 매달려 있다 보니 혼기도 놓치고 집안 살림도 궁색해졌다. 과년한 처녀를 시집보내야 하는데 여의찮았다.

처녀들을 잡아 일본군 위안부로 보낸단다. 헛말이 아니었다. 호구 조사까지 하고 다녔다. 다급해진 증조 외할머니께서 '재관' 씨의 증조부를 찾아 사람 하나 살리는 셈 치고 딸을 며느리로 삼아달라고 통사정하였다. 남자 나이 열둘, 서둘러 혼사 치를 나이는 아니나 친구의 딸이고 평소에 언제 봐도 무던하고 손끝이 야무져 아들 있으면 며느리 삼았으면 좋겠다고 좋게 봐 오던 터라, 아들 녀석이 어리기는 하지만 공부하기 싫어하고 때 질만 쓰는 녀석에게 색시라도 붙여주면 좀 나을까 싶어서 승낙하고 혼인 신고를 마쳤다.

코흘리개 신랑은 장난이 심했는데 색시를 괴롭히는 데 재미를 붙였다. 천성이 아둔한지 성장도 무척 더디었다. 어영부영 삼 년이 지난 어느 날 밤 일인가. 종일 뛰놀다가 피곤했는지 남편은 혼곤히 깊이 잠들었는데 저도 모르는 새 몽유유환(夢遊幽幻)을 헤매다가 그만 요에다 질펀하게 사내 표식을 해버렸다. 3대가 한집에 사는데 숱한 눈의 감시 속에 아무도 모르게 요를 씻는다는 것은 난제 중의 난제였다.

남편 흉보라면 몇 날 며칠 해도 적성은 풀리지 않을 것이다. 남들이 너는 엄마하고 사나, 누이하고 사나, 놀린다고 사흘이 멀다 하고 외박이나 하면서 오입질이나 하고 내 속도 그렇게 애태우는 건 처음 봤다. 한평생 나는 행복이 뭔지 몰랐고 웃음이 뭔지 모르고 살아왔다. 이따금 너희 크는 걸 보고 웃고 위안을 받으면서 행복했다.

"애고, 내가 술상 머리에서 무슨 소리 하나."

"아주머니 고생이야 우리가 모두 잘 알지요. 그래도 늘그막에 형님이 이렇게 옆에서 떡 지켜 주니 얼마나 든든합니까. 아무리 자식, 자식 노래 불러도 배우자가 제일이지요. 날 봐요. 머나먼 이북 땅에 마누라를 땅속에다 묻어놓고 피붙이 자식들도 다 버리고 내가 이 나이에 무슨 복을 바라고 예까지 왔는지? 죽어도 고향에 가 부모님 곁에 묻히겠다고 이역만리 생사를 무릅쓰고 달려왔건만 고향은 변해 나를 알아볼 수 없고 부모님의 선산과 나에게 물려줄 얼마 안 되는 자투리 땅뙈기는 어느 고속도로 밑에 깔렸어요. 형님이 전해 준 천사 같은 여동생 소식은 나를 슬프게 한다. 연좌죄 때문에 어려움을 당했는지 면사무소 호적계에 가 찾아봐도 무연고대장까지 들췄는데도 부모님 호적은 말소가 돼 있으나 부모님의 임종을 지켰다는 동생은 승천하여 신선이 됐는지 행방이 묘연하다. 나는 지금 극도의 혼란에 빠져 있다. 내가 행운아인지 불우한 사람인지 무척 헷갈린다. 내가 죽을 고비 세 번을 무사히 넘긴 것으로 봐서는 행운아이고 살아가는 길에 순리가 없는 것으로 봐서 불우한 사람인 것 같아. 사람 한평생에 죽을 고비가 세 번이나 있다는 건 당나라 현장이 인도에 가 불경을 가져오는데 구구 팔십일 난을 겪었다는 이야기가 있듯이 그보다도 더 혹독하고 가혹한 시련이었으니 신선은 못 되더라도 지옥에는 떨어지지 말아야지, 왜 나에겐 행복이 없고 즐거움이 없는 거야.

첫 시련은 광복 때 병영탈출이었지. 형님하고 나하고 옥수수밭에 잠복하자 뒤쫓던 군인들이 마구잡이로 총질을 해대는데 가만있으면 눈먼 총알에라도 맞아 죽을 것 같아 형님보고 꼼짝 말고 엎드려 있어라 해 놓고 나는 옥수수밭 반대쪽을 향해 달리면서 뛰다가 엎드리고 멀리 기어서는 다시 옥수수 대를 마구잡이로 흔들고 총알이 내 쪽으로 쏠리면 나는 엎드려 배밀기로 기고 그렇게 한참을 재미나게 약 올리는데 허벅다리에서 뜨뜻한 게 뭐가 흐르는 것 같고, 뛰려니 다리가 말을 들어야지. 나는 다리에 총상을 입었다는 걸 알았다. 천방지축 목표 없이 달리다 보니 내가 어디에 와 있고 유인의 목적을 얼마만큼 완수했는지 도무지 감이 안 잡혔다. 나는 그 사람들을 좀 더 멀리 따돌리고 싶어 몇 발짝 겨우 옮겨 갔는데 갑자기 목이 뜨끈해지면서 눈에 불이 번쩍 일더니 허공에 뜨는 것 같으면서 정신을 잃고 쓰러졌다.

우리를 추격하던 이 부대는 조선의용군으로 거점을 제거하기 위해 기회를 염탐하던 중 뜻밖의 일본군 투항 소식을 접하게 되어 만일의 변고를 생각해서 병영에 진주하지는 않고 정황 파악에 주력하던 중이었다. 그때 난데없이 두 사람이 뒷문으로 가만가만 빠져나가는 걸 보니 외부로 가는 통신 연락병인 줄 알고 사살하지 말고 생포하라는 명을 받고 추격했으나 생포되지 않고 끝까지 반항하므로 총질을 하게 되었단다. 나는 눈먼 총질에 바로 맞았고 마침 옥수수밭 변두리여서 의용군이 쓰러진 나를 발견할 수 있었다. 나의 부상은 흉부 관통상으로 심장과 폐 사이를 뚫고 나갔는데 다행히 심장과 폐 어느 장기도 다치지 않았다. 허벅다리 부상도 총알에 눈이 달린 듯 뼈는 조금도 건드리지 않았다. 의용군 야전 의료진들은 농가에 임시 수술 병상을 만들어서 수술했고 나는 수술받고 일주일 후에야 겨우 깨어났다. 깨어나자, 정치부 주임이라는 사람이 와서 심문을 시작했고 나의 진술을 듣고 일본군 첩자가 아니라는 걸 확신하자 정치부 간사를 보내 혁명 이야기를 들려주며 자신들 부대에 남아 함께 혁명하자고 달래었다. 고향에서 야학을 꾸리던 목적과 크게 다르지 않아 쾌히 응낙하였다.

두 번째 시련은 6·25전쟁 때다. 내가 전생에 무슨 좋은 일을 해 이생에 천명으로 태어났는지 참, 용케 죽었다 살아났다. 나는 포차 끄는 말 사육원인데 큰 전투 때마다 방공호 속에 숨겨놓은 포를 고지 진지로 끌어 올려야 하는데 견인차는 산이 너무 가팔라 올라갈 수가 없고 말들로 끌어야 하는데 수십 문의 포를 말 몇 마리로 끈다는 게 어디 쉬운 일인가. 말이 올라가다 못 올라가면 포병들이 뒤에서 밀고 끌고 해서 겨우겨우 진지에 안착하면 하늘에서 제비들이 갈 까마귀 떼처럼 하늘을 뒤덮어 마구잡이로 기총소사를 해대고 뒤따라 늘보(폭탄을 실은 비행기)들이 폭탄을 마구 떨어뜨리는데 개미 한 마리라도 살아남으면 그것도 나중에 기네스북에 등재되어야 할 기적이 아닐 수 없다. 그럭저럭 잘 견뎌 이젠 간혹 정전이 된다는 소리도 들리고 싸움도 이제 끝인가 했는데 웬일인지 총포 소리는 더 치열하다. 나는 마구간에서 말 여물을 주고 있었는데 가까운 곳에 폭탄 떨어지는 소리가 나더니 굉음과 함께 마구간이 무너지며 나를 깔아 덮어 버렸다. 후에 들은 말에 의하면 묘 무덤 속에서 송장을 끄집어내는 것 같았단다. 척추는 분쇄 성 골절로 들어서는 들것에 옮길 수가 없어 굴려서 들것에 눕혀 병원으로 옮겨갔다. 사람들의 생각은 단순하다. 이 사람은 살아도 평생 불구로 살게 될 것이고 살아봐야 낙도 없을 게고 오래 살지도 못하고 죽게 될 것이다. 뜻인즉슨 치료 가치가 없다는 말이다. 이 말을 들은 나는 오히려 갑자기 더 살고 싶어졌다. 제일 보고 싶은 사람이 부모님이다. 전쟁이 끝나면 철모르고 불효를 저지른 죄를 사죄하며 부모님께 용서를 빌고 싶었다. 나는 의사 선생님들을 붙잡고 제발 살려달라고 애원하였다. 지성이면 감천이라고 코가 크고 눈이 파란 외국인 의사 선생님이 결국 손을 써 수술하였고 그 수술이 무척 잘된 모양이었다. 그때 박아놓은 꺾쇠가 지금도 등허리에 박혀 있다.

세 번째는 이번 탈북 때다. 중국 땅에서는 그래도 주종국 형이 있으니 믿는 구석이 있어 든든했지만, 라오스 땅에 들어서니 속이 휑하니 텅 빈 것 같았다. 운명을 브로커에게 맡기고 있으니 도무지 마음을 놓을 수가 없었다.

아니나 다를까, 염려했던 일이 터지고 말았다. 브로커가 붙잡혀 모든 걸 실토하고 말았다. 다행히 우리는 만일의 사태를 대비해 분산해 숨어 있었기에 망정이지 하마터면 일망타진 당해 생명을 담보로 한 수개월의 고생이 일거에 물거품이 되어 흔적도 없이 사그라질 뻔하였다. 혼자가 된 나는 백방으로 다른 동료들에게 연락을 취했지만 모든 조건이 제한된 처지여서 연락은 포기하고 혼자 힘으로 생의 활로를 찾는 수 말고는 다른 방법이 없었다. 나는 새끼를 꼬기 위해 맨손으로 질긴 풀을 끊기 시작했다. 풀이 얼마나 질긴지 손이 베여 피가 나고 옷을 벗어 손을 감싸니 풀이 끊기지 않았다. 나는 풀을 이빨로 물어뜯었다. 지금 편안히 얘기할 수 있는 것도 그때 미쳐 환장했기 때문이다. 필사적인 본능의 생존 투쟁이다. 산 열매나 풀뿌리로 허기진 배를 달래고 목이 마르면 강물로 목을 축여가며 힘들면 하늘을 이불로 땅을 요로 삼아 잠을 청하기도 해 보지만 그놈 모기는 왜 그리 많고 독살스러운지 모깃불을 놓고 싶어도 표적이 될까 봐 쑥 연기도 맘대로 쐴 수 없었다.

새끼가 완성되니 뗏목 만들 나무가 필요했다. 톱도 도끼도 없으니 생나무 채벌은 엄두를 못 내지만 삭정이들도 아치가 엉성하고 뿌리에 흙까지 달고 있어 깔끔하게 다듬어 놓은 통나무를 찾기란 망망대해 바늘 찾기다. 바늘은 쇠붙이이니 그래도 자석으로 끌면 혹 붙을 수도 있겠으나 나무는 어떻게 하면 뗏목을 만들 수 있을까? 썩은 나무는 가져와 봐야 물에 뜨지도 않는다. 적당한 나무를 구하기 위해 등산을 아무리 해도 나무가 무성한 밀림일수록 실망은 더 크다. 산 변두리 수색에 나섰다. 사람들이 버린 쓰레기 더미에서 구멍 난 궤짝 하나를 발견했지만 좋다가 말았다. 아무리 수색해도 더는 그 어떤 수확도 있을 것 같지 않았다. 실망은 했지만 이 궤짝을 가져가면 임시로 모기 성화는 피할 것 같았다. 폐궤짝을 가져와 폐비닐로 밑굽에 난 구멍을 틀어막고 궤짝에 들어가 누우니 비나 볕도 막고 모기 성화도 피하고 임시 거처로는 일석 삼조다. 오랜만에 편안한 잠을 자고 나니 머리가 한결 맑아졌다. 내가 여기서 이러고 있을 때가 아니다. 야인으로 언제까지 여기서 버틸 것인가? 이제 나를 살려 줄 명줄은 이 밑창에 구멍 뚫린 궤짝밖에 없다. 궤짝의 부력을 높이려면 폐비닐 중에서도 물이 새지 않는 큰 비닐 조각을 주워 와야 한다. 주워 온 비닐 조각에 강물을 담아 보고 물이 새면 버리고 또 가서 주워 오고 주워 다 놓은 폐비닐만 해도 산더미 같았다. 비닐 구멍 땜질하는 풀만 있어도 간단하게 손질해 쓸 수 있겠건만 애끓는 심정, 하나님도 무심하게 알아주지도 않는구나!

또 며칠이 흘렀다. 이젠 더 주워 올 비닐도 없다. 이제 마지막이다. 나는 종교를 믿지 않지만 기도했다. 하나님께서 나를 가엽게 여기면 성한 밧줄을 내려보내 주시고 나를 버리시려면 썩은 밧줄을 내려보내 주시옵소서. 나는 빌고 또 빌었다. 지성이면 감천이라고 나의 진심이 하늘을 정말로 감동시켰는지, 이번 비닐 조각에서는 물 한 방울도 새지 않았다. 나는 준비해 둔 통나무 석 대 위에 밑바닥에 구멍이 난 궤짝을 비닐로 싸서 얹고 새끼줄로 튼튼히 고정한 다음 부력의 증진을 위해 궤짝 양 머리 나머지 부분은 폐비닐로 칭칭 감아 한 덩어리로 만들어 놓았다. 방향 조절에 필요한 키잡이 장대는 만일을 대비해 특별히 폐강 철사로 억지로 비벼서 손이 댈 지경으로 뜨겁게 달군 철사로 가늘고, 길고, 곧게 자란 맞춤한 생나무 한 대를 끊고 아치를 따고 손쉽게 쓰기 좋게 갖춰놓았다.

이른 아침, 안개가 자욱해 가시거리가 무척 짧아 밀항에 둘도 없는 적기다. 매의 눈이라도 뗏목을 탄 사람을 찾아내지 못할 것이다. 메콩강의 물살은 나를 안전하게 미얀마로 이송할 수 있다고 장담한다. 모든 게 순조로운 것 같다.

차츰 안개가 엷어지면서 가시거리도 늘어난다. 이게 웬일이야. 그 거센 물살에도 뗏목은 제 자리에 못 박힌 듯 서 있다. 아무리 좌우 아래위를 훑어봐도 별 이상이 없고 강물은 쏜살같이 흐르는데 뗏목이 움직이지 않으니 귀신이 곡할 노릇이다. 장대로 물 밑을 찔러보았다. 무슨 물컹한 생명체 같은 게 촉감이 이상해서 다시 한 번 힘을 써 힘껏 내리 찌르니 그놈이 성질을 부려 요동치는 바람에 뗏목이 엎어지며 나는 강물 속에 거꾸로 처박혔다. 뗏목은 급물살에 빠르게 떠내려가고 있다. 이제 이 뗏목(木排)을 놓치게 되면 나의 명도 끝이다. 본능적으로 어릴 때 냇가에서 자맥질하며 놀 때 배워둔 개 발 헤엄으로 죽을힘을 다해 헤엄을 쳐 부력 증진을 위해 묶어둔 잔 나뭇가지 끝을 붙잡았다. 나뭇가지를 붙잡고 나니 뗏목에 접근하기가 한결 쉽다. 거리를 좁혀 뗏목에 접근해서 뒤집기를 시도하였으나 아무리 용을 써도 뗏목 뒤집기는 역부족이다. 그대로 때 위에 엎드려서 몸을 맡기는 수밖에 없었다.

안개가 차츰 걷히고 뗏목도 거의 변방에 접근했는데 이곳이 최 변방이라 라오스의 순시정도 드문드문 출몰한다. 위기일발, 메콩 강 악어보다도 라오스 순찰정이 더 겁나 때 밑으로 잠수하여 변방을 무사통과하였다. 멀리서 미얀마 사람들의 고기잡이 배가 보인다. 물에 몸이 퉁퉁 부은 나는 저 체온으로 그만 의식을 잃었다.

고기잡이 배 선원이 떠내려온 나를 발견하고 건져 미얀마 변방군에 넘겼다. 말이 통하지 않으니 나는 그저 그네들이 어떤 말을 해도 코리아만 반복해 말했다. 그들도 코리아는 알아들었는지 한국말 아는 사람을 데려와 통역하는 덕분에 한국 대사관으로 쉽게 이송되었고 죽다 살아남아 한국 대사관의 도움으로 한국으로 올 수가 있었다. 흩어졌던 동료 일행은 한국 하나원에 와 보니 그들은 벌써 이미 오래 전에 한국에 와 있었다. 살았으니 형님들도 만나고 회포도 풀 수 있지만, 고생 또한 이만저만이 아니었지요. 제가 지급한 대가가 얼마나 큰 것이었는지 이제야 실감이 나네요."

제일 연장자인 종국 형이 말을 잇는다.

"그게 바로 고진감래일세. 살았으니 우리 만난 게 아닌가! 나도 중국 문화대혁명 때 몇 번 죽음을 시도했었네. 그런데 지금 와서 생각하니 그때 배운 인생철학은 돈을 주고도 살 수 없는 아주 귀한 교과서였네. 세상은 좋게 보면 좋고 나쁘게 보면 나쁜 것만 보이는 것일세. 그러나 세상은 나쁜 것만 있는 것도 아니고, 매일 좋은 일만 있는 것도 아니네. 저 우리 김 시장님이 만든 반찬처럼 체면으로 먹는 것보다 내 입에 맞는 맛나는 음식을 골라 먹는 것도 미식가의 지혜일세. 내가 제일 놀란 건 한국 작사가들의 통찰 능력일세. '벼슬도 싫다만은 명예도 싫어, 정든 땅 언덕 위에 초가집 짓고, 낮이면 밭에 나가 길쌈을 매고, 밤이면 사랑방에 새끼 꼬면서, 새들이 우는 속을 알아보련다.' 얼마나 아늑하고 정겨운 풍경인가. 괜히 혁명한다고 총탄이 빗발치는 전쟁 속을 헤집고 다녔지만, 나의 최후는 훈장이 아니라 계급 이기주의 분자라는 허름한 모자 한 점이었어. 방금 김 형은 나를 머슴의 아들이라 소개했지만 나는 이미 부잣집 도령님으로 살아온 지 반평생! 세상은 바로 이런 거야. 내가 아무리 아니라고 우겨도 남이 믿지 않으면 남들의 생각대로 흘러가는 거야. 중국 속담에는 이런 말이 있어. '當一天和尙, 撞一天鐘, 得過切過; 하루 스님은 하루 종 때리면서 사는 대로 사는 거야.' 강태공의 낚시질이 유명한 건 고기를 낚는 게 아니라 세월을 낚기 때문이라네. 우리도 술로 과거를 달래고 오늘을 즐기세. 오늘이 있기에 우리는 행복하네. 자, 우리의 우정을 위하여! 위하여!"

참으로 즐겁고 행복한 순간이었다.

살아있다는 자체가 행복한 것이다.

12.
구조조정

차유리 씨가 요즘 왠지 모르게 몹시 불안하다. 잠을 자도 잔 것 같지 않고 밥을 먹어도 밥알인지 모래알인지 깔깔한 게 도무지 넘어가지 않는다. 간혹 저도 모르는 사이, 넋 나간 사람처럼 할 일을 잃고 멍청하니 넋 놓고 멍때리며 가만히 앉아 있을 때도 있다. 예감이 좋지 않다. 불안한 게 무슨 의외의 일이 터질 것만 같다.

일면식도 없는 AI가 멀리서 유리 씨를 어찌 알고 그녀를 찾아왔다. 말로는 같이 아주 먼 세계로 여행을 떠나기로 약속이 다 돼 있다는 것이다. 무슨 얼 빠진 소린지 들어도 이해가 안 간다. AI는 새로 소프트웨어를 깔고 나서 자폐증을 알았는지 요즘 드문드문 남들이 이해할 수도 없는 말들을 곧잘 지껄여서 사람들을 당혹하게 만든다. 유리 씨는 무슨 말인지 몰라 눈만 끔벅거리고 있는데, 조금 지나니 갑자기 맑은 하늘에 먹구름이 뒤덮이고 검은 구름은 순식간에 그들 둘을 낚아채 눈 깜박할 사이 달에다 데려다 놓고 어디론가 급히 사라지더니 잠시 후 돌아와서는 그들을 데리고 또 한 행성으로 옮겨 갔다. 하늘을 날고 있을 때 누군가가 귓속말로 속삭여 준다.

이 별은 은하수 자기장에 의해 돌고 있는 별로, 60년을 주기로 한 번씩 우리가 살고 있는 이 태양계로 진입해서 돌고 나가는데 우리는 이 기회에 이 별을 이용해 은하계로 여행을 떠난다는 것이다. 멀리서 다가오는 별을 바라보면 별은 별로 크지도 않고 모나지도 둥글지도 않다.

땅에서 보면 별이라고 반짝이지만 하늘에서 우리가 보는 물건은 반짝이는 별이 아니라 우리가 산에서 흔히 보아온 바윗덩어리로, 멀리서는 하나의 조그만 한 점, 그러나 차츰 가까이 오면 올수록 그 크기가 웅장하다. 우리가 정착한 곳은 별의 중앙 쪽에 축구장 세 개 크기만 한 오목하게 파인 얼음 덮인 평지다. 우리는 바위를 등지고 앉았다. 바람이 무척 센 것으로 보아, 별의 속도가 아주 빠르다는 것을 가히 짐작할 수 있다. 아무리 바람이 세차도 이상한 건, 도저히 형용하여 말할 수도 없는 검은 물체는 바람 따위는 아랑곳하지 않고 미동도 없다. 그뿐만 아니라 우리를 바람에 날리지 않게 꼭 싸잡아 주고 있다. 태풍보다도 더 강한 바람이 불지만 우리는 전혀 바람의 감촉을 느끼지 못하고 있다. 먹구름의 행적은 모든 과정이 잠깐 잠깐이고 깔끔하다.

여기에서도 그저 잠깐이고 눈 깜박할 사이에 우리는 은하 궤도에 진입하였고 새로운 별에 안착하였다. 별의 이동은 중력을 떠난 비행이었기에 속도는 우리가 지구에서 흔히 사용되는 광년과 달리 블랙홀에 빠져나가는 지름길, 순간이동이었으므로 훨씬 빠르게 느껴졌다. 드디어 우리는 목적지에 도착하였다. 이별은 은하수의 한

형제인 또 다른 태양계 소속으로 그 궤도 역시 지구와 아주 흡사하다. 사람들은 이 별을 '초신성'이라 부른다. 다만 여기서는 물도 산소도 없다. 여기의 식물은 모두 마른 식물이고 수분 공기가 없으니 썩지 않는다. 산소가 없으니 생태계 순환이 안 된다. 균형이 깨지니 보는 것 자체가 생소하다. 산소가 없는 별에서 식물이란 말뿐이지 무슨 조화 같다. 생명체라고 해야 하나, 물건이라고 해야 하나, 여하튼 이 물건들은 특이하게도 누가 누구의 신세를 지지 않고 있다는 것이다. 지구에서는 풀이 땅의 진기를 빨아먹고, 초식 동물은 풀을 뜯어 먹고, 육식 동물은 초식 동물을 잡아먹고, 육식 동물은 죽으면 거름이 되어 풀에 먹힌다.

그러나 여기는 완전 딴판이다. 전에 봐왔던 환경과 딴판이어서 적응이 안 되지만 여기 식물도 특수한 공기를 매개로 분명 생장하고 있는 식물인 건만은 분명하다. 지구와 유사하면서도 또 다른 이 별을 지구에서 우리는 얼마나 애써 찾으려 노력하고 심혈을 쏟아부었던가? 그 별을 내가, 이, 차유리가 찾았다. 찾긴 찾았으나 기뻐할 일은 아니다. 인간은 숨을 쉬고 음식을 먹어야 하고 찌꺼기를 배출하는 구조 문제로 이곳에 올 수가 없다. 여기까지 오려면 수십 광년의 거리를 달려야 하는데 사람이 갓 태어나서 평생을 달려도 여정에서 늙어 죽고 만다.

양자 역학을 통해 타임머신을 탄다 해도 이건 귀신이나 할 법한 노릇이지 결코 인간이 할 수 있는 일은 아니다. 내가 이 별에 와서 걷고 있다는 자체만으로도 이건 기적이다. 차츰 나는 나를 데려온 저의가 궁금하다. 로봇이야 그런대로 먹지도 싸지도 호흡할 가치도 없으니 그렇다 치고 왜 나를 여기다 끌고 오냐 이 말이다. 인간의 씨 뿌리려면 젊은 부부나 냉동한 정자와 난자를 가져와 인공 배양기에 배양해 인종을 퍼뜨릴 생각을 했어야지, 다 늙은 여인이 무슨 쓸모 있다고 이 멀리 데리고 오냐 말이다. 하긴 아무리 냉동 인간 씨앗을 가져온다 해도 산소가 없으니 살 수 없는 건 마찬가지다. 내가 여기 와서 돌아다니는 자체가 기적이다. 만약 흑색 물질의 보호가 없었더라면 나는 여기까지 올 수도 없을 뿐만 아니라 여기 와서도 몇 분 안에 벌써 질식하고 말았을 것이다.

빌어먹을, 손에 잡히지도 않고 딱히 형체가 눈에 보이는 것도 아니고 귀신도 동물도 아닌 물컹한 괴물이 지력(智力)은 왜 그리 높아서 저 AI 로봇보다 월등히 높고 눈, 코, 입, 귀가 어디에 붙었는지 모르지만, 말은 지극히 논리적이고 합리적이다. 다만 유리 씨의 불만은 소통도 없이 너무 주관적이고 강압적이라는 것이다.

원래 호기심이 많은 유리 씨는 흑색 물질이 무척 궁금하다. 구름이나 연기는 바람에 날리지만, 이 물체는 바람이 아무리 세게 불어도 꿈쩍도 하지 않는다. 볕이 아무리 뜨거워도 열이 아무리 높아도 온도가 아무리 낮아도 아무 내색이 없다. 이 물체는 무엇으로 만들어진 건지 쇠도 녹는 불 속에서도 녹지 않는다. 그런가 하면 영하 몇 천 도에서도 얼어 죽기는 고사하고 춥다는 소리 한마디 없다. 칼로 찔러도 아파하지도 피가 나지도 않는다. 끊어도 끊이지 않는다. 칼로 물 베기식이다. 그러면서도 흑색 물질은 우주

구석구석에 처박혀 빈자리를 꽉꽉 채워가며 살고 있고 누구도 건드릴 수도, 범접할 수도 없는 신선 그 자체였다.

차유리 씨가 꿈에서 깼을 때는 아직 날이 밝기 전이다. 더 자기 싫어 이부자리를 개고 시계를 들여다보았다. 새벽 두 시 좀 지났다. 아직 한참을 더 잘 수도 있었는데 그렇게 하지 않았다. 다시 시계를 본다. 뭐가 좀 이상하다. 일자가 틀린다. 시계가 고장 났나 싶어 핸드폰 시간대를 확인한다. 역시 시간은 틀림없다. 일자에 문제가 생겼다. 정확히 120시간의 차이가 난다. 그렇다면 이 닷새 동안 나는 어디에 있었다는 말인가? 그래 내가 정말로 우주 여행을 떠났었다는 말인가? 생각하면 생각할수록 쫙 소름이 끼친다. 사람이 은하계에 진입한다는 것은 꾸는 꿈 외에는 불가능한 일이다. 그렇다면 내가 연 오 일을 내리 잠을 잤단 말이 된다. 아파서 인사불성이 됐다면 몰라도 펀펀해서 닷새를 내리 잤다는 건 누가 봐도 상식에 어긋난다. 미스터리다. 지구에는 많고 많은 불가사의가 있고 현재의 과학으로는 풀 수 없는 수수께끼들이 무수히 존재해 있는 상황에 또 하나의 불가사의가 보태졌다. 유리 씨는 순식간에 멍청하니 바보가 돼 버렸다. 누가 이 수수께끼를 풀어줬으면 좋겠다.

일어나기는 일찍 일어났어도 미궁에 빠져 출근은 본의 아니게 지각했다. 미안한 마음에 조용히 회의장 뒷줄에 가 앉는다는 것이 그만 한창 연설 중인 원장님의 눈에 들키고 말았다.

"지금 우리 과학원의 기강 해이는 말이 아닙니다. 오고 싶으면 오고 가고 싶으면 가고 지각하고 조퇴하고 박사 학사 논문은 소나

기처럼 쏟아지는데 쓸 만한 논문은 일 년에 겨우 한두 건이 전부이고 봉급은 많이 주고 일은 안 하고… 여러분! 정신 차리십시오. 지금 밖에는 아이디어가 샘솟듯 하는 유망 청년들이 들어오고 싶어 하고 있습니다. 자리를 양보할 의향이 없으시면 성과를 내놓으십시오."

마치 원장이 유리 씨를 지목해 말하는 것 같아 얼굴이 화끈거렸다.

"지금부터 딱 열흘의 시간을 드리겠습니다. 이미 일 년 이상 끌어온 연구 과제는 잠시 보류해 줄 터이니 막바지 연구에 매진할 것, 6개월 이상은 검정단이 검정해서 가치를 판단할 것, 3개월은 일 년 이상 끌어온 연구 과제와 동등하게 취급할 터이니 막바지에 접어들었으므로 박차를 가할 것, 어떻게 하든 실험 성과를 낼 것, 과제 없는 사람은 열흘 안으로 반드시 새 아이디어를 제출할 것, 그동안 못 내면 과거가 얼마나 휘황했던지 간에 직위 고하 관계 없이, 이유 여하 불문, 1호 정리 대상입니다. 나는 모두가 살아남아 줄 것을 원합니다. 구조 조정의 대상은 제가 결정하는 것이 아니라 여러분들이 결정하게 될 것입니다."

"우리 시대는 비교의 시대이고 경쟁의 시대이며 효과의 시대입니다. 부지런하고 노력은 하지만 성과가 나쁘고 비효율적이면 연구원 자격이 없고 무능한 것이기 때문에 응당 자리를 양보해야죠. 능력은 있는데 게으르고 안 하면 역시 국가의 세금만 축내는 버러지이니 두고 볼 수가 없는 일이지요. 저 창밖을 한 번 내다보시오. 인공 지능의 쓰나미가 몰려오고 있습니다. 미국과 중국의 패권 전쟁은 땅 밑에서 하늘 공중 우주 저 멀리 별에까지 뻗어 있습니다. 지금 지구상에는 이상한 일들이 벌어지고 있습니다. AI가 고지를 사수하기도 하고 사람들이 짜 놓은 작전 방향에 따라 총을 쏘며 적진을 향해 진공하며 전쟁을 벌이고 무인 비행기가 폭탄을 실어 나르고 무인 탱크가 달리고 바다 강물 위에는 무인 군함이 떠다니니 앞으로의 전쟁은 사람이 필요 없을 것 같고, 이 어처구니없는 현상이 디지털 세상 같지만 좀 더 잘 음미하면 나의 디지털 기술이 남보다 월등히 우수하고 우세일 때만이 효력이 나타나지만, 비슷비슷할 때는 세금만 축내고 우발적인 사건으로 흐지부지 끝나고 말 것입니다. 왜냐, 적들도 그만한 것은 다 있어 디지털 전쟁, 장난감 전쟁으로, 전쟁의 목적에 도달하기가 힘들기 때문입니다. 결말에는 사람이 개입해야 하는데 사람들은 디지털을 최전방에 보내 놓고 저들은 뒤에 숨어서 전쟁을 꺼리기 때문입니다. 오늘 내 말은 무인 방산 산업을 그만두자는 게 아니라 남을 월등히 초월해야 한다는 뜻입니다. 초강국을 만들려면 지금의 사람들로는 이러한 정신세계로는 도저히 안 되겠기에 구조 조정을 하겠다는 것입니다. 밖에는 인재들이 들어오겠다고 줄을 서 기다리고 있습니다. 분발하시든지 자리를 양보하시든지 선택은 여러분들 몫입니다."

"우리는 전쟁을 아무렇지 않게 말하나 전쟁은 참혹한 것입니다. 전쟁은 피를 보고 죽음을 보고 불행을 보기 때문입니다. 6.25 전쟁을 겪은 우리는 전쟁 말만 들어도 소름이 끼치고 전쟁이 얼마나 무서운지 잘 알고 있습니다. 다시는 우리 이 땅에서 전쟁이 일어나지 못하게 막아야 합니다. 인간에겐 욕심과 야욕이 있어 일을 그르치고 있습니다. 우리는 교육으로 야심이 살아나지 못하게 누그러뜨려야 합니다. 전쟁에서 가장 무서운 건 원자탄도 초음속 미사일도 아닙니다. 통신 연락 두절이거나 해킹에 의한 통신 교란과 탄도 유도 오류일 것입니다. 제가 사용한 살상 무기에 내가 맞아 죽는다면 누구도 겁나서 함부로 쏘지는 못할 것입니다. 어느 영화에서 봤듯이 광 레이저 무기는 순식간에 목표물을 불덩이로 만드는 방어가 어려운 최첨단 무기인데 누구나 가지고 싶어 하지만 가질 수 없는 무기지요."

원장은 잠시 물로 목을 축이고 나서 연설을 이어간다.

"지금 국제 사회는 많은 나라가 해킹을 연구하고 있고, 우리나라도 예외가 아니라 해킹을 당한 적이 있습니다. 우리는 우리 것을 지키기 위해 누구도 범접할 수 없는 철통 방어 방화벽 프로그램을 만들어야 합니다. 우리는 시리아 전쟁을 목격하였습니다. 시리아 전쟁은 첩보에 의한 정확한 목표물의 타격으로 빠른 시간대에 전쟁을 끝낼 수 있었습니다. 여기서 뭐니 뭐니 해도 위성의 작용이 컸습니다. 지금 미국과 일본에선 우주 전투 부대를 편성하고 있습니다. 앞으로 적 상대방의 정찰 위성이 마음대로 아군의 영공을 떠돌게 놔두지 않을 것입니다. 우주에서의 혈투는 적들의 눈과 수뇌를 공격하는 수단이 될 것입니다. 그 때문에, 우리는 늦었지만 빨리 우주 연구에 뛰어들어 남을 앞질러 나가야 할 것입니다. 나는 우리의 위성 발사는 우리 힘으로 쏴 올리고 우리 연구원이 해내야 한다고 생각합니다. 두고 보십시오. 공중 위성은 정찰 첩보대이기에 큰 전쟁이 일어나면 먼저 위성 소탕 작전부터 전개될 것입니다. 어떻게 공중에 떠 있는 우리의 위성을 보호할 것인가? 우리가 연구해 내야 합니다. 할 일은 태산 같은데 모두 일손을 놓고 백주에 꿈만 화려하게 꾸고 있습니다. 지금 시계는 급박하게 돌고 있는데 우리 과학자들이 태평성세를 이야기하고 있습니다. 여러분! 제발 정신 좀 차리십시오."

차유리 씨는 원장의 훈시를 듣는 내내 바늘방석에 앉은 듯 불안하고 초조했다. '구름 속에서 천연 에너지를 뽑아 오겠다.' 얼마나 통 큰 포부인가? 웬만한 사람은 생각지도 못할 큼직한 연구 항목이다. 실현 가능성은 만분의 일도 없다. 그전에도 사람들은 필사의 각오로 연구에 매진했으나 모두 실패하고 말았다. 지금이라도 누가 성공만 하면 영웅이 되겠지만 하늘은 그리 호락호락하지 않다. 우리나라 기상 관측소의 통계에 의하면 일 년에 우리나라에다 때리는 벼락 수는 대략 30만에서 40만 회라 한다. 엄청 많은 에너지를 두 눈 뻔히 뜨고 뺏기면서 벼락의 피해만 보고 있다. 차유리 씨는 벼락에서 전기를 가두기보다 구름에서 방전되기 전에 전기를 빼내 오겠다는 생각을 하는 것이다. 이 기본 생각을 완성하기 위해서는 어떤 구름이 양극 전하를 띠고, 어떤 구름이 음극 전하를 띠는지 구름을 분간할 줄 알아야 한다. 이를 테면 권 운(엷은 종이를 펼친 것 같거나 낚시바늘 같은 모양의 구름), 담적 운(송이송이 솜뭉치

같은 구름), 고층 운(고기비늘 같은 구름) 이런 구름은 전하가 미약하지만 고적 운, 노적 운, 난적 운, 깔때기 모양의 구름 이런 구름에는 우리가 가늠하기도 힘든 굉장한 전압을 가진 전류를 품고 있다. 문제는 이 많은 구름 속에 어떻게 생긴 구름이 음극인지 양극인지 모르기 때문에 잘못 잡으면 벼락을 맞아 죽을 수도 있어 모험을 할 수가 없다.

차유리 씨의 최종 목표는 목성에 가 사는 것이다. 지구온난화가 급속도로 심화되는 현실 앞에서 만약 과학이 발전해서 핵융합 인조 태양을 만든다면 그것을 물이 있는 목성의 주위를 돌고 있는 위성에다 장착하면 목성의 기후 변화는 일어날 것이다. 물 분해와 산소의 생성으로 인간은 충분히 목성에 삶의 터전을 마련할 수 있을 것이다.

환상이 아무리 아이디어의 밑천이라 하지만 언제까지 환상 속에서 살 수는 없다. 차유리 씨는 전화를 걸어 남편을 소환했다.

남편은 이 시간대에 마을 회관 주방에서 음식을 만드느라 아주 바쁘게 움직이고 있다. 딴 남자들은 모여 앉아 장기를 두고 끼어 앉아 훈수도 하고 화투 좋아하는 사람은 둘러앉아 화투도 치고 잡담하는 사람, 시국 얘기하는 사람, 모두 편안히들 점심상을 기다리고 있다. 세월 참 많이 좋아졌다. 옛날 같으면 이런 큰 행사에 남자들이라고 한가할 수가 없다. 모여들어 장작도 패야 하고 물도 길어야 하고 닭도 잡아야 하니 이렇게 한가할 수가 없다. 그러나 지금은 수도에, 가스에, 부녀 해방보다도 남자들 발바닥에 털 나게 생겼다.

"어이 우리 시장 조카, 이런 데 나와서 음식 장만하면 불알 떨어져. 남자구실 하고 싶으면 방에 들어가서 점잖게 앉아 있어."

초등학교 같은 반에 한 책상에서 공부하였고 지금은 7촌 숙부하고 혼인하여 7촌 숙모가 된 '지경숙' 아지메다. 학창 시절엔 야자 했으나 지금은 촌수가 있는지라 '재관' 씨가 예의를 갖추자 갑자기 관계가 도로 서먹서먹해 몹시 불편하다. 만남의 어색함을 풀기 위하여 손위인 숙모가 농도 하고 웃기기도 잘 하니 그런대로 스스럼없이 지내고 있다.

"형님도 참, 다 큰 조카한테 불알이 뭐예요. 고환이라 했어야죠."

"자네 지금 나를 가르치나? 고환이나 불알이나 그놈이 그놈이지. 그런데 말이야 내가 사전을 찾아봤는데 불알은 순 우리말이고 고환은 외래어래. 그래 우리가 우리말을 쓰는데 욕처럼 들리고 똑같은 말인데도 외래어를 사용하면 욕이 아니고 우아하다고 생각하는데 어디서부터 잘못됐는지 이 나라는 참 이상한 나라야."

웃자고 한 말인데 이야기가 우습게 돌아간다. 형님 반응이 격하니 동서가 대뜸 말을 돌린다.

"형님, 형님은 우리 조카며느리 보신 적이 있으세요? 듣건대 천하의 일색이라던데……. 나는 김씨 가문에 시집온 지 십 년이 넘었어도 얼굴 한 번 못 봤구먼요."

"나는 보기는 한두 번 봤네만 고추장 맛보기였네. 결혼할 때 봐서 그런지 그때 황홀하기란 마치 하늘에서 선녀가 내려온 줄 알았네. 어쩌나 희고 맑은지 온 동네가 환하더군."

"그렇게 예뻐요? 꽃병은 놔두면 안 되는데."

둘은 작심하고 같이 늙어 가는 조카 '재관'을 놀려댄다. 이때 호랑이도 제 말 하면 온다더니 갑자기 전화벨이 요란하게 울린다. 틀림없는 마누라의 지원요청이다.

"여보, 큰일 났어. 빨리 날 좀 도와줘야겠어."

"왜, 무슨 일인데. 호랑이라도 만났어? 무슨 일인데 그렇게 다급해. 천천히 알아듣게 말을 해."

"과학원에서 오늘 회의를 했는데 열흘 이내로 참신한 아이디어를 제출하지 못하면 무조건 퇴사라나. 나 어쩜 좋아. 잘리는 것 싫은데…"

"잘린다고 다 나쁜 건 아니지. 그동안 고생했으니 푹 쉬면서 남은 인생 새로 한 번 설계해 보는 것도 나쁘지 않을 것 같은데……."

"정신 나간 사람! 가족의 일을 남의 일인양 강 건너 불구경하듯 하네. 백 세 시대에 반생도 못 살았는데 벌써 퇴직하면 남은 인생 무료해서 어떻게 살아? 평생직장은 아니더라도 정년퇴직까지는 버텨야 그래도 후반생은 힘이 덜 들지. 남편이란 사람이 내 편이오? 남의 편이오? 도와주지는 못할망정 위로의 말 대신에 초를 치고 있어. 그러지 말고 당신 지금 시골에 있으면 할아버님 생신 행사 끝나는 대로 빨리 올라와 날 좀 도와줘요."

"여보, 당신 왜 그래. 내가 도울 수 없다는 걸 빤히 알면서 왜 그래."

"여보, 이번만은 완전히 달라. 당신의 조언이 필요하고 당신의 아이디어가 필요해. 내 언제 사업상의 일로 당신의 도움을 받은 적이 있어, 없었잖아. 이번만은 달라. 그만큼 심각하단 말이야. 나 무척 외로워. 나는 지금 무인도에서 외로이 사는 느낌이야. 아니 무인도 비유는 너무 약해. 나는 지금 풍랑이 거센 파도 속에 외로이 떠 있는 쪽배를 타고 고립(孤立) 무(無)원(援)의 망망대해에서 악천(惡天)과 씨름하고 있어. 날은 저물고 파도는 세찬데 쪽배는 뒤집히려 하고 있으니 이 고약한 날씨, 악천과의 사투, 나는 무서워."

"당신 급한 건 알겠는데 우선 마음을 크게 먹어. 부부는 일심동체라잖아. 당신 뒤에 내가 있으니, 하늘이 무너져도 솟아 날 구멍 있을 거야. 너무 근심하지 말고 내가 갈 때까지 기다려. 차유리 파이팅! 힘내, 아자아자!"

"죽음이 코앞인데 파이팅은 무슨 지랄 같은 파이팅이야. 나는 어젯밤에 무서운 꿈을 꿨단 말이야. 흑색 괴물이 글쎄 나를 당신의 그 잘난 로봇하고 천당에 데려가 별구경을 시켰단 말이요. 별에 간다는 건 천당에 간다는 말인데 사람이 죽으면 천당에도 가고 지옥에도 가지만 천당에 갔다는 말은 좋은 말이기도 하나 때아닌 때에 시퍼렇게 젊은 놈이 죽는다는 건 슬픈 일이 아니오. 내 기억 속에 내가 자리에 누운 건 닷새 전 일 같은데 오늘 아침에 내가 깨어났으니 이상한 일이 아니오. 아무리 퍼즐을 맞추려 해도 맞춰 지질 않아. 나는 내가 이 주위를 맴돌았으면 무슨 흔적이라도 남겼을 거라 여겨 급히 기억을 더듬으며 족적(足跡)을 찾아보아도 흔적은 고사하고 의문만 남아 나를 혼란에 빠뜨려. 나는 지금 내가 산 사람인지 죽은 귀신인지도 구분이 안 되고 있어."

"무슨 말인지 나는 들어도 하나도 모르겠는데 당신 원래 이런 사람 아니잖아. 말이 두서도 없고 주제도 뒤죽박죽, 정말 걱정되네. 좀 기다려요. 내 여기 마무리되는 대로 쫓아가리다."

"조카, 잠깐! 내 좀 조카며느리하고 얘기 좀 하게."

핸드폰이 7촌 숙모 손으로 넘어가자 어느새 전화는 끊어졌다.

7촌 숙모는 웃으면서 이야기한다.

"조카, 며느리는 참 신비로운 존재야!"

13.
보릿고개

"마, 비가 억수로 퍼붓네. 보소, 아지메(아주머니)는 오늘 장사는 틀린 것 가튼게(같으니까) 아예 장사는 접고 나랑 같이 술이나 마입시더. 술값실랑(술값은) 걱정 말고 내가 다 살 터이니 그저 술동무해서 마이(마셔)만 주이소."

"이봐 장 씨, 나이 그만큼 먹었으면 살림 차릴 생각도 해야지 언제까지 늙다리 총각으로 혼자 살 거야."

"이 아지메가 지금 내 걱정해 주는 기요. 과부 홀애비(혼자 사는 남자) 걱정 다 하구. 자다가 봉창(창문) 두드리고 사돈 남 말 하고 앉았네. 그래 아지메는 그새 누구하고 연이라도 맺은 기요?"

"내사 한 번 갔다 왔으니 이젠 시집이라면 도리가 떨리고 진절머리가 나지만 장 씨는 그래도 여자 맛도 못 본 숫총각이니 내가 인생 선배로서 한마디 충고하는데 얌전케 들을 것이지 어다 대고 인간 모욕을 줘? 과부가 뭐야 과부?"

"허허, 이것 보소. 다 같이 늙어 가는 세상에 그깟 말 한마디에 토라져 베알이 꼬이면 여태껏 장사는 어떻게 했나 몰라. 그러지 마소, 마. 비 오는 날 술이 당길 터이니 술이나 주소. 안주는 마른 오징어나 황태로, 차라리 두 가지 다 주소."

둘 사이에 술잔이 오가고 권커니 자커니 하다 보니 어느새 술기운이 오르기 시작하였다.

"참, 장 씨. 갑자기 오줌 마려워 생각난 말인데 언젠가 술 먹고 오다 아무도 없다고 노상 방뇨하다 경찰에 잡혀 파출소까지 끌려가 망신당했다며."

"허, 똥 묻은 개가 겨 묻은 개 숭 본다고 내사 남자니 그래도 쪼깨(조금) 괜찮지만 아지메사 벌써 잊었능교? 몇 해 전이더라? 그 왜 어느 여름날, 이도령길 남원상가 앞에서 비가 오늘같이 억수로 퍼부어 대는데 길바닥에 가로 큰대자로 쭉 뻗어 가이고 누워서 덥다고 웃통을 홀딱 벗어 던지고 난동을 부리는 바람에 남자 경찰들은 민망해서 손도 못 쓰고 머뭇거리는데 지나가던 여자 행인들이 고맙게도 도와줘서 억지로 파출소까지 끌어다 놓으니, 글쎄 그 많은 남자 경찰 앞에서 파출소가 화장실인 줄 알고 바지를 까뒤집고 오줌을 설설 싸대니 나도 그때는 그 자리에 있은지라 그 꼴 참 보기도 안 좋고 입에 담기도 뭣 했는데 오늘 아지메 때문에 영광스럽게도 추억의 소환장을 받았구먼 그래."

"그게 뭐? 남자면 괜찮고 여자만 망신살인가? 망신이야 어차피 남자 여자 똑같지, 안 그래? 그러구 언제 또 경찰이래. 경찰도 괜찮은 직업인데 왜 경찰은 그만뒀어?"

"자격 미달이니 그만뒀지, 더 묻지 말아줘. 그런데 아지메는 그때 왜?"

"말이 났으니 하는 말인데, 그때 나는 참 제일 어렵고 힘든 고비 - 인생의 아리랑 고개를 넘고 있었지. 나는 몇 번이고 죽을 생각을 하고 아무 고통 없이 고이 자는 것처럼 죽겠다고 여러 가지로 죽을 방법을 선택하고 시도도 해 봤지만 죽는다는 것도 내 맘대로 안 되더구려. 이봐 장 씨, 그 나물에 그 밥이고 피차 일반이니 우리는 비긴 셈. 다시는 떠 올리기도, 입에 담기도 부끄러운 말 하지 않기다. 좋은 술 마시며 우리는 왜 남의 상처만 후벼 파고 있어. 술도 그냥 마시면 재미가 없으니 우리 내기나 해."

"무슨 내기를?" "글짓기를 해서 지는 사람 벌주 마시기."

"어, 그거 재미있겠는데…… 내기 규칙은?"

"규칙은 아주 간단해. 동일 단어 다섯 개로 한 문장 만들기."

"그라문, 아지메가 먼저 한 번 운을 떼 보소."

"그럼 내가 먼저 해. 잘 봐."

'사람이

사람 짓을 해야

사람이지

사람 짓을 못 하면

사람이 아니다.'

"어때?"

"그 정도는 나도 할 수 있지."

'나쁜 사람은

나쁜 짓을 해서

나쁜 놈이고

나쁜 놈은 벌을 받아야 마땅하고

나쁜 놈도 고치면 좋은 사람 되는 기라.'

"어때?"

"어, 정말 잘하는데. 그럼 나는 또."

'가을은 단풍의 계절

가을은 천고마비의 계절

가을은 수확의 계절

가을은 풍요롭고

가을은 상쾌해.'

"이건 가을 낙엽 끌어모아 놓은 낙엽 무더기 같아. 별이 다섯 개!
뭐, 가을이 다섯 개니 인정. 자 봐."

'소설 절기에

소설가가

소설을 쓰니

소설이 감천했나 하늘에선

소설을 뿌리네.'

"내 이럴 줄 알았어. 설(雪)과 설(說)은 완전히 다른 의미로 하나
는 눈 설 자고 다른 하나는 말씀 설 자인데 그걸 한데 묶으면 짬뽕
이지. 자, 벌주 마셔."

"보소, 아무렴 내가 그걸 몰라서 그러는 줄 아시오? 고지식하기

란. 내가 웃기려고 살짝 아재 개그 한번 써 봤지롱. 자 봐."

'비가 내린다 찬비가

비는

있으라고 이슬비

가라고 가랑비

피하라고 소낙비

창밖에는 안개비

조용히 내린다고 보슬비

한번 비가 내리니 끝없이 내리누나.'

"봐, 비가 몇 개야? 전부 아홉 개. 열 개도 만들 수 있어. 좋아, 벌주는 내가 마시리다. 그런데 이 놀음(노는 것)은 주흥(酒興)을 돋우는 데는 영 도움이 안 되니 우리 딴 거 합시다."

"뭘 할까? 묵찌빠?'

"사람들이 다 하는 삼행시라든가 묵찌빠는 재미가 없어."

"그러면 뭐, 노래? 거 왜 있잖아, 남자 가수 이름이 뭐더라? 이름이 입안에서 뱅뱅 돌면서 생각이 안 나네. 왜 그 있잖아, 눈 내리는 안동역에서 부른 그 사람."

"누꼬, 진성?"

"그래 맞아, 진성 씨. 그 왜 그분이 부른 노래 중에 보릿고개란 노래가 있지. 나 그 노래 참 좋아하거든. 장 씨는 그래도 핸드폰은 익숙할 터이니 어디 한번 검색해 찾아봐. 찾아서 한 곡 들려줘."

"거기사 어렵지 않지만, 눈물 짜고 콧물 흘리고 웃통 벗어 젖히고 주정 부리면 내사 감당이 안 됩니더. 그러지 말고 우리 설운도 씨의 트위스트나 틀면서 술도 깰 겸 겸사겸사 춤이나 한판 신나게 춥시다. 이런 날 비도 오고 마음도 울적할 때 슬픈 노래 들으면 더 슬퍼지는기라. 경쾌한 음악을 틀어놓고 땀이 흥건하니 옷이 푹 젖도록 뛰고 나면 스트레스 확 날아가 버리고 기분도 억수로 좋아지는기라. 안 그렇수?"

"아이고, 장 씨 맘대로 해 맘대루. 난 춤은 별룬데……."

"아지메도 참, 춤춘다고 무대에 나가 누구 보여 줄 것도 아니고 우리 둘뿐인데 팔다리 흔들고 몸 놀리면 춤이지 별난 게 춤인교. 거랑에(도랑에) 가재도 춤추는데 들판의 나비춤이 아니면 어떻고 강변의 수양버들이 아니면 어떻소. 두꺼비춤이라도 한번 멋지게 춰 보소."

그들이 한창 술에 취해 흥에 겨워 한참을 즐기는데 손님들이 들이닥쳤다. 참으로 의외였다. 썰물에 쫙 빠져나갔던 사람들이 밀물에 떼거리로 모여든다. 나갈 때는 슬금슬금 빠지더니 들어올 때는 무더기로 밀려든다. 적을 때는 수백 명, 많을 때는 수천 명, 도시는 아직 이 많고 많은 사람들을 받을 준비가 안 됐는데 갑작스러운 인구 증가로 하여 불편한 점이 한두가지가 아니다. 쌀, 채소, 육류, 생필품이 동나 물가 상승 압력이 이만저만이 아니다. 음식점이 많지 않으니 어디 가서 밥 한 끼 먹기도 힘들다. 비야 오든 말든 주린 배부터 채워야 한다. 돈을 가지고도 사 먹을 음식이 없어 배를 곯아야 한다. 지금은 찬물 한 바가지로 배 채우던 그때 그 옛날 그 시절의 보릿고개가 아니라 돈이 있어도 물건이 없어 못 먹는 또 다른 보릿고개의 시절이다. 좋은 날의 도래를 위한 과도기다.

'재관' 시장의 능력이 또다시 시험대에 올랐다. 이럴 때 공무원들이 눈치를 봐가며 빨리빨리 움직여 주고 문제를 해결해 나가야 하는데 모두가 빤히 시장 얼굴만 쳐다보고 있으니 속에서 열불이 난다. 사람 수 증가는 도시 재생의 노력에 의한 큰 성과라고 감히 말할 수는 있겠으나 갑자기 인구 증가로 인해 새로 생긴 불만은 공을 부정하고도 남음이 있다.

문제의 관건은 공급이므로 유통 업계 대표 회의를 소집하고 현재 이뤄지고 있는 공급 현황을 보고 받고 잠재해 있는 문제와 해결 방안을 모색하고 공급 물자 지표를 확정하였다. 회의 도중에 제기된 조류독감 병원균의 발생으로 공급이 달리게 된 계란 문제는 국내에서 해결이 정 어렵다면 국외 형제자매 시에 연락을 해서 지원을 받기로 하였다.

'재관' 씨는 위기의식을 감지했으나 그래도 제일 안심되는 것은 사람이 지금 아무리 많이 들어와도 주거 문제에서는 혼란이 생기지 않는다는 것이다. 다만 눈앞의 혼란은 먹거리와 일자리에서 생긴 문제이므로 모두가 안심할 수 있는 특단의 조치가 필요하다. 특히 먹거리는 유통의 문제도 문제지만 생산 기지 건설도 문제다. 주변 농민들의 스마트화 농업의 실태 파악과 구체적인 지도가 필요하며 어업인들의 애로점과 민심을 통찰할 필요도 있다. 목축업의 방역도 챙겨야 하고 지원도 필요하다. 혼자서 날고뛰는 재간이 있어도 다 잘 하기는 불가능하다. 철저한 분공, 분업, 책임 제가 필요하다. 간부들의 적극적인 동참을 이끌어내고 빠른 시간 내에 능력 있는 인제를 찾아야 한다.

터무니없는 자화자찬은 오만을 불러온다. 정말 인구 유입이 시의 재생 성과라고 오인한다면 그건 아주 잘못된 판단이다. 아무리 객관적 평가라 하여도 묵인하면 안 된다는 것도 덧붙여 강조하였다. 이상의 문제를 주제로 해서 류 비서에게 스케줄을 잡을 것과 당면한 우리 시의 주요 과업이란 제목으로 문서를 꾸미라고 지시하였다.

'재관' 시장의 일과 중 매일 한 사람 이상의 시민과 면담하는 것은 의무 조항이었다. 그런데 갑자기 시민들이 확 밀리고 업무량 증가로 이 의무 조항도 잠정 수정이 필요해졌다. 하루에 한 명 면담을 한 달에 한 명 면담으로 조정했으나 짬이 나는 대로 될 수 있는 한 많은 사람을 만나는 게 목표가 되었다. 정책은 나라에서 수립하겠지만 책략은 단체장의 몫이다. 시장은 흩어진 정보를 수집하고 과거의 경험을 종합해서 현존한 문제를 해결하며 장차 발생할 수 있는 불상사를 사전에 예견하고 대책을 강구해 방지해야 한다. 이것이 일선 지휘관의 책무다.

그는 오늘도 어김없이 민생 탐방에 나섰다. 오늘 만날 사람은 69번째 인물로 음식물 쓰레기 처리장의 지게차 기사로 일하고 있는 '오순학' 씨다. 세 식구의 맞벌이 가장이다. 서로 인사가 끝난 다음 최근 상황을 묻자, 오 씨는 말이 아니라고 한다. 무엇이 불만인지

물으니, 육아 문제가 제일 큰 문제란다. 자식이 부모보다 잘살길 바라는 건 세상 모든 부모의 맘이지만 맞벌이 부부다 보니 위탁 양육도 마뜩잖고, 명색이 부모인데 집에서 자식 키울 형편도 아니라서 자식 하나 못 키우는 부모가 그래도 부모라고 자식 낳은 게 부끄럽고 자식 키우는 일이 난감하다는 것이다. 그다음 문제는 무엇인지 물으니 주거 문제란다. 부모 잘 만나 부모 찬스가 있으면 집 걱정, 직장 걱정이야 있을 수 없지만 맞벌이 부부로 만나 악착같이 일을 하고 돈을 벌어 보지만 치솟는 집값을 도저히 따라갈 수가 없어 닭 쫓던 개 지붕 쳐다 보는 신세란다. 전에는 그래도 희망이라도 보였지만 정부 정책상 일자리 나눠 먹기로 2교대를 3교대로 만들어 놓으니 편하긴 한데 갑자기 맞벌이 부부 둘의 월수입이 백 오십이나 줄어버리니 도저히 치솟는 집값을 따라잡을 수 없다는 것이다. 물가 상승은 빠른 속도로 저 멀리 달아나 꿈을 붙잡을 생각은 고사하고 간격마저 좁히지 못하니 조바심만 나고 점점 지쳐 뒤처게 된다. 이제 눈에 보이는 건 희망이 아니라 낙망이라고 한다.

"그것뿐인 줄 아세요? 숙련공은 월급이 줄어 생계가 어렵다며 하루에도 몇 명씩 사표를 내고 공장을 떠나고, 새내기 일꾼들은 일명 맛보기 면접을 보러 왔다가는혀를 내두르며 가고, 사람들은 일꾼 모집 광고를 보고 괜찮은 직업인가 해서 찾아들 오지만 우리 일이 원래 먼지 많고 냄새나고 고된 일인데 매일 사람들이 들락날락하니 손도 안 맞고, 손이 안 맞으니 일은 더 힘들고 악순환이 반복되면서 나쁜 소문이 납니다. 이래저래 지원자도 끊기고 남은 인원으로 이전처럼 3교대는 놔두고 2교대로 편성하려 해도 인원이 모자라 사무실 인원까지 현장에 투입해 보지만 직원 수는 줄기만 하고 인원 보충이 안 되니 12시 맞교대가 아니라 윤번으로 24시, 36시까지 대체 근무를 해야 합니다. 체력은 고갈되어 한계에 부딪치고 환자가 늘어나니 생산은 부득이 멈춰지고 생산을 멈추니 월급이 없고 벌어 놓은 건 질병뿐이니 나도 웬만하면 끝까지 버티려고 맘먹지만 이제 더는 안 되겠다 싶어 직장을 그만둘까 생각 중입니다."

"아이구, 저런! 우리 생각에는 그래도 주 52시간 근무제를 하면 여유 시간에 문화생활도 누리고 일자리도 늘어나며 빈부 격차도 줄어 일거양득, 아니 일거삼득이 될 거라고 생각했는데, 특수 업종에 특수 상황도 생긴다는 걸 간과한 우리의 불찰도 크군요. 주 52시간 근무가 그럴진대 주 4일 근무제를 실행하면 또 다른 문제가 생기겠군요."

"전혀 그렇지도 않지요. 대기업이나 조건이 좋은 중소기업은 찬성할 수도 있을 겁니다. 그분들은 높은 임금을 받는 사람들이라 생산 인원의 증가는 회사 차원에서 경제적 효과가 크거든요."

"그건 또 무슨 말인지요?"

"예를 들어 2교대라 칩시다. 그러면 8시간은 기본 노동 시간이고 4시간은 잔업 수당을 줘야지요. 잔업은 두 배니 두 사람의 잔업 시간을 합하면 8시간이지만 보수는 4인 몫을 지불해야지요."

"오, 그러니까 두 사람이 할 일을 네 사람이 해도 된다 이 말씀이군요."

"그런 말이 아니라, 둘이 작업을 해 4인 수당을 챙길 수도 있고 둘이 하던 일을 3인이 맡아 할 수도 있지요. 작업량은 3인 분인데 이 3인분을 놓고 변수가 생기는 거지요."

"무슨 말인지 잘 알아들었습니다. 선생님 말대로라면 그건 주 4일 근무제가 아니지요. 그리고 주 4일 근무제를 실행하면 새로운 노동 계급이 생기겠네요. 귀족 노동 계급의 탄생은 빈부 격차를 심화시키고 불평등을 초래할 수도 있겠네요. 그건 그렇고 혹시 실례가 안 된다면 선생님의 전공을 물어봐도 되겠습니까?"

"저는 원래 고고학을 전공했습니다. 희귀 학문이고 지원자도 많지 않아 취업에 별 어려움이 없으리라 생각했습니다. 그러나 취업이 안 되자 나는 그때서야 이쪽 업종의 특성을 알게 되었지요. 고고학 직종은 문화재청 소속으로 종사자 대부분이 석사, 박사, 교수들이고 다른 업종에서는 정년퇴직이 있지만 이쪽 업종에서는 오래 할수록 경험이 많아지고 학식이 풍부해져 인정을 받습니다. 아름드리나무가 하늘을 덮고 있으니 제아무리 종자가 발아한들 땅을 뚫고 올라와야만 생명력을 과시할 수 있지만, 종자가 싹은 틔웠지만 너무 두꺼운 흙에 눌려 햇볕을 못 보면 그 속에서 썩고 말지요.

다시 말해서 정년 연장으로 인사적체(人事積滯)를 불러오지요. 어찌겠습니까? 움직여야 먹고 사는 세상에 아무 쓸모도 없는 졸업장만 매일 들여다보고 살 수야 없지 않겠습니까? 처음에는 그래도 혹시나 해서 찬란한 학력을 자기소개서에 써넣었더니 아무 곳에서도 받아 주는 데가 없어 학력을 지우고 고졸이라 썼더니 그래도 이 회사에서는 받아줘서 오늘 이날 이때까지 그래도 밥은 먹고 살았는데, 감사한 건 감사한 거고, 더는 견딜 수가 없어요. 회사에 대한 불만이라기보다 왜 사람들이 괜찮게 돌아가는 회사를 들쑤셔서 엉망진창으로 만들어 놓는지? 우리는 머리가 나빠서 그런지 도무지 이해할 수 없어요. 단체복을 입고 일사불란하게 움직이고 오직 상명하복의 군대식 명령만이 개혁인가요? 일자리 없다고요? 맞아요. 일자리는 많아요, 그런데 일을 할 수가 없어요. 일할 수 없는 일자리는 있어도 없는 것과 마찬가지예요. 죄송하지만 저는 오래 이야기할 시간이 없어요. 먹고 살려면 또다시 일자리를 찾아 나서야 하니까요. 제 입에서 좋은 말을 들으셨으면 시장님도 기분이 좋으실 텐데 안됐네요. 제가 아마도 고고학을 잘못 배웠나 봅니다. 역사는 진실을 말하는 것이니 보태지도 빼지도 말라는 교훈을 살려 있는 그대로 말했을 뿐입니다. 천성이 아부란 걸 모르고 살았으니 사는 것도 요 모양, 요 꼴인 게지요."

"우리 다음에 만나면 나쁜 얘기는 입에 봉하고 좋은 얘기나 합시다."

김 시장은 돌아오는 길에 세종 고등학교에 들렀다. 이 학교는 입학생이 없어 폐교 위기에 놓였다. 학생 없는 학교에서 선생들도 한가하다. 선생이 한가하다는 것은 빛 좋은 개살구! 허상이고 가상이다. 사실 선생들은 표면적으로 한가하고 조용한 것 같으나 이면은 무척 조급하다. 선생은 직업이고 먹고 사는 수단이다. 정말 폐교가 된다면 실직하게 되고 실직하면 생계 문제가 고민이 된다. 먹고 마시고 입고 살아야 한다. 살기 위해서는 몸부림쳐야 하고 몸부림엔 대가를 치러야 한다. 지금 내 한 몸 다 바쳐 이 위기의 학교를 구하겠다고 생각하는 사람은 아무도 없다. 모두가 날개 달아 멀리 멀리 날아갈 생각만 하고 있으나 아무에게나 날개가 주어지는 것도 아니다. 뜬구름만 쫓아 바람 잡는다.

그렇지 않아도 시장을 찾아가려 했는데, 오늘 마침 제 발로 걸어 들어왔으니 잘 됐다. 선생들이 시장을 둘러싸고 총 공격을 시작했다.

"학교가 요지경인데 시 교육청에서는 왜 우리의 건의를 묵살해 버립니까?"

'재관' 시장은 정면 해답을 피하고 빠르지도 늦지도 않게 조용히 입을 열었다.

"선생님들의 고충을 저는 이해합니다. 물론 폐교가 된다고 가정하면 몇몇 유능하고 사교 능력이 좋은 일부 선생님들은 전근이 되겠지요. 그러나 그건 필경 소수일 것입니다. 다수의 남은 선생님들은 어떻게 하실 생각입니까? 혹시 누가 생각해 둔 방법이라도 있으십니까? 우리가 생각하건대 폐교는 하수 중에 최하수지요. 우리가 왜 싸워 보지도 않고 도망부터 가야죠? 싸워 보지도 않고 꽁무니 뺄 생각을 하면 그건 구명이 아니라 너무 비겁한 짓이지요. 선생님들은 당연히 그 좋은 머리를 풀가동해서 어떻게 하면 학교를 살리고 나도 살 것인가를 궁리해야 하지 않나요?"

김 시장은 잠시 말을 멈추고 선생님들의 표정을 살핀 후 말을 이어간다.

"선생님들! 나갔던 사람들이 지금 돌아오는 것이 눈에 안 보인단 말씀인가요? 앞으로 학생 쟁탈전은 치열해질 것입니다. 학생들이 아무리 많아도 질 낮은 학교는 안 가려 할 것입니다. 우리 모두에게는 학생 시절이 있었고 우리에게 학창 시절이 있었기에 학생들이 뭘 바라는 것도 모두가 다 잘 알고 계실 겁니다. 뜬구름 잡지 말고 지금은 휴식이 아니라 재정비 기회라 여기고 차분히 잘 준비하셔서 앞으로 돌아오는 학생들의 요구에 잘 부응해서 단 한 명의 낙오자도 없길 진심으로 바라는 바입니다. 이유 여하 불문하고 어떤 원인이든 학생들의 선택을 받지 못하면 그때 가선 누굴 원망할 생각은 마시고 조용히 교단을 떠나시는 게 현명한 선택일 것입니다. 떡 줄 사람은 꿈도 안 꾸는데 김칫국부터 마신다고 학생도 없는 텅 빈 학교에 시장이란 사람이 갑자기 나타나서 공갈 협박한다고 못 마땅히 여기는 선생님들도 계실 텐데, 체면치레한다고 목구멍까지 올라온 말을 삼키지 말고 우리 허심탄회하게 터놓고 속 시원히 이야기해 봅시다."

교감 선생이 기다렸다는 듯이 이야기를 쏟아낸다.

"시장님은 우리 학교가 질이 낮아서 폐교 위기에 놓였다고 생각하십니까? 나름대로 우리는 우리대로 괜찮은 학교라고 자부심을 간직하고 있습니다. 그런데 문제는 교육 시스템의 문제지요. 대한민국의 학생치고 누가 서울대나 서울에 있는 대학에 가야 출세한다는 걸 모르는 사람 누가 있습니까? 대세지요. 돈 많고 똑똑한 사람들은 미국으로 쏠리고 대한민국의 인재들은 서울에 모이지요. 서울은 젊은이들의 로망이지요. 누가 이렇게 만들고 싶어도 억지로는 안 되지만 흐름은 막을 수가 없지요. 여기에는 오랫동안 정치, 경제, 문화, 관습, 환경……등등 모든 여건이 이렇게 만들어 버렸지요. 똑같은 직급에 똑같은 일을 해도 사람들의 눈에는 똑같지 않지요. 한 사람의 관념을 고치기는 쉽지만, 관습으로 집단화된 세력을 고치기란 여간 어려운 게 아닙니다. 세종시를 보십시오. 행정수도 이전이란 프로젝트로 지방을 살리려고 시도는 하지만 좀처럼 살아나지 않고 있지요. 서울을 흙째로 떠다 옮겨 놓아도 사람들은 서울을 잊지 못할 것입니다. 정이라는 게 얽혀 있으니까요. 제 말이 틀렸습니까?"

"선생님의 말씀에 전적으로 공감합니다. 현실의 문제를 직시하지 않는다면 답이 없지요. 간단한 실례로 우리 앞에는 강이 있고 강을 건너는 것이 우리의 목표라면 강 위에 놓인 다리나 배는 강을 건너는 수단이 되겠지요. 그런데 다리도 없고 배도 없습니다. 그럼, 우리는 강을 건너겠다는 생각을 단념하든지 아니면 다른 방법을 고안해 내야 목적을 이룰 수 있을 것입니다. 포기는 쉽지요, 그에 따른 대가는 클 것입니다. 목적을 달성한다면 목적을 달성하는 과정은 어렵지만 우리는 행복해질 것입니다. 선택은 선생님들의 몫이고 올바른 선택을 해 주실 것을 바라는 것 또한 저의 마음입니다."

"시장님께서는 아주 적합한 예로 우리를 설득하고 계십니다. 맞는 말씀입니다. 그러나 우리도 노력을 안 한 게 아닙니다. 우리는 아이들의 흥미를 끌기 위해 서울 학교에서 찾아볼 수 없는 인기 과목도 신설해서 가르치고 학교 교실도 새롭게 디자인하고 교내외 환경도 바꾸어 봤지만, 서울이라는 블랙홀을 막을 수는 없었습니다. 지금 나갔던 사람들이 돌아오고 있습니다. 그들이 돌아온다고 학생들이 돌아온다는 보장은 없습니다. 그들은 지금 희망이라는 블랙홀에 빠져 돌아오고 있지만 30만이란 많다면 많고 적다면 적은 수치입니다. 인구 백만 도시에 이제 겨우 30만이 들어왔는데 생필품이 동나고 식량 공급이 안 돼 차를 몰고 가까운 장터로 쫓아다니고 일자리가 없어 백수가 된 사람 또 얼마인가요? 일자리를 잃어 일자리를 찾아 나갔던 사람, 일자리를 못 찾으면 또다시 나가지 말란 법은 없지요. 시장님이야말로 뼈아픈 교훈을 잊어서야 되겠습니까? 시장님께선 현실을 직시한다고 하셨는데 현재에 만족하십니까?"

"그럴 리가요. 사람의 욕심은 끝이 없습니다. 제가 꿈꾸는 도시는 사람마다 일자리가 있고, 같은 직종 사람들의 노임은 다른 도시 사람보다 많이 받고, 물건값은 안정되고 싸고, 사람마다 즐겁고 행복하고, 누구나 한번 와 살아보고 싶어 하는 도시, 세계에서 으뜸가는 도시를 만드는 게 제 꿈이지요. 여러분들의 지지가 있다면 반드시 이루어 낼 것입니다."

"듣자니 가정 불화설이 있던데 좀 여쭤봐도 되겠습니까?"

"가정사를 들어줄 사람이 있다니 영광입니다. 우리 가정은 아무 문제가 없습니다. 제 아내는 과학자입니다. 아내는 자신의 직업을 나를 사랑하는 것과 함께 무척 사랑합니다. 남녀는 평등합니다. 서로를 존중하며 서로를 사랑합니다. 다만 요즘 풀기 어려운 숙제 때문에 고민 중입니다. 숙제는 정말 어렵습니다. 선생님들 숙제 안 해온다고 학생들 너무 다그치지 마십시오. 우리 다 같이 한번 문제를 풀어 볼까요? 문제는 간단하면서 복잡합니다. 자, 숙제 문제 나갑니다."

'남편은 김씨 가문의 33대 종손인데 외아들을 하나 뒀습니다. 어느 날 아내가 아들 성씨를 자기 성씨로 고치고 친정 족보에 올리자고 합니다. 호적이나 족보는 남편 쪽에 올려야 할까요? 아니면 아내 쪽에 올리는 게 맞나요? 이 문제에 정답이 있기는 있는 건가요?'

"오늘은 이만하겠습니다. 정답을 알고 있으신 분은 전화로 연락을 주십시오. 부탁드립니다. 우리 언제 한번 다시 만나서 잘 이야기해 봅시다."

14.
풋병아리

모교에서 동창회를 개최한다는 통지가 왔다. 대학 동창회는 자주 가 봤어도 초등학교 동창회는 이번이 처음이다. 몹시 가슴이 설렌다. 많은 세월이 흘렀다. 유년 시절 내가 꼬마대장 할 때 그때의 나의 병졸들은 지금 어떤 모습일까? 선생님들은 다 잘 계시겠지?

학교는 의외로 썰렁하다. 개교 70주년이면 TV에서 보듯이 유명 가수들을 초청해 콘서트도 열고, 졸업한 동문들이 수천 명에 달할 것이나 사정상 다는 못 와도 1/3만 와도 수백 명으로 시끌벅적할 터인데 참가자는 겨우 30~40명에 불과하다. 선생님들 역시나 그때 그 시절의 선생님들은 다 어디로 가고 대부분은 모르는 선생님들이다. 안면 있는 선생님은 단 두 분만 남으셨는데 한 분은 그때 처음 오셔서 4학년 담임을 하셨다가 요즘 승진해서 교감 선생님이 되신 분이고 다른 한 분은 그때 우리 졸업반 담임을 하셨던 '방송학' 선생님이다. 방 선생님은 지난해 은퇴하시고 학교 당직을 맡아 이미 학교 편제에서는 제외됐지만 몇몇 제자 동문이 온다는 소식에 제자들이 보고파서 나오셨다. 학교는 이미 쇠락하여 폐교 위기란다.

우리가 중학 시험을 마치자, 방 선생님은 우리에게 '풋병아리'란 제목으로 평생 잊지 못할 명 이야기 하나를 들려주셨다. 이야기 전문은 아래와 같다.

이제 오늘부로 너희들은 이 학교를 떠나게 된다. 나는 오늘 너희들과 헤어지기가 무척 섭섭하고 애달프다. 그래서 오늘 나는 마지막으로 너희들에게 이야기 하나를 선물하려 한다. 이야기 제목을 '풋병아리'로 하겠다.

우리가 보통 '풋' 자를 사용하면 덜 여문 곡식이나 미숙한 것을 의미하는데, 예를 들면 풋고추, 풋나물, 풋강냉이, 풋내기, 풋풋한 사랑……. 병아리에는 보통 쓰이지 않는 단어다. 그런데 오늘 내가 이런 단어를 사용하는 것은 햇병아리, 중병아리, 어떤 단어를 사용해도 적성에 맞지 않아 부득이 풋병아리란 단어를 사용하게 되었다.

너희들이 이 학교에 처음 입학했을 때는 갓 부화한 햇병아리 같았다. 그러나 한 해, 두 해, 해가 지나면서 너희들은 많은 것을 배웠다. 이제는 어엿한 풋병아리가 되어 회를 치며 중학교, 고등학교, 대학교로 날아 올라갈 것이다. 그러나 사람의 배움에는 끝이 없다. 팔십 노인도 배울 게 있고 또 배운다. 나는 너희들이 대학 가는 모습보다도 너희들이 시집 장가를 가서 자식을 둔 그때의 모습을 보고 싶구나. 너희들 중에 혹시 선생님이 도를 넘는다고 생각할지도 모르나 시집 장가도 인생의 한 부분이라는 걸 너희들이 어리다고 피해 갈 것이 아니라 직시해야 한다. 여기에서 직시는 똑바로 바라보란 말의 줄인 말이다.

선생님은 여기에서 잠시 말씀을 멈췄다. 반 학생들 하나하나 훑어보시는 선생님의 눈에서는 이슬이 맺혔다. 선생님께선 약간 떨리는 목소리로 이야기를 이어 갔다.

병아리는 어미 품에서 자란다. 그러나 언제까지 병아리로 살 수는 없다. 닭이 되어야 한다. 너희들은 지금 닭이 되는 과정에 있다. 너희들이 닭이 되는 과정은 때론 순조롭고 때론 치열하고 때론 험난하다. 이 이야기는 내가 몸소 체험한 경험담이니 혹시 너희들의 성장에 보탬이 될까 해서 하는 얘기다.

선생님이 초등학교 졸업 때 얘긴데 우리 담임 선생님의 제의로 우리는 십 년 후 아무 날 아무 시에 학교에 와서 단 한 사람도 빠짐없이 동기 동창회를 열기로 약속하고 헤어졌다.

십 년이란 세월은 길기도 길고 파란만장하다. 사는 게 바쁘니 잊고 사는 사람도 있을 것 같아 미리 저마다 독특한 방법으로 그날을 기억하도록 조치해 두었다.

드디어 그날이 왔다. 어깨에 견장을 단 군관도, 목에 카메라를 건 기자도, 변호사, 의사, 회사 직원도 있었고 자영업자, 농민 등 그 직업군도 다양했다. 공통점이라면 거의 모두 대학을 졸업했다는 점이다. 선생으로서는 매우 만족해했다. 제자들 모두가 다 그 정도라면 성공했는데 선생으로서 기뻐하지 않을 이유가 없다. 다만 아직 모두가 다 온 것은 아니어서 남은 제자들이 걱정이 되었다. 셋은 아예 연락 두절이고 둘은 올 것 같긴 한데 많이 늦는다. 약속된 시간은 벌써 한 시간도 더 지났는데 아직 소식이 없다.

선생님은 그때 이미 사범을 졸업하고 모교에 와 교편을 잡고 있었기에 동기 동창회는 내가 진행을 맡았다. 내가 교단에 올라서 막 시작하려고 하던 찰나, 한 사람이 아이를 등에다 업고 숨을 헐레벌떡거리며 교실로 뛰어 들어왔다. 만나서 반가운 것보다 너무도 뜻밖의 광경이라 모두가 할 말을 잃었다. 멈춤도 잠시 모두가 하나 같이 옆에서 누구는 어린애를 받아 내리고 누구는 마실 물을 떠다 주기도 하면서 한참 부산을 떨고 나서야 안정을 찾았다.

그가 바로 '남궁혁'이다. 초등학교 시절에는 누구도 그의 성적을 따라갈 수 없었는데 중학교 때부터 성적이 차츰 떨어지기 시작하더니 고등학교 때는 겨우 졸업장을 받아가는 정도였다. 초등학교 시절에는 부모님이 건재해서 가정에 별 어려움이 없었으나 중학교 시절에 차 사고로 부모님 모두 돌아가시고 일가친척 없이 홀로 남은 그로서는 몽땅 생계를 혼자 책임지며 살아가는 방법을 터득해야 하였다. 얼마 전에는 베트남에 가서 베트남 여자와 결혼해 가정을 이루긴 했으나 가난이 무슨 죄라고 마누라는 낳은 지 몇 달 안된 자식을 남겨 두고 집을 나갔다. 애를 업고 동창회에 온 것도, 누가 애를 봐줄 사람도 없고 자신의 처지 또한 너무나 초라해서 몇번이고 단념할까 생각도 해 봤지만, 약속은 어디까지나 약속인 만큼 체면치레하지 않고 이렇게 늦게나마 오게 되어 몹시 미안하고 죄송하다는 말을 덧붙였다.

모두가 잘 왔다고 박수로 격려해 주었다.

기다리던 사람 중 마지막 한 사람마저 도착하였다. 그는 우리 반의 반장이었던 '도정해'다. 그는 중학교 일 학년에서 중퇴하고 지금껏 고향에서 소를 먹이고 있는 목동이다. 사람들 말로는 사람과 사람은 비교하면 안 된다고 한다. 그러나 어쩔 수 없이 비교하게 된다. 여기에 모인 사람들은 어쩌면 '도정해'를 빼고는 하나 같이 방금 솥에서 쪄낸 찐빵 모양 희고 멀쑥하다. 볕에 그을려 검붉은 얼굴, 까칠해진 손, 거친 목소리, 거기다 입은 옷은 비교도 안 된다. 도정해는 신분 차이로 주눅이 들 만도 한데 주눅은 고사하고 너무나도 당당하였다. 내가 회의를 진행할 새도 없이 그가 옛날의 반장 자리를 꿰차고 회의를 진행해 나간다.

할 일을 빼앗긴 나는 하는 수 없이 한쪽으로 물러나긴 했지만 속으로 불만은 이루 다 말할 수 없었다.

아니, 나는 적어도 사범대학을 나왔고 지금은 모교에서 교편을 잡아 소위 말해서 선생인데, 이렇게 무례하게 사람을 막무가내로 괄시를 하면 쓰나 싶었는데, 앉은 차례대로 그동안 보고 듣고 배운 재미나는 이야기를 할 차례에 '정해'의 이력을 듣는 순간 나는 그만 절로 고개가 숙여졌다.

'정해'는 중학교에서 중퇴는 했지만, 단 한시도 책을 손에서 놓은 적이 없다. 검정고시를 준비해 온 것도 아니었다. 그는 오직 소 공부만 하였다. 어떻게 하면 소를 잘 먹일 것인가? 소는 어떤 병을 주로 앓고 있고 어떤 치료 방법이 있는가? 소를 살찌우는 방법, 소

육질을 개선하는 방법, 소 방역, 소 사료의 배합, 소 배설물의 종합 이용…… 등등. 그는 소에 대한 전문 지식을 습득해 실천한 결과를 책을 펴내 목축 업계의 인증을 받은 명실상부한 소 박사였다.

선생님은 지금도 이따금 그때 일을 생각하며 눈시울을 붉힌다. 선생님이 너희에게 부탁 하나 하자. 대학은 갈 수만 있으면 가야 한다. 대학 갈 형편이 못 되면 사회에서도 배움의 끈을 놓지 말아야 한다. 사람은 외모나 일시적인 느낌으로 평가해서는 절대 안 된다. 초등학교, 중학교에서 공부를 잘 했다고 다 대학생이 되는 것도 아니고, 사람이 외모가 단정하다고 지성도 꼭 아름답다는 보장은 없다. 너희들이 이 다음 사회에 나가게 되면 선입견으로 사람을 보지 말고 냉철하게 사람의 마음을 읽으려고 노력할 것을 부탁한다. 내 이야기는 여기서 마무리를 짓겠다. 행복이란 딴 게 없다. 잘 살면 행복이고 내가 하고 싶은 일을 하면 행복한 것이다. 꼭 상급 학교에 가야만 행복한 것도 아니다. 잘 가라, 우리의 용사들!

선생님은 '재관' 씨를 붙들고 정에 겨워 좀처럼 놓아 줄 기미를 보이지 않는다. 교감 선생님이 다가오자, 이 친구는 이십 년 전의 내 학생이라고 자부심이 넘쳐 당당하게 소개한다. 교감 선생님은 잘 기억나지 않는다고 한다.

그러자 선생님은 코미디란 말로 교감 선생님의 기억을 자극한다.

그러자 교감 선생님은 생각난 듯한 표정을 지으며 말했다.

"수업 시간에 십 분이나 십오 분쯤은 웃음으로 '재관' 학생에게 시간 할당을 해 줘야 수업을 진행할 수 있던 그 학생, 그래 맞아. 학교에서는 일찌감치 애는 크면 코미디 감이라고 점찍었는데 결국에는 코미디에는 어울리지 않는 생뚱맞은 의사가 되었다지? 많이 변했지? 학교도 변하고 선생도 변하고 학생도 변하고. 세월이 가니 안 변하는 게 없구나."

'코미디' 소리에 선생님들과 학생들이 모여들었다. 무슨 연예인이 온 줄 아는 모양이다. 모인 사람 중에는 기자 '왕봉래' 씨도 섞여 있었다. 선생님께선 자리를 양보하고 아쉬운 듯 자리를 떠나셨다. 머리가 희고 등이 약간 구부정한 선생님이 할 말을 못다 하고 아쉽게 떠나는 그 광경을 바라보니 이제 막 가을걷이가 끝난 황량한 들판에서 해 떨어지는 석양에 앞장선 코치의 인솔하에 사람인 자를 그리며 줄지어 남으로 나는 기러기를 그린 한 폭의 수채화를 보는 듯 쓸쓸하고 슬펐다. 쫓아가서 선생님을 안아주고 싶은 충동을 느꼈으나 사람들에 둘러싸여 몸을 뺄 수가 없었다.

기자 '왕봉래' 씨는 성격이 호방하고 붙임성이 좋을 뿐 아니라 민첩성, 기동성, 뉴스 포착 능력이 탁월해 용케도 그 많은 사람 속에서도 '재관' 씨를 빼낼 수 있었다.

"선배, 우리 어디 조용한 곳에 가 이야기나 좀 할까요?"

"아까 포위를 풀어 준 건 감사하지만 단둘이서 할 이야기는 별로 없는 것 같은데…"

"세상에, 기자들은 인터뷰만 해서 먹고사는 줄 아세요? 겁내지 말아요. 그래도 우리는 한때 동창이고 오랜만에 만났는데 세상만

사, 사람 사는 이야기나 좀 해보고 싶은데 시간이나 좀 내주시죠."

"아주 노련한 낚시꾼이로군. 그러다 미끼를 물면 가차 없이 낚아채겠지?"

"그럴 리가요. 선배야 겁 많은 피라미 족이니 미끼만 빼 물고 달아나 버리겠지요."

"사람 참, 넉살도 좋아."

"선배도 뒤지진 않네요. 언제까지 이렇게 입씨름만 할 거예요?"

둘은 대강당에서 나와 운동장 가장자리에 심어놓은 나무밑에 만들어 놓은 나무 의자에 나란히 앉았다.

"세월 참 빠르네요. 술래잡기 놀이 하다 단지 그릇 깨 먹고 한껏 겁먹고 엉엉 울던 울보가 커서 버젓한 시장이 됐네요."

"그러면 임자는 순득이?"

"네, 맞아요. 순득이."

"야, 오랜만이다. 반갑다. 몰라보게 변했구나. 그때 옹기 깨고 내가 민망해서 우니, 순득이는 밥알을 가져다주면서 밥알로 깨진 옹기를 붙이라고 했지. 지금 생각하면 유치해도 그때는 정말 정말로 고마웠어. 그런데 이름은? 언제 이름을 고쳤어?"

"기자가 된 다음에 사람들이 너무 순둥이라 놀려서 고쳐버렸지요."

"그리고 보니 우리는 동년의 추억도 공유하고 있었네. 몰라봐서 미안해."

"아니요. 남자들은 잘 안 변하나 봐요. 나는 한눈에 오빠를 알아봤는데….”

“글쎄다.”

“참 요즘 같은 선거철에 오빠 정치 성향은? 보수? 진보?”

“또 시작이다. 누구 기자 아니랄까 봐. 두 마디 안쪽에 이빨을 드러내는군. 나는 보수도 진보도 아니야.”

“그러면 중도?”

“중도도 아니야.”

“보수도 진보도 중도도 아니면, 그러면 뭐예요?”

“내가 생각하는 건 영원한 보수도 영원한 진보도 영원한 중도도 없다는 것이야. 소위 정치한다는 사람들이 권력을 장악하려고 유권자들을 농락하고 있어. 편을 갈라놓고 자기는 영원한 진보라면서 구태 정치를 그대로 옮겨 놓고 속은 그대로, 겉에 옷만 바뀌면 진보고 그러다 형세가 불리하다 싶으면 변색조마냥 보수 옷을 갈아입고 나서면 보수가 되는 거야. 정치는 개념도 신념도 없이 사기를 치고 있어. 나도 이젠 오염이 되어 뭐가 옳고 뭐가 그른지? 시시비비도 가릴 여력이 없어. 마치 중국의 루쉰이란 작가가 쓴 소설 〈아 Q 정전〉의 주인공, 영혼을 팔아먹은 아 Q가 된 기분이야.”

“나는 그래도 오빠가 낙천적이고 긍정적일 줄 알았는데 무척 비관적이네요.”

“긍정 낙천은 아니더라도 비관은 아니야. 희망이 없었다면 만경시 시장으로 가진 않았을 것이야. 나는 다 죽어 가는 도시를 살릴 수 있다는 신념으로, 자신감으로 만경시로 간 거야. 100% 만족은 아니더라도 성과도 좀 있고 배움도 많았고 아쉬움도 많았어. 내가 꿈꾸는 도시는 물가는 주변 시세보다 낮고 월급은 높고 누구나 자기가 살고 싶은 집에서 살고 행복 지수가 아주 높은, 세계에서 제일가서 한번 살아 보고 싶은 도시를 만드는 것이 나의 최종 목표야. 그런데 여기서 문제가 생겼어. 잘사는 사람을 많이 만들어서 못사는 사람들이 따라가게 할 것인가? 아니면 잘사는 사람들에게 양해를 구하고 못사는 사람들도 힘들더라도 함께 할 것인가? 갑자기 브레이크가 걸린 거야. 다시 말해서 제한된 돈을 몰아 쓸 것인가, 아니면 분산해서 쓸 것이냐에서 결단력이 필요하고 돈을 어떻게 쓰느냐에 따라 승부가 날 것 같은데 나는 아직 결론을 못 내리고 있어. 왜냐면 돈이 돈을 번다고 몰아 쓰면 효과는 빠르지만 민심은 잃게 되고, 돈을 나눠 쓰면 민심은 얻어도 속도가 느려지지. 집중 투자해 일자리를 만들고 많은 일자리로 부를 창조할 것인가? 아니면 임시 먹기 곶감이 달다고 눈앞의 이익만 바라보고 크게 인심을 써 복지를 늘릴 것이냐?가 문제인데, 순득이 아니 '봉래' 생각은 어때?"

"갑자기 질문하시니 어떻게 대답해야 할지 모르겠네요. 둘 다 나쁜 것 같진 않네요."

"내 그럴 줄 알았어! 답이 궁할 때는 물타기 작전이 제일이지."

"집에 아주머니는 잘 계시지요? 자제분은 몇이나 두셨나요?"

"아들 하나. 지금 미국에 유학 가 있어. 내 정신 좀 봐. 내 말만 말이라고, '봉래'도 가정은 이뤘겠지? 애들은 몇이나 됐어?"

"엎드려 절 받기네요. 빨리도 물어보시네. 저는 아직도 처녀인걸요. 누구 때문에 시집도 못 가 보고, 처녀 귀신 되게 생겼네요."

"아이코, 저런! 어느 몹쓸 놈이 우리 '봉래'를 이 지경으로 만들었어? 나한테 말해 내 가서 혼내줄게."

"됐네요. 나도 그놈을 만나면 분풀이하려고 단단히 벼르고 있었는데 정작 만나고 나니 어쩔 수가 없더군요. 자업자득이지요. 다 못난 나 때문이지요."

"봉래가 어때서? 인물 체격 좋지, 직업 좋지, 성격 좋지. 남자들이 줄을 서도 모자랄 판에 처녀 귀신이라니. 지금이라도 한 번 골라 보지, 그래."

"메뚜기도 한 철이라고 호시절 다 지나고 이젠 문풍지 우는 소리 들으며 온실에서 혹독한 겨울을 나야죠."

왕 기자는 김 시장과 헤어진 후 화장실로 뛰어 들어가 억울해서 펑펑 울었다. 생각하면 생각할수록 분하고 억울했다. 20년을 하루도 그르지 않고 짝사랑해 온 낭군님을 오늘 운 좋게 만났다. 내가 왜 가슴 졸이며 그토록 만남을 갈망했던가? 그 사람은 지나가는 바람이고 사막의 신기루이고 실체도 없는 물거품이었다. 내가 그 사람을 만나 뭘 어쩌겠단 말인가?

'나도 여자다. 나는 왜 단란한 가정을 꾸리고 귀여운 아들 딸을 낳고 누구의 아내로, 누구의 엄마로 행복하게 살면 안 된단 말인가? 누굴 탓하랴. 모든 건 내 잘못이다. 유치하기 짝이 없다. '재관'

이가 뭐라고. 쓸데없이 왜 남 집 앞을 자기나 다니고 그래. 그때 한 눈에 훅 가지 않았더라면 내 인생도 많이 달라졌을 텐데. 잘 난 척 하고 남의 혼을 빼가 내 인생을 요 모양 요 꼴로 초라하게 만들어 버렸으니 이 한을 어디다 풀꼬.'

'봉래'와 '재관'은 한마을에서 이웃해 살았다. 전에 수도 없이 '봉래'네 집 앞을 지나 다녔다. 아무 일도 없었다. 날이 가고 달이 가고 해가 가면서 그들도 어느새 커 갔다. 바로 그날 '봉래'는 창가에 앉아 〈몬테크리스토 백작〉이란 소설을 읽고 있었는데, 갑작스레 온 천지가 환해졌다. 대낮이니 환한 것은 당연하나 광채가 보통 때 와는 차원이 달랐다. 하도 이상해서 밖을 살피는데 저쪽에서 한 남학생이 더웠는지 웃옷을 왼팔에 걸치고 흰 옥양목 와이셔츠를 입고 이쪽으로 걸어 오는데, 그 기세에 눌렸는지 부는 바람도 멎고 나는 새 들도 자취를 감추었다. 백마 탄 왕자가 저를 향해 달려오고 있었다. 지켜보는 순간, 순득은 황홀했다. 심장이 목구멍으로 튀어나오는 줄 알았다.

그러나 그 만남이 마지막일 줄은 꿈에도 몰랐다. 그들은 인연이 아니다. '재관'은 모르는 일이었고 순득이만 소중히 간직하고 있었다. '재관'이 결혼 소식을 듣고 그는 얼마나 울었는지 모른다.

순득은 그 후 이성과의 만남에서 조건을 무척 까다롭게 따졌다. 모든 게 '재관'을 표준으로 단 한 가지라도 넘쳐도 모자라도 안 되었다. 결국에 그 뜻인즉 '재관'이 아니면 안 되었다. 어영부영 백마 탄 왕자가 나타나기를 기다리며 세월은 흘러 혼기를 놓치자, 소개들어오는 건 이혼남 아니면 상처하고 주렁주렁 자식을 둔 남자들이었다. 사랑이 없는 혼인은 불행하다. 사랑은 하늘에서 떨어지지도 않고 땅에서 솟아 나지도 않는다. 그때 솔직하게 생각을 얘기했으면 어땠을까 하는 아쉬움만 남는다.

사람들은 요즘 짝을 찾는 데 겁을 낸다. 전에는 안 그랬는데 요즘은 서로 사랑해서 만나놓고 살다가 갈라서면 상대방을 중상모략하거나 살해하는 고약한 버릇이 성행하고 있다. 남자가 여자를 죽이든 여자가 남자를 죽이든 모두가 잔인한 살인행위를 보인다. 법이 너무 무르다. 전에는 살다가 이혼만 해도 잔인하다 했었는데, 이제는 사람까지 죽이고 있으니 누가 간땡이 부어 감히 짝을 찾아 짝짓기하겠는가?

많은 사람이 우리나라가 인구 절벽이 되지 않을까 걱정을 한다. 그러나 걱정은 걱정일 뿐 구체적인 조치가 없다. 돈이면 만사 좋은 줄 안다. 그래서 애 하나 낳으면 장려금 얼마를 준단다. 돈을 주기만 하면 애를 낳을 것만 같다. 사람들은 사회의 불안 요소를 먼저 인식한다. 사회의 불안 요소가 해결 안 되면 근본 문제를 해결할 수가 없다. 저출산은 복합적인 문제 때문에 일어난다. 직업, 주거, 생활, 사회, 환경 등등 오랜 세월 누적된 폐단이 이렇게 근심거리를 만들었다.

문제의 심각성을 이해하고 불안 요소를 제거해야만 비로소 저출산 문제도 해결되는 것이다. 우선 자식이 있어 행복하다는 인식을 심어야 할 터이나 무자식 상팔자란-자식 무용론이 우위를 점하고 있으니, 이 난공불락의 고지를 어떻게 점령할 것인가를 연구해야 한다. 애지중지 키운 자식이 커서 출세를 하고, 자식이 효도하고, 자식이 행복을 물어온다면 누구도 자식을 마다할 리가 없다.

'요즘 애들 버릇없다.' 동네 어른들의 가르침도 어제 같은데 요즘 세월에 노인들의 그 말이 무슨 뜻인지 들어도 모르고 젊은이가 노인네 가르치려 드니 부모는 자식 출세 바라고 자식은 안 낳은 건만 못하니 요즘 세월을 무엇이라 평하리오.

어떤 사람은 그게 소수이고 편견이라고 말한다. 아무리 소수고 편견이라 해도 사람 머릿속의 불안 요소를 뽑아내지 않으면 잡초는 자라 농사를 망치려 들 것이다. 뭐니 뭐니 해도 산아(産兒) 제한 이전에는 애기를 많이 나았고 인구는 증가했다. 그때와 지금을 비교해 원인을 찾는다면 쉽게 찾을 수 있을 것이다.

15.
출생의 비밀

'재관' 씨는 나름대로 말은 이치에 맞게, 행동은 솔선수범하려고 노력은 하지만 빠져나오지 못하는 올가미에 걸리면 홍길동인들 무슨 수가 있으리오. 글쎄 유리씨 뿌리가 차 씨가 아니고 손 씨란다. 어이가 없다. 나도 모르는 일을 그대들은 어떻게 그렇게 잘 알고 있단 말인가? 그리고 마누라가 성이 차 씨면 어떻고 손 씨면 어떤가? 그 사람은 이 시의 시민도 아닌데 이게 만경시 시장 선거와 무슨 관계가 있는가?

구름 한 점 없는 맑은 하늘에서 비 퍼부을 리 없고, 심지도 않은 마른 땅에 곡식 날 일도 없다. 분명 떠도는 말에는 출처가 있는 법이다. 나도 모르는 무언가가 있기는 있는 모양이다. 알아보기는 알아봐야 하겠는데 마누라에게 묻기도 장인 장모에게 묻기도 참으로 난감하다. 그렇다고 선거철에 소문의 출처를 내리 훑는 것도 후보자의 도리가 아니다.

선거전은 치열하다. 조금만 허점이 보이면 바로 공격이 들어온다. 마누라의 출생 비밀은 상대방의 주공(主攻) 무기인 것 같은데 뭘 알아야 대비책을 세우지. 조바심은 나지만 마음만은 여유가 있다. 마누라는 범법자도 아니고 내가 알기로 처가 집도 문제가 없다. 저들이 아무리 떠들어 봐도 문제될 건 하나도 없다.

속담에 낮말은 새가 듣고 밤말은 쥐가 듣는다고, 제아무리 쉬쉬해 봐야 종이로 불은 못 싸듯이 얼마 못 가 말의 출처와 사건의 진상이 백일하에 드러났다.

부인 '차유리' 씨는 부 '차모철' 씨와 모 '여운계' 씨의 친딸이 아니다. 부모 입장에서는 입양아가 출생의 비밀을 몰랐으면 좋았을 텐데, 하지만 지금이 어떤 세상이라고 언제까지 모르게 할 수는 없었다. 차유리 씨는 초중 때 벌써 자기가 입양아라는 걸 알았다. 반의 몇몇 친구들마저도 알고 있다. 하지만 차유리 씨는 모르는 척하는 것이 자기에게 훨씬 유리하다는 걸 알고 있었기에 친구들에게 주의를 줘서 일절 발설하지 못하게 하였다. 부모도 양녀가 내색을 전혀 하지 않으니 억지로 밝힐 필요가 없었다.

'차모철' 씨와 '여운계' 씨는 대학에서 만나 서로 사랑하며 결혼했으나 결혼 후 3년이 가고 5년이 가도 슬하에 자식이 없었다. 그래서 좋다는 방법은 다 써보고, 산사에 가 불공도 드리고, 법당에 가 굿도 해 보았지만 모두가 허사였다. 남편보고 어디에 가 대리모를 사오든지 바람을 피워서라도 두꺼비 같은 아기 하나를 데려오라고 성화를 부렸으나 차모철 씨는 '애가 없으면 없는 대로 살면 되는 게지. 팔자에도 없는 애를 바라면 무엇 하나. 우리 둘이 살아도 재미있게 잘 살면 그만이지'라고 생각했다. 남편은 자식 생각이 없는 건지, 아내를 위해 위로하는 건지? 도무지 요지부동이다.

남편의 이런 행위가 한편으론 고마우면서도 한편으론 불안하다. 아내는 나이 먹어 갈수록 더더욱 아기를 갖고 싶은 욕망이 간절하다.

가질 수 없는 것을 바라는 것도 인간의 속성이다. 하물며 병원에 가 검사를 받아 봐도 남녀가 아무 문제가 없다는데 아무리 애를 써도 아기가 생기지 않으니 귀신 곡할 노릇이다. 아기들이 마당에서 떠들고 뛰노는 것만 보아도 욕심이 나 막 미칠 것 같다. 번연히 안 되는 줄 알면서도 어떻게, 뭐든지 해 보고 싶다. 여자로서 남들이 쉽게 할 수 있는 여자구실을 다 하지 못해 미안하고 여자로서, 엄마로서 자식에게 사랑을 나눠주지 못하는 것이 안타깝고, 그래서 더구나 갖고 싶은 욕망을 쉽게 포기할 수 없다. 자나 깨나 아기 생각뿐인데 남들은 너무나 쉬운 일인데 왜 나만은 아무리 용을 써도 안 되는지? 몇 번 상상 임신도 해 보았지만, 그 고통 또한 이만 저만이 아니다.

어느 날 해운사에 가 불공을 드리고 다녀온 바로 그날 밤에 생뚱맞은 꿈을 꾼다. '결혼 후 오늘 이날 이때까지 단 한 번도 남편과 함께 한강 변에 가서 둘이 산책이라고 해 본 적이 없는데 어떤 일인지 유별나게도 그날은 '한강' 변에 가 둘이 한가로이 저녁 산책을 하게 되었다. 싱그러운 강바람을 쏘이고 자연의 평온함을 감상하며 즐기고 있는데 멀리 강 중앙 깊은 곳에서 물기둥이 요동치며 오색으로 변하더니 난데없이 몸길이가 사람 키만한 붉은 잉어 한 마리가 불쑥 튀어 오르더니 천연덕스럽게 여자 품에 와 안긴다.' 깨고 보니 꿈이었다. 꿈보다 해몽이라고. 지성이면 감천이라더니 나의 불공이 하늘에 있는 옥황상제 마음을 움직여 그렇게 인색하던 하나님도 자비를 베풀어 나에게 태몽을 하사하나 보다라고 생각했다. 자는 남편을 깨워 꿈 얘기를 하고 방사(房事)를 재촉하였으나 남편은 오히려 성을 내면서 미신 같은 소리 믿지도 말라며 아내를 밀쳐 버린다.

밀려난 아내는 아주 귀중한 기회를 놓쳐버린 것이 안타까워 자는 남편을 미워하며 한 대 쥐어박고 싶어 주먹을 치켜들었지만, 그동안 해온 일들을 보면 측은한 마음이 들어 절로 주먹이 움츠러든다. 밤새 몸을 뒤척이며 아무리 생각해도 하도 꿈이 이상해 조만간 무슨 일이 벌어져도 벌어질 것만 같았다. 아니나 다를까. 이른 아침, 잠도 안 오고 해서 대문 밖에 나가보니 누가 어린애를 담요에 꽁꽁 싸서 문밖에 두고 갔다. 보아하니 간밤의 꿈이 공짜는 아닌 것 같다. 태몽인 줄 알았는데 그게 아니니 좀 섭섭하긴 해도 오매불망 바라오던 아기가 아니냐!

어린애를 안고 집에 들어와 담요를 헤쳐보니 아직 배꼽도 안 떨어졌는데 태어난 지 며칠 안 된 여자 아기였다. 그 안에는 글쪽지가 들어 있었다.

'짐승도 제 새끼 아끼고 사랑하는데 하물며 인간이 새끼를 버릴 맘을 먹었을 때 얼마나 가슴이 아프고 쓰리겠습니까? 그러나 오직 이 길만이 자식을 살릴 수 있는 길이라고 생각되어 염치 불구하고 자식의 운명을 부탁드립니다. 아기 이름은 짓지 않았고, 생년월일은 1976년 7월 16일 04시 12분.'

아내는 흥분을 감추지 못하고 자는 남편을 두드려 깨워 이른 아침에 아기 먹을 분유를 사 오라고 성화를 부린다.

"여보, 이른 아침에 어디 가서 분유를 사 오란 말이오. 분유는 아무 데서나 파는 줄 아오? 마트는 열 시나 돼야 문을 연단 말이오. 동네 마트에 신선 우유가 있기는 있는데 아기가 먹으면 설사가 날지도 모르니 집에 혹 찹쌀가루가 있으면 임시로 미숫가루를 만든다든가 아니면 쌀로 미음을 쒀 먹여봐요. 전에 보니까 외삼촌 아들, 내 외사촌 동생 '해용'이가 태어나서 8개월 만에 엄마 잃고 어머니가 거두는데 그렇게 하시더군."

남편은 글쪽지를 읽어보고 뭐 혹시 빠진 것이 없나 해서 어린애 입은 옷깃이며 담요 모서리까지 낱낱이 수색해 봐도 아무것도 없자 실망스러운 듯 탄식한다.

'하다못해 아기 이름이라도 하나 지어 놓지. 먼 훗날 제 뿌리나 찾을 수 있게.'

남편은 혼자 중얼거리며 GS 25시 마트에 젖병을 사러 갔다.

아기 엄마는 집 모퉁이에 숨어서 혹시 아기에게 무슨 변고라도 생길까 노심초사하며 가슴 졸이다 주인아주머니가 아기를 안고 집으로 들어가는 것을 확인하고 나서야 남의 눈을 피해 주위를 경계

하며 자리를 떴다.

아기 엄마는 미성년자다. 어린 나이에 어쩌다 임신하게 되어 무척 겁도 나고 당혹스러웠다. 애 아빠는 예순다섯이나 처먹은 이웃집 영감탱이로 전과자다. 전과자 하면 그 종류 또한 갖가지여서 어떤 죄목은 동정이 가지만 이 영감탱이는 죄질이 나쁘고 모두가 굵직굵직한 사건들이라 그의 평생을 감옥에서 살았다.

감옥이란 원래 사람을 교화해 새 사람으로 만들겠다는 취지에서 만들어진 것이나, 한번 감옥에 들어가 꼬리표가 붙으면 껍딱지 모양 달라붙어 뜯어 없애려 해도 뜯을 수도 없다.

감옥에서 나오면 부잣집의 도령님이나 아가씨들이야 부모 회사에 들어가 일하면 그만이고 근본 없는 미천한 인간들은 간혹 잘못된 판단으로 일시적인 충동으로 죄를 범했다 할지라도 누가 써 주는 사람도 없고 직장 구하기가 힘드니 돈 나올 구멍이 없다. 돈이 있어야 먹고 사는데 돈이 없으니 걱정뿐이고 밤낮 걱정해 봐야 누가 좋은 일자리는 주지도 않고, 험한 일은 하기 싫고, 죄짓는 길밖에 다른 길이 없다. 여러 번 감옥 문을 들락날락하면 이게 그 사람의 본성이 되고 본성이란 딱지가 붙으면 사람 축에도 못 낀다. 공자는 인지초 본성선(人之初 本性善)이라고 가르치거늘 유교의 나라에서도 이 명언만은 안 통하나 보다.

사람 축에도 못 끼는 인간이 살면 뭣하나. 손상래(孫 常來) 씨는 길가의 가로수 잎이 우수수 떨어지는 가을 진풍경을 바라보며 속이 무척 허전하다. 견물생심, 시 한 수 읊는다.

소슬한 가을바람에

낙엽은 지고,

봉황이 날개 접고

어둠이 깃들면,

유배길에 오른

상아 아씨의 광기인가,

황량한 벌판에

싸늘한 찬 빛만 뿌리네.

이래도 한세상, 저래도 한세상. 사람 사는 게 다 그렇다지만, 남들은 떵떵거리며 잘도 사는데 나만 왜 조석으로 끼니 걱정을 하며 두더지 모양 땅이나 파면서 얼굴 한번 못 내밀고 살아야 하나. 오늘따라 별로 먹은 것도 없는데, 어디다 처박을 구멍도 없는데, 왜 자꾸 밑에 그놈은 지랄같이 불끈불끈 요동을 쳐 대냐. 교도소 안에서는 이럴 때 슬그머니 화장실에 가 수음을 하면 시원도 하지만 왠지 오늘은 그 짓도 하기가 싫다. 그래, 맞아. 제일 처음 죄를 지을 때도 바로 이런 감정이었어. 비록 강간이라 할지라도 여자의 젖가슴도 만지고 입도 맞췄었지. 그 보들보들한 젖가슴, 달콤한 입술, 그리고 그 황홀. 추억은 아주 좋았어. 처음은 반항하다가 나중에는 내 허리를 껴안아 줬잖아. 그리고 이빨 없는 잇몸으로 잘근잘근 씹어 주는 그 쾌감. 그래 맞아, 우리는 강간이 아니라 화간이었어. 그년은 앙증맞아 처음에는 내숭을 떨었어도 나중에는 좋아했잖아. 그런데 나만 나쁜 놈이 되어 감옥에 갔었지. 그놈 계집애는 지금 어디에서 어떻게 살고 있는지? 궁금하네. 내 첫사랑인데 많이 보고 싶구나.

아니, 왜 이래 왜? 그 계집애 생각하니 밑의 놈도 좋은지 더 지랄이네. 너도 뭘 좀 기억하고는 있는 거야? 가만있어, 설치지 말고 점잖아야지. 자꾸 나부대면 못 써. 네놈이 자꾸 나부대면 나는 또 죄지어야 한단 말이야. 손 씨는 바지 호주머니에 손을 넣고 그놈을 움켜잡고 지긋이 잡아당겨 한쪽 사타구니 살에다 갖다 붙였다.

옳지, 저기 각시감 하나 온다. 내 주제에 언제 저런 훌륭한 각시를 얻어. 단 일 분이라도 내 소유가 된다면야 죽어도 여한이 없지?

"얘, 학교 갔다 이제 오는 길이니?"

"아니요. 할머니가 편찮아 병원 갔다 오는 길이에요."

"아이고, 네 고생이 많다. 그래, 할머니는 어디가 어떻게 편찮나?"

"의사 선생님 말씀으로는 비소 세포 폐암 말기랍니다."

"아이고 저런, 폐암 말기면 희망이 없단 말 아이가. 할머니야 연세가 많으니 그렇다 쳐도 네가 걱정이구나. 밥도 못 먹었지? 배고프지?"

"아니 괜찮아요. 이제 해 먹으면 돼요."

"너는 괜찮은지 몰라도 나는 안 괜찮다. 이웃이 좋다는 게 뭐냐. 한 집에 어려움이 있으면 여럿이 도와야지. 들어가자! 내 안 그래도 출출한 김에 치킨이나 시켜 먹을까 했는데 혼자 다 먹기가 부담스러워 주저하고 있었는데 잘됐다. 우리 둘이 치킨이나 시켜서 먹자."

치킨이 배달되자 영감탱이는 별로 먹지도 않고 자꾸 여자애에게 먹으라고 권하니 여자애는 감격해 목이 멘다.

어려운 시기에 누구 의지할 곳도 없는데 이렇게 살갑게 대해 주니 그 감격, 이루 말할 수가 없다. 며칠 잠도 설치고 밥때도 놓쳐 굶은 터라 아주 맛나게 먹고 콜라로 입가심도 하고 나니 한결 몸도 가뿐하다.

영감탱이는 호시탐탐 기회를 노리다가 여자애가 기지개를 켜는 틈을 타 몸을 날려 여자애를 다리 밑에 깔고 주섬주섬 여자애 옷을 벗기기 시작하였다.

여자애는 그때서야 상황 파악을 하고 제발 이러지 말아 달라고 애원했지만 무지막지하다. 여자애는 필사의 각오로 있는 힘을 다해 반항했다. 몸을 뺄 수만 있다면 빌어먹을 영감탱이를 죽이고 싶다. 그러나 오른팔은 이미 제 몸에 깔려 뺄 수도 없고 왼팔은 억센 남자 손에 제압당하고 움직일 수 있는 건 두 다리지만 아무리 바득거려도 발에 걸리는 게 없다. 이로 물어뜯고 싶어도 몸을 일으킬 수 없다. 쌍놈의 연장은 벌써 살을 비집고 몸속으로 파고들어 온다. 통증을 느끼면서 신음한다. 소녀는 이제 발악은 무의미하다는 것을 알지만 놈이 콩알만한 젖꼭지를 손으로 어루만지며 수염이 까칠까칠한 얼굴을 볼에 가져다 댈 때마다 온몸이 오싹하니 소름이 돋는다. 입에서 나는 담배 찐 내에 오장육부가 발칵 뒤집힌다. 역겨워서 토할 것 같다.

시간은 지루하게 흘러갔다. 드디어 놈은 맥이 빠졌는지 몸에서 떨어져 벌렁 나자빠졌다.

여자애는 몸속으로 파고드는 벌레를 한 마리도 남김없이 모조리 빼내고 싶어 화장실에 들어가 물로 씻어내리려고 애쓰나 그게 맘대로 되는 건 아니다. 먼저 사타구니에서 흘러내린 피를 씻고 옷을 벗고 목욕을 한 다음 옷을 갈아입은 여자애는 주방에서 손도끼를 꺼내 들고 방으로 들어와 누워 있는 놈의 대갈통을 향해 힘껏 내리찍었다.

여자의 힘이라도 악에 받쳐 내리쳤으므로 단번에 놈은 찍소리도 못하고 꿈틀하더니 쭉 뻗어버렸다. 피는 사방으로 튕겨 방안에서는 피비린내가 진동한다. 모든 일이 이것으로 끝나는 줄 알았는데 그게 아니었다.

소녀는 화장실에서 백번도 더 너 죽고 나 죽는 경위와 내가 실패했을 때의 죽음을 연상하였으나 정작 놈을 죽이고 나니 갑자기 자살은 용기가 나지 않으면서 억제할 수 없는 울분과 순간 다가온 겁에 질려, 한참을 오돌오돌 떨고 있다가 일은 이미 벌어진 일이니, 놈을 처리하기는 해야 하는데, 소녀 혼자 힘으로는 어림도 없다. 소녀는 떨리는 목소리로 내가 사람을 죽였노라고 경찰에다 자진 신고 전화를 하였다.

소녀의 신고로 경찰들이 오고 현장 검증이 끝나자 곧바로 그 자리에서 소녀를 체포했다.

이후 지루한 법정 공방이 지속되고 날이 가고 달이 가는 사이 차츰 여자애의 배도 불러와 이제 더는 인공 유산도 힘들어져 애가 애를 낳게 생겼다. 누가 봐도 이건 강간이고 자위인데 검사 쪽에서는 강간 당시의 자위적 행위가 아니라 관계 후 살인이므로 고의 살인죄가 성립된다는 말이다. 정의를 위해 쓰레기를 치웠는데 옥살이한다니 공평하지 않다.

할머니 임종도 못 보고 할머니 장례에 보석되어 장례를 치르고 나니 만삭이 된 몸을 가지고 수감 생활을 계속할 수가 없어 해산할 때까지 보석 신청을 하였다.

열여섯 나이에 혼자 빈집에서 그것도 커지는 배를 내려다보며 유혈이 낭자한 놈의 죽은 자리에서 잠을 자고 밥을 먹는다는 것이 곤혹이 아니라 고문이다. 하루빨리 끝내고 감옥으로 돌아가고 싶다.

혼자가 된 소녀는 두문불출하고 자나 깨나 근심 속에 수심은 깊어만 갔다. 배 속의 아기가 나오면 몸과 마음이 홀가분해질 것 같지만 그 이후도 문제다. 혼자 힘으로 아기를 어떻게 키운단 말인가? 아기의 장래는 또 어떻게 될 것인가? 아비는 전과자이고 어미는 살인자이니 자식의 장래도 생명을 부지한 인간일 뿐 쓰레기 인간으로 생활의 어려움은 불 보듯 뻔하다. 아무리 대한민국에서 인구 감소니 뭐니 해도 값없는 인구 하나가 는다고 득될 건 아무것도 없다. 짧은 보석 기간에 사회 초년생에게 던져진 숙제는 너무나도 복잡하다. 바짓가랑이를 붙잡고 늘어질 사람이라도 있으면 좋으련만 거리에는 많고 많은 사람이 오고 가지만 눈길 하나 주지 않고 누구에게 구원의 손길을 요청할 곳도 없다. 신문과 방송에 강간 살인으로 보도가 돼 아는 사람을 만나도 동정은커녕 침을 뱉고 돌아서기가 바쁘다.

통증이 시작된다. 처음에는 살살 배가 아프다가 시간이 갈수록 통증은 차츰 더 심해진다. 심한 통증 끝에 양수가 터진다. 그렇게 죽고 싶었으나 지금은 오히려 죽을까 봐 덜컥 겁이 난다. 몸에서 걸쭉한 물이 쏟아진다. 생전에 듣도 보도 못한 물이다. 뭐가 잘못되어 창자가 다 쏟아지는가 싶다. 갑자기 배가 아래로 처지면서 뭐가 항문과 요도를 막은 것 같이 무직하고 뻐근하다. 양수가 터지고도 하룻밤을 꼬박 통증으로 시달리다 새벽녘에서야 어린애가 머리를 내밀기 시작하고 머리가 나오고 나니 별로 힘들이지 않고도 어린애는 미끄러지듯 방바닥에 떨어졌다. 집에서 혼자 순산한 건 다행이나 어찌나 힘을 썼던지 온몸은 땀에 젖어 물병아리가 되었다. 어린애는 세상 구경을 나왔다고 목청껏 울음을 울었다. 태반이 나오자 소녀는 또다시 막연해졌다. 어린애를 보 위에 눕히고 탯줄을 잘라줘야 하는데 얼마를 남기고 어떻게 잘라야 하는지 난감하다. 본능적으로 맘 가는 대로 탯줄을 실로 양쪽을 잡아매고 중간을 자르고 배꼽에 물이 들어가지 못하게 깨끗한 가제 천으로 싸서 허리를 돌려 묶었다. 극도로 쇠진한 몸이지만 그냥 편히 누워 있을 수가 없어 일어나서 물을 끓여 아기 목욕을 시켰다. 그리고 저도 지저분한 것을 씻고 피 빨래는 지금 씻을 수 없으니 뭉쳐 치우고 방바닥은 너무 지저분하니 대충 닦았다.

아기는 먹겠다고 먹여 달라고 졸라 대지만 어미는 줄 것이 없다.

뭘 먹었어야 젖이라도 나오지? 남들은 돼지 발 족에 미역국에 산모는 특급 대우를 하지만 이 애 어미는 지금 누구 미역국 하나 끓여 줄 사람도 없다. 갑자기 눈에 눈물이 난다. 빈 젖꼭지를 물려 봐야 진짜이지만 아기는 가짜라고 거부한다. 후들거리는 다리가 야속해 아예 앉아서 쌀을 씻고 솥에 부어 미음을 쒔다. 정신없이 허둥대다 보니 아기 젖병 하나 준비 못 했다. 죽 물을 식혀 숟가락으로 떠먹였다. 모든 행동은 생각이 아니라 본능적이고 기계적이었다. 머릿속엔 온통 이제 다시 죽을 생각뿐이고 죽을 기회는 많았지만 죽지 못한 게 천만번 후회가 된다.

누가 말했던가? 자식은 부모를 선택할 수 없다고? 내 이제 너에게 부모를 선택할 권리를 주마. 너 아비는 내가 죽였고 너는 내 몸에서 태어났지만 너는 이제 다른 부모를 택해야 한다. 내가 그렇게 만들어 주마.

할머니가 여름에 덮고 주무시던 담요로 이름도 없는 애를 싸서 새벽녘에 문을 나서 잘사는 동네를 향해 급히 달려가 겉모습만 봐도 부자인 집을 골라 문 앞에다 내려놓고 주인집 동정을 살폈다.

골라도 제대로 골랐다. 아기 환장에 걸린 '여운계' 씨에게 걸렸으니 이건 로또에 당첨된 셈이다.

주인아주머니가 소리 없이 애를 안고 집으로 들어가자, 위탁은 성사된 줄 알고 마음 놓고 돌아갔다.

아무리 제 자식이라도 몇십 년을 못 보고 살았다면 지척에 있어도 알아보기 힘들다. 그러나 이 어미는 자식 앞에 나타나지는 않앉아도 항시 멀리서 지켜보고 있었다.

딸애 이름이 '유리'란 것도 알고 있었고 약혼 말이 오가고 신랑이 '재관'이라는 것도 알고 있었다. 잔치 날에는 부조도 하고 여러 사람 속에 섞여 축하도 하였었다.

비록 전통 혼례이긴 하나 누군가가 보내오는 이상야릇한 시선에 '차유리' 씨는 몹시 불쾌하고 불안했다. 차유리 씨가 시집에 가지 않으려는 이유도 바로 이 때문이나 차마 까놓고 누구에게 이야기할 처지도 못 되었다. 남편이 굳이 캐묻지 않는 것이 고맙지만 속 시원히 이야기 못 하는 나를 이해해 주는 것만으로도 빚을 진 듯 미안하다.

이 모든 말들은 농사지으려고 물막이를 해 놓았던 보 물이 갑자기 터지듯 40여 년의 긴 긴 세월, 파묻혀 있던 아픈 과거사가 용틀임하며 잠에서 깨어나자 모두가 놀랐다. 더더욱 놀란 건 '재관' 씨다. 가시집 부모님들이 너무나 잘해 주어 유리 씨가 입양아인지 모르고 결혼했다. 유리 씨 역시 입양아인 것을 조그마한 의심도 남기지 않았다. 가시집 부모님도 유리 부모가 누구인지는 모르고 살아왔다. 유리 씨도 자기가 입양아임을 알면서도 발설하지 않는 이유가 양부모 맘 상하게 하고 싶지 않아서였다. 최근에 와서는 키워 준 보답으로 아들을 친정 호적에 입적시킬 예산으로 남편을 설득 중이다. 물론 입적 문제는 남편이 동의해 주지 않을 거라는 걸 번연히 알면서도 양육에 대해 보답은 하고 싶었다. 차씨 가문에 대가 끊기는 게 싫었다.

우리나라 족보에는 통상 딸 이름은 안 올라도 사위 이름은 족보에 오른다. 따라서 아들 이름을 올리면 그만이다. 그는 이것이 양부모의 양육에 대한 효도라고 생각했다.

차모철 씨에게도 원래 아들이 하나 있었다. 차유리 씨를 입양하고 이태 만인가, '여운계' 씨가 갑자기 음식을 보면 구토하고 곡기를 끊은 지도 며칠 되어 혹 무슨 암에나 걸렸지 않았나 싶어 병원에 갔더니 산부인과에 가 보란다.

'유리' 하나를 얻었으면 됐다며 절에 가 부처님 모시는 일도 발길을 끊었다. 무당 찾아 요란하게 굿하는 것도, 성모 마리아나나 그리스도 성당에 가 기도하는 것도 일절 발길을 끊어 하느님과는 인연이 없는 것 같은데 임신이라니 믿기지 않는다. 그래도 혹시나 해서 산부인과에 갔더니 정말 임신이란다. 하나님만 영험한가 했더니 하나님 아니라도 임신하려니 어렵지 않게 임신이 된다. 유리 씨 부모는 유리 때문에 아들 '유찬'을 보게 되었다고 유리에 대한 극진한 사랑은 추호의 변함이 없었다.

이상한 건 다른 사람들의 시선이다. '차모철' 씨의 혈육이 아니라 '여운계' 씨의 불륜이나 아니면 무슨 씨도 모르는 시험관 아기일 것이라는 추측이다. 그도 그럴 것이 젊어서 임신이 안 되던 '여운계' 씨가 40이 넘어서 50을 바라보며 배속 아기를 가지게 되었기 때문이다.

한동안 남편인 차모철 씨도 의심을 안 한 건 아니나 남의 자식도 갖다 키우면서 여자의 불륜을 의심한다는 건 사리에 어긋난다. 본래 말수가 적고 말이 느리던 '차모철' 씨는 한결 더 말수가 적어지고 느려졌다.

'여운계' 씨 내외는 아들딸 둘을 남부럽지 않게 잘 키워냈다. 다른 사람은 몰라도 남편에겐 설명이 필요했다. 유전자 검사를 통해 모두의 말들은 근거 없는 말들이고 추측이고 당신이야말로 한 치의 거리낌도 없는 명실상부한 애 아빠라는 걸 증명해 보였다.

아들 '유찬'이 열일곱 되던 해 학교에서 강원도로 수학여행을 떠났었는데 학생들이 한창 썰매를 즐기고 있을 때 한 여학생이 그만 부주의로 얼음 숨구멍에 빠졌다. 모두가 어쩔 줄 몰라 쩔쩔매는데 평상시 학교 수영 선수로 이름난 '유찬'이 물의 온도를 생각할 겨를도 없이 급한 마음에 주저 없이 찬물 속으로 뛰어들었다. 뼈를 에는 찬물 속에 몸은 굳어 맘대로 따라 주지 않는다. 게다가 유속이 빨라 여학생은 얼음 속으로 떠내려가고 있었다. 주저할 여유가 없다. 재빨리 손이 가는 대로 여학생의 발을 잡아끌면서 한 손으론 얼음 변두리를 잡고 있는 힘을 다 썼지만, 얼음 변두리 얼음이 얇아 부서졌다. 그들은 또다시 얼음 속으로 떠내려갔다.

'유찬'은 이제 얼음 속에서 헤엄은 불가능하다는 걸 인식하고 다시 잠수해서 물 밑을 걸어서 어림잡아 얼음 구멍에 당도했다 싶을 때 여학생을 있는 힘을 다해 얼음 밖으로 치켜올렸다. 밖의 학생들이 물 밖으로 솟구치는 여학생을 당겨 올렸다. 그러나 불행하게도 '유찬'은 솟아오르지 못했다. 어머니 아버지는 그 일로 몰라보게 늙으셨다. 없던 병도 생겨 생활의 활력을 잃으셨다.

김 시장 마누라는 살인자의 딸이래. 에구구, 말만 들어도 끔찍해. 그래도 뭐 국가 과학원의 연구생이라나 뭐라나. 나라에 인재가 없으면 얼마나 없기에 살인자의 딸을, 전과자의 딸을 다 요직에다 모셔놓고 있어.

매번 이런 배후 의론을 들을 때마다 차유리 씨는 기가 죽었고 '재관' 씨는 풀이 죽었고 양부모님은 악에 받쳤다.

'우리 유리 몸에 비록 전과자, 살인자의 피가 흐르고 있다고 치자. 그러나 그 애는 우리 영혼이 담긴 착한 애다. 누가 뭐래도 유리는 우리 자식이다. 비록 우리 몸에서 태어나지는 않았어도 우리 정성을 먹고 한글을 배우고 구구단을 외우면서 커 갔고 누구처럼 백으로 대학에 간 게 아니라 제힘으로 제 노력으로 여기까지 왔는데 왜들 딴눈으로 사람을 보고 무모한 시비를 걸어오고 있어. 너희들 옛날 인도 영화 '유랑자'를 못 봤지. 법관이 도둑을 재판하면서 '밭에다 콩 심으면 콩이 나고 팥 심으면 팥이 난다. 콩 심어 팥이 날리가 없고 팥 심어 콩이 날 리가 없다. 네놈은 도둑의 아들이니 도둑을 면치 못한다. 경고 차원에서 너를 중형으로 처분한다'고 판결한다.

훗날 도둑이 형기를 마치고 석방되고 기회를 엿보다가 법관의 아들을 납치해 도둑질을 가르쳤다. 법관의 아들은 배운 게 도둑질이니 제법 도둑질을 잘 했다. 그러던 어느 날 큰 도둑은 이때가 기회라고 여겨 작은 도둑에게 은행을 털어오라 시켜놓고 슬그머니 법관에게 아무 날, 아무 시에 어느 은행을 도둑이 털 것이라 신고하였다. 아비가 도둑을 잡고 보니 아들이었다. 법관 아비가 도둑 아들을 붙잡았다.

도둑은 법관에게 다가가 콩 심으면 콩 나고 팥 심으면 팥이 난다더니 콩 심었는데 왜 팥이 났지? 당신 말대로 콩 심으면 콩이 나고 팥 심으면 팥이 난다는데 아들이 도둑이니 당신도 도둑이 아니오 라며 따져 물었다.

판사는 할 말을 잃고 과거의 실언에 대가를 치러야 했다.

이 이야기는 60∽70년 전의 인도 영화 '유랑자' 이야긴데 60∽70년이 지난 오늘, 그것도 대한민국에서 이런 이야기를 한다는 게 너무나도 수준 떨어진다. 출신의 문제가 아니라 교육의 문제다. 함부로 누가 감히 우리 유리를 살인자의 딸로 운운하면 그건 우리 늙은 노부부에 대한 모독이다. 우리는 절대 좌시하지 않겠다. 다시 한번 말하는데 이 애는 우리가 가슴으로 낳은 아이고 우리 정성으로 키운 애다. 그 애는 누가 뭐래도 우리 집 자식이다. 누가 함부로 입을 놀렸다간 주둥이를 문질러 버릴 테다.

이야기의 생명력은 끈질기다. 바람은 불다가도 자지만 자다가도 분다. 40년 전의 일이 그동안 잠잠하다가 터지니 그 파장이 어마어마한데 노인네들의 반발로 잠시나마 잔들 또다시 불씨가 살아나지 말라는 법은 없다. 서울의 이야기는 만경시로 옮아왔고 만경시의 이야기는 서울로 옮아간다. 발 없는 말이 천 리를 간다고 가림 막 없는 말은 고삐 풀린 말로, 자유자재로 아무 문틈으로도 스며들 수 있다.

이렇게 큰 사건이 터졌는데 아무렇지도 않다면 그건 거짓말이다. 차유리 씨는 요즘 큰 고민에 빠졌다. 원장의 훈시가 시시로 마음에 걸린다. 지금 밖에는 박사, 학사들이 수시로 이 자리를 넘보고 있다. 일주일, 이 짧은 시간 안에 무슨 기계도 아니고 그 어떤 성과를 찍어 낸다는 것이 말이 되느냐 말이다. 엎친 데 덮친다고 왜 하필 이맘때 출생의 비밀은 또 왜 비집고 들어오느냐 이 말이다.

차유리 씨는 너무 방대한 희망은 접고 현실적인 연구에 몰두하였다. 구름에서 전기를 가져오든, 어디서 전기를 가져오든 모두가 전기를 담을 그릇을 연구하는 전기 작업이다. 다행인 것은 전기에 대한 연구 과제가 너무 광범위하고 사방에 널려 있어 기존에 연구하던 항목과 접목하는 데는 별 어려움이 없었다.

기후 변화와 더불어 인류는 새로운 과업에 직면하게 되었다. 이산화탄소를 줄이는 과제는 과학자들에게 무한 경쟁의 기회를 제공하고 있다.

우주를 정복하려면 영하 몇 백 도 혹은 영상 몇 천 도의 온도에서도 견딜 수 있는 초저온, 초고온 배터리 연구가 필요하다. 전기차의 증가와 수요로 배터리 주행 거리 연장도 당면 주과업이다. 짧은 시간 안에 많은 양의 전기를 충전시키는 기술도 당면 전기차 보급에 해결해야 할 주과제다. 관건은 음극 재질의 선택과 전해질의 사용이다. 이왕의 전해질은 액체 전지는 주로 묽은 황산을 전해질로 사용하고 고체 전지는 주로 염화나트륨이나 수산화나트륨, 황산, 염산, 수산화칼륨, 질산나트륨 등을 전해질로 사용한다. 음극 재질은 아연, 연, 납, 주석의 합금을 주로 사용했었으나 똑같은 재질로 아무리 고민해 봐야 틀에서 벗어날 수가 없다.

인과 황의 조합은 폭약이란 걸 알면서도 다급한 김에 새로운 작은 알갱이 모양의 과립 규소 광속초전도체를 얻기 위해 위험을 무릅쓰고 동위 소 조합시험을 강행하였으나 자칫하면 큰 사고를 유발할 뻔도 하였다. 당연한 실패지만 다행히 큰 사고가 아닌 것만으로도 얼마나 감사했는지, 비상시기에 사고를 낸다면 축출은 물론이고 징계도 만만찮을 것이었으나 하늘이 도왔다.

몇 번의 시행착오 끝에 성능이 뛰어난 특수 고체 광 초전도체를 발견하게 되었고 이것으로 인해 명성이 자자해졌다. 이쯤이면 살인자의 딸이란 꼬리표는 벗겨 줘야 할 터, 이력 소개는 '살인자의 딸이 남의 집에 입양되어 양(養)부모의 살뜰한 보살핌으로 학자가 되어 사회에 크게 공헌하였다.'라고 안 써도 될 수식어를 자랑삼아 신이 나서 쓴다. 죽어야 뗄 수 있는 꼬리표, 정말 지긋지긋하다.

사람은 하고 싶은 것만 하면서 살 수는 없다. 할 수 있는 것부터 하고, 하고 싶은 건 할 수 있을 때 하는 거다. 얽힌 매듭이 풀리니 유리 씨의 발명도 꼬리에 꼬리를 물어 보물이 되고 외국 사람들도 거액의 몸값으로 유리 씨를 스카우트해 가려 한다. 유혹에 유리 씨도 잠시 흔들렸다. 외국으로 떠나면 살인자의 딸이란 꼬리표는 벗을 수 있지 않을까도 생각해 봤다. 그러나 세상에 바람 안 부는 곳이 어디 있고 세상에 자기 조국만한 곳 또 어디 있으랴! 아무리 살인자의 딸이니 뭐니 해도 나는 내 갈 길 내가 알아서 간다. 나의 출생은 한낱 웃음거리에 불과하다. 나의 부모는 '차모철' 씨와 '여운 게' 씨다. '손상래' 씨와 '길옥여' 씨는 전혀 모르는 사람들이고 나와는 아무 관계가 없는 사람들이다. 법은 말보다 증거를 신뢰한다. 나의 출생 신고, 나의 호적은 부인할 수 없는 철 같은 증거다. 나에게는 수도 없이 많은 증거가 또 있다. 공연히 힘 빼지 말고 순리를 따르자. 유리 씨는 본래 흰 얼굴에 한층 더 하얘져 핼쑥해졌다.

16.
후기

달빛은 수심에 잠긴 듯 조용히 항만을 비추고 있다. 바다에서는 팔뚝만한 생선들이 높이뛰기 내기라도 하듯이 저마다 기량을 뽐내며 제 모습을 선보이고 있다. 길거리는 오가는 차량으로 붐비고 생기를 찾은 도시는 밤낮 없이 바쁘다. 하늘의 별들은 보기에도 신기한 듯 변화한 거리를 내려다보며 서로 눈을 껌벅거리며 놀랐다는 듯 제네끼리 숙덕이고 있다. 야경을 감상하고 있는 '재관' 씨도 1년 전과는 다른 양상이다. 어깨를 쫙 펴고 드문드문 콧노래도 부르며 해변을 거닐고 있다. 말발굽 모양 둘려진 도시는 '재관' 씨를 끌어안았는지, '재관' 씨가 도시를 품었는지 한결 정겹다.선거는 우여곡절 끝에 무난히 치러졌다. 하지만 후유증도 만만찮다. 능력, 자질 검증도 필요하고, 옥석을 가리는 것도 필요하나 지나친 신상 털기는 너나없이 단순한 검증을 떠나서 곤욕을 치러야 했다.

'재관' 씨는 이번 선거를 통해 몇십 년을 함께 살아온 마누라를 이제야 겨우 알게 되었다. 속담에 천 길 물속은 알아도 한 길 사람 속은 모른다고 한 사람을 이해하는 데 오랜 시간보다도 오랜 세월이 걸렸다. 한 이불 덮고 잔다고 이심동체라지만 그것도 아닌 것 같다. 아내가 자기를 속였다기보다 아내의 출생이 너무나 충격적이다. 드라마 속에서 튕겨져 나타난 장모를 어떻게 대할 것인가도 고민이다.

김 시장은 생선집 단독 방에서 최고봉 씨와 단둘이서 저녁 술을 마시고 있다.

"의원님, 어떻게 감사드려야 할지 모르겠습니다. 저는 의원님이 제 편을 들어주리라곤 꿈에도 생각 못 했습니다. 정말 뜻밖입니다. 자, 제 술 한 잔 받으세요."

"김 시장, 설마 내가 김 시장이 예뻐서 당신 손을 들어 준 줄 아시나? 고마우면 앞으로 더 잘하면 되는 걸세. 나에게 고마워할 게 아니라 시민들께 두고두고 고마워해야 하네."

"지당한 말씀입니다. 그 점은 저도 잘 알고 있지만 통상 의원님은 저를 미워해야 정상인데 제 손을 들어준 것이 너무나도 뜻밖입니다."

"아, 김 시장은 아직도 부동산 문제로 내가 김 시장 발목 잡을까 노심초사하는 모양인데 정치하는 사람은 아량이 넓어야 하네. 내 삶도 중요하지만 대중의 삶을 살피는 것도 우리의 임무네. 한 해 동안 김 시장은 우리 시를 위하여 많은 일들을 해 놓았네. 우리는 이 모든 걸 눈으로 봐 왔기에 믿음이 가네. 거리의 건물들은 그 건물 그대로라도 꾸며 놓으니 골목길은 마치 동화 세계에 들어온 듯 신비해. 뙤약볕에 철판이 달아 불가마 속에서 용접하던 일꾼들은 해가림이 잘된 곳에서 시원한 선풍기 바람을 쐬며 작업을 하게 되었으니 좋은 작업 환경에 일꾼들은 환호하고 해양 노조 파업은 우리 시에 두고두고 내려오는 골칫거리였는데 김 시장의 협상 능력은 충분히 능력을 과시하고도 남음이 있었어. 하긴 말이 났으니 하는 말인데 앞으로 부동산 문제는 어떻게 처리할 생각인가?"

"저는 의원님이 제 편이 되어 주셨다고 제 주장을 접고 달리 선택할 생각은 추호도 없습니다. 다만 늦추고 당기는 건 형세를 봐 가면서 결정할까 생각 중입니다. 지금 정도에서 부동산은 아직 여유가 많습니다. 그러나 초만원을 이루어 부동산 문제가 다시 불거지면 그때는 덮고 싶어도 덮을 수가 없고 난제는 반드시 수면 위로 떠올라오게 돼 있습니다. 일개 지자체 단체장으로서 눈에 환히 보이는 문제를 눈감으면 그건 직무 유기요. 만약 제가 정말로 눈을 감게 되면 만경시 시민들이 저를 용서하지 않을 것입니다."

"역시 자네는 바늘로 찔러도 피 한 방울 안 날 사람이네. 좋네, 아주 마음에 들어. 나는 앞으로도 자네를 전폭 지지하겠네. 부동산 문제는 신경 쓰지 말게. 내가 알아서 처리하겠네. 아무리 친한 사이라도 못다 한 말들이 있어도 다 까발리면 재미없지, 안 그런가?'

"제가 너무 고지식한 모양입니다. 의원님의 의중을 헤아리지 못한 저의 불찰을 용서 바랍니다."

"아, 아니 그런 뜻이 아니라 왜 드라마나 소설에서 보면, 두루뭉술한 표현들이 있잖아, 숙제 같은 거."

"아-예, 무슨 뜻인지 충분히 알아들었습니다."

"하하하, 김 시장은 눈치가 빨라. 우리는 서로가 참 잘 맞는 것 같아. 자, 김 시장도 한잔 받아. 김 시장은 술을 잘 못하니 쭉 마시지 말고 조금씩만 마셔."

최고봉 의원의 전폭 지지를 얻었다는 건 각별한 의미가 있다. 회의를 가졌던 부시장도 요즘 태도가 일변하였다. 생면부지의 땅에 와서 혈혈단신으로 고군분투하다 갑자기 천군만마를 얻은 셈이다. 최 의원은 성정이 비교적 곧고 진솔하다. 이런 사람은 보통 책임감이 강하고 맡은 바 직업에 충실하고 잔꾀나 태만을 부리지 않는다. 연배는 다르나 능히 속심을 터놓고 상의할 상대가 생겼다는 것은, 만경시에 와서 거둔 성과 중 제일 큰 성과다. 뭐니 뭐니 해도 사람이 제일이다. 사람이 없으면 아무 일도 할 수가 없다. 그저 해본 소리가 아니다. 이 말은 '재관' 씨가 피부로 느낀 경험담이다. 요즘 일은 초창기보다 훨씬 수월해졌다.

창가를 스쳐 지나가는 한 원장을 보고 최 의원이 부르자 한 원장도 알아보고 들어온다.

갑자기 김 시장이 개사한 노래를 한 곡 부른다.

'분다, 분다, 바람이 분다. 끄떡없다 드림 가발.

분다, 분다, 시원한 바람. 누가 봐도 시원한 사람.'

"의원님, 제발 저 사람 의회에 데려가 사람 좀 만들어 주십시오."

"암, 그래야지. 그런데 고치는 건 한 원장 특기가 아닌가? 이것도 병인 것 같은데……. 말만 하지 말고 얼른 올라와."

"그나저나 이번 당선 축하하네. 가만 보니까, 사람은 이름을 잘 지어야 해. 재관(在官)! 그러니까 관 좌에 앉았지."

"또 시작이다. 어린애들처럼 울면 그칠 줄도 몰라. 이럴 줄 알았으면 주머니에 사탕 몇 알 넣고 오는 건데. 줄 거는 없고 다 자란 애 술로나 달래야지. 자, 그만 보채고 술잔이나 받아."

"그런데 말이야. 우리 'AI'는 언제까지 무명으로 살아야 해? 많고 많은 AI 중에 그래도 이름은 지어줘야 할 게 아니야."

AI 이름. 후보는 많았지만 한참을 의논한 끝에 결국 허준이로 통일이 되었다.

"이름은 그만하면 됐고 나는 자네들 두 사람 노는 것 보면 참 재미있어. 나도 따라 저절로 젊어지는 것 같아. 세월이 바뀌어서 그런지, 우리 세대 사람들은 만나면 농도 할 줄 몰라. 분위기야 별로 나쁘지는 않은 것 같은데 언제나 보면 딱딱하고 뭐가 좀 모자라는 느낌이 있어."

"이제라도 고치면 되는 게지요."

"그게 어디 그리 쉬운 일인가, 다 타고난 자질인데. 저 김 시장이야 항시 낙천적이지."

"의원님 그거 모르시죠. 이 김 시장이 어릴 때 코미디 지망생이랍니다. 공부할 때 숱한 여선생을 울린 아주 몹시 나쁜 학생이었답니다. 지금은 그래도 조금 됨됨이가 돼 사람 행세하니 사람이지 어디 사람인 줄 아십니까?"

"자네는 내가 하고 싶어서 한 줄로 알고 있군. 실은 나쁜 아이의 조종을 받아 나쁜 짓을 많이 하였네. 지금 같으면 학폭이라고 난리 났을 터지만 그때 그 시절에는 부모 없는 애들은 힘센 애들의 장난감이었네. 나는 꼭두각시놀음을 하여도 다행히 남을 웃기는 일이고 울리는 일이 아니어서 천만다행이었네."

"금시초문일세. 그럼 내가 진짜 행운아였네?"

"그럼, 한 선생은 그때 말 잘 듣는 모범 학생이었나?"

"저야, 정말 말 잘 듣는 모범 학생이었지요. 전교에 학생이라고 나 하나뿐이었으니까요. 누구의 괴롭힘도 없이 공부에만 전념할 수 있었지요."

"전교에 학생이라곤 단 한 명뿐이었으니 한 명 중에 일등 대단한 거지! 어디 가도 자랑할 만하지. 전교 일 등 생! 안 그래?"

"섬마을 학생이었구먼."

"예."

"나도 섬마을 태생인데 나 때는 그래도 행운으로 최후의 일인은 아니었지. 학교에는 그래도 한 50명의 학생이 있었으니까. 한 선생도 고생 꽤 많이 했겠네. 서울 바닥에서 성공하려면 기계 사람이 됐어야지. 조금만 나태해도 곧바로 탈락이니까."

"그거 말해서 뭣합니까. 반은 죽다 살아났어도 후회는 없습니다. 우리가 그렇게 살아왔기에 후배들에게 자랑거리 밑천이라도 생긴 게 아니겠습니까. 저는 저만 운이 없어 그렇게 살아온 줄 알았는데 알고 보면 모두가 그렇게 살았더군요. 그나저나 만경시의 흥행과 쇠락, 재건을 통한 이야기는, 언제 그런 일이 있었느냐고 머지않아 후배들은 우리를 향해 반문해 올 것입니다. 그때 우리는 자랑 삼아 우리가 결국 해냈다고, 긍지와 자랑을 갖고 자신 있게 얘기하렵니다."

"암, 그래야지. 두 번 다시 듣고 싶지 않은 꿈같은 이야기지만 전철을 밟지 않기 위해서는 백 번이고 천 번이고, 실이 끈이 되도록 짓씹어야 제맛이지."

"참, 한 원장은 정치할 생각이 없나?"

"저요? 저는 싫습니다. 정치는 정치하고 싶은 사람이 해야죠. 이를테면 저런 사람들."

"허허, 왜 또 불똥이 내게로 튀어."

"재미잖아."

"직업은 사회 분업이 다를 뿐, 저는 의사가 좋습니다. 환자가 치유되어 생을 즐기는 모습, 성취감, 자부심, 이게 바로 저의 전 재산이고 제가 사는 이유이기도 하거든요. 혹시 제 말에 오해하실까 해서 한마디 보태면 정치하는 사람이 나쁘다는 게 아니라 사람들은 기호에 따라 저마다 제 할 일이 있다는 뜻입니다. 자랑이 아니라 제가 처음 왔을 때 병원은 스산하기 짝이 없었고 AI가 사람들의 일자리도 많이 잠식할 것이라는 말도 많았지만 지금 보면 일자리를 만들어 주어 병원은 의사가 20명으로 늘어나고 간호사, 보조 간호사, 행정 인원 등 모두 해서 70~80명으로 늘어나 우리에게 큰 힘을 주고 있는데 쉽게 포기할 수 없지요. 더구나 우리 김 시장에 대한 평가도 사람들의 보는 눈이 각각 다르지요. 인구 백만 도시가 겨우 삼만이 남은 걸, 인구 30만으로 불렸으면 열 배로 불려 놓았으니 성과가 대단하다고 인정하는 사람도 있고, 인구 백만 도시에 30만이란 숫자는 겨우 1/3에 불과해 그 성과를 인정하기가 어렵다는 사람도 있지요. 갈 길은 멀고 길은 험난하지요. 꽃나무가 꽃을 피웠다고 꽃나무 행세를 다 한 게 아니지요. 당선 원년에 시원하게 한방 터뜨리고 싶지만, 그게 그렇게 쉽지는 않을 겁니다. 우리 앞에는 예상치 못한 복병, 이를테면 전염성이 강한 전염병이나 국제 정세의 변화, 인플레이션이나 디플레이션의 출현, 그 밖에도 뭐, 우리가 예측하기 힘든 악재가 미처 감지하기도 전에 유령처럼 나타나서 우리의 목을 조이려 들 것입니다. 제가 보아온 정치인들은 대개가 담대하고 침착하게 난관을 하나하나 극복해 나가면서 능력을 과시하고 능력을 과시함으로써 즐거움을 느끼게 되지요. 그런데 저는 겁부터 내지요. 전 쫄보니까요. 그래서 저는 타고난 자질이 의사인 것 같습니다. 생명은 귀합니다. 저는 환자 한 명 한 명이 건강을 되찾아 가는 모습을 바라보며 기쁨과 행복을 느끼며, 제가 선택한 직업에 대한 긍지와 사랑을 느끼게 됩니다."

"한 선생이 오히려 시장이 된 것 같군! 연설은 나중에 대회에 나가서 하고 오늘은 한 선생이 오는 바람에 나도 술친구가 생겼구먼. 김 시장은 사람은 좋은데 술을 못해 탈이야. 술 못하는 병신은 한쪽으로 치우고 한 선생하고 나하고 코가 삐뚤어지도록 한번 마셔봄세."

그들은 밤늦게까지 함께 있다가 헤어졌다.